LA
TRADUCTORA

JOSE GIL ROMERO & GORETTI IRISARRI

LA
TRADUCTORA

Editado por HarperCollins Ibérica, S. A.
Avenida de Burgos, 8B - Planta 18
28036 Madrid

La traductora
© Goretti Irisarri Vázquez y Jose Gil Romero, 2021
Los derechos sobre LA OBRA han sido cedidos a través de Bookbank Agencia Literaria
© 2021, 2022, para esta edición HarperCollins Ibérica, S. A.

Diseño de cubierta: LookatCia
Imágenes de cubierta: Trevillion

ISBN: 978-84-9139-648-2
Depósito legal: M-14293-2022

A la memoria de mi padre, que me inculcó el amor por el cine
J. G. R.

A Madrid
G. I.

Los epílogos de las guerras siempre son capítulos molestos.
EDUARDO MENDOZA, *El negociado del yin y el yang*

Y en el pedestal se leen estas palabras:
Mi nombre es Ozymandias, rey de reyes:
¡Contemplad mis obras, poderosos, y desesperad!
Nada queda junto a él. Rodeando la decadencia
de esta ruina colosal, infinita y desnuda,
las solitarias y llanas arenas se pierden a lo lejos.
PERCY BYSSHE SHELLEY, *Ozymandias*

Su rostro está vuelto hacia el pasado.
WALTER BENJAMIN, *Tesis sobre la filosofía de la historia*

En 1931 cae la monarquía española y se instaura la II República. El rey Alfonso XIII parte hacia al exilio.

En 1936, el levantamiento de un grupo de militares contra el Gobierno republicano da paso a una guerra civil que durará tres años.

En España, el nuevo régimen del general Franco comienza la represión sobre el vencido que traen consigo todas las victorias. En Europa, Adolf Hitler arrastra a otros países hacia un conflicto internacional.

El 23 de octubre de 1940, el general Franco se traslada desde San Sebastián hasta Hendaya en tren para mantener una reunión secreta con Hitler.

El tren que transporta la comitiva llega unos minutos tarde a la cita. Nunca se da explicación oficial al retraso.

En esta novela, de la mano de la traductora Elsa Braumann, del coronel Bernal y del relojero Eduardo Beaufort, se aventura lo que ocurrió en esos interminables y dramáticos ocho minutos.

PRIMERA PARTE

LA CUENTA ATRÁS

1

Elsa Braumann estaba perdida en un bosque de adverbios y pronombres la noche en que la muerte llamó a la puerta. El reloj marcaba las cuatro de la mañana.

La traductora levantó la mirada, estremecida. Se quitó las gafas y, acaso pecando de inocente, dejó el lápiz entre las páginas del manuscrito, para continuar trabajando después: ni siquiera reparó en la posibilidad de que podría no volver.

Apenas había cenado la sopa boba que había preparado esa noche. Tras vestir la cama de Melita para que la encontrara limpia a su llegada, la traductora se había sentado a trabajar, decidida a entretener el insomnio. Así se perdió entre frases y párrafos mientras la luna iba asomando tras las nubes; y andaba lidiando con una construcción particularmente enrevesada, cuando los nudillos de la muerte llamaron a la puerta.

Elsa Braumann se puso la bata de su padre, armándose de coraje, y caminó de puntillas en el recibidor. Le temblaban las piernas: en este mismo edificio y nada más comenzar la guerra, las brigadas se habían presentado donde el dueño de la imprenta. Le acusaron de imprimir pasquines contra la República, le dieron el paseo y nunca más se supo. Acabada la contienda, la muerte que entonces vestía de rojo ahora lo hacía de azul, pero lo mismo daba: persistían los temibles paseos.

—Quién es.

—Policía —respondió la voz de un hombre en la escalera.

Cuando la traductora retiró la cadena y abrió, encontró en el rellano a un tipo vestido de negro; resplandecía el cuero de la chaqueta en la penumbra. Le venía grande, como si la prenda hubiera pertenecido a otra persona, y Elsa imaginó que se la había arrebatado a un cadáver justo antes de enterrarlo.

—¿Elsa Braumann? —dijo el hombre enseñándole una identificación. Jugueteaba un palillo en la boca, de labios finísimos, junto a un lunar grande como un garbanzo—. Policía. Tiene usted que acompañarme.

El miedo la dejó clavada en la puerta.

—Yo… —balbuceó— no he hecho nada.

—Vístase, tiene que venir conmigo.

Elsa Braumann acudió al cuarto que compartía con su hermana. El techo abuhardillado impedía estar de pie en el fondo del dormitorio: apenas cabían sus camas, muy juntas y encasquetadas entre las dos paredes, separadas por una mesita de noche. Si Melita hubiera estado allí la habría mirado con los ojos espantados.

—No será nada —se dijo Elsa por lo bajo buscando en el ropero, pero en el tono de su voz se adivinaba el miedo. Eligió el vestido más sobrio que tenía y se lo entró por la cabeza. Buscó los zapatos de tacón bajo; al ponérselos ni siquiera reparó en las puntas gastadas—. Seguro que no es nada.

Hubo una última mirada a la cama vacía de Melita. No había la más mínima arruga sobre la colcha verde, planchada a conciencia.

Cruzando entre los desconchones y humedades del pasillo, Elsa volvió al recibidor; el policía fumaba un cigarrillo en el rellano. La traductora cogió el abrigo que colgaba tras la puerta.

—¿Tardaremos mucho?

El hombre del lunar en la boca se encogió de hombros.

—Perdone —dijo ella dispuesta a volver dentro—, se me ha olvidado el bolso.

—No le hace falta llevar nada; vamos —replicó seco el policía. Y añadió—: No tenga miedo.

Y, cosa curiosa, esto la atemorizó todavía más.

Al contemplarse de pronto en el espejito del recibidor, Elsa Braumann no reconoció los ojos asustados de aquella mujer alta que pasaba de los treinta. Agachó la cara para eludir su reflejo, como hacía siempre, salió al rellano y cerró tras ella.

La traductora y el policía se marcharon escaleras abajo. Crujieron las maderas en el silencio de la madrugada.

*

Hacía ya años que no acostumbraba a salir de noche y le sorprendió lo vacía que estaba la Gran Vía a esas horas; no había un alma, solo el coche de los policías atravesaba la avenida. Ahora la llamaban «de José Antonio», pero Elsa Braumann recordaba que había sido la de Pi y Margall y Conde de Peñalver, la avenida de la CNT, de la Unión Soviética, de México.

En el asiento trasero del Mercedes Benz 150 viajaba Elsa, flanqueada por el policía del lunar en la boca, que fumaba en silencio. Conducía otro hombre, de aspecto tan adusto como el de su compañero, y gordo. Pisaba el pedal sin pudor y a volantazos, ya que nadie se cruzaba en su camino.

—Más despacio, tú —le dijo desde atrás el del lunar.

Como si aprovechara que estas palabras rompían el silencio, Elsa se atrevió a preguntar adónde se dirigían.

—Cerca —respondió el conductor—. No se preocupe.

Viajaban con las ventanillas abiertas, a pesar de que ya estaba entrado octubre. El viento ondulaba la media melena de la traductora; agradeció la brisa en la cara, el fresco prestaba un asidero de realismo a este viaje, que tenía para ella tintes de pesadilla.

En el cine Callao daban *El mundo a sus pies*, que en el periódico se anunciaba como «un espectáculo chispeante de alegría y belleza»; y, un poco más abajo, en el Palacio de la Música, echaban una de la guapísima Diana Durbin, *Reina a los catorce*; películas que a la traductora le habría encantado ver si no fuese por la peseta y media que costaba la entrada.

Sobre la fachada del edificio de Telefónica, como una exhalación, se proyectó la sombra del automóvil al pasar. Todavía se advertían, año y medio después, algunos destrozos que había provocado la artillería de Franco durante la guerra; pareciera que si uno metía los dedos en los agujeros de metralla los iba a encontrar calientes.

—Soy traductora de alemán —murmuró, y según lo dijo le pareció una niñería.

Ninguno de los hombres replicó, sus rostros parecían haber perdido la vida de la que habían disfrutado un día.

En estos minutos de incertidumbre Elsa repasó cada pequeña infracción que hubiera cometido, cada detalle minúsculo que pudiera incriminarla en algo que justificara esta visita de madrugada. «Yo no he hecho nada —se decía a sí misma mientras recorría con los ojos el cuero cuarteado del asiento—. Yo no he hecho nada». Parecía que rezara.

Cuando estaban cerca de la plaza de la Cibeles, el conductor aminoró la velocidad e hizo señas con dos ráfagas de luz a los soldados que guardaban la entrada de la Capitanía General de Madrid. Avisados de su llegada, los soldados abrieron la verja de hierro y el automóvil accedió a la zona ajardinada que rodeaba el edificio.

*

El hombre gordo se quedó en el coche. Elsa subió los escalones de entrada, escoltada por el policía de la chaqueta de cuero. Los soldados con los que se cruzaron permanecieron como cariátides, mientras custodiaban el edificio. En algo la tranquilizó que no la hubieran conducido a los famosos sótanos de Gobernación, en la Puerta del Sol.

Al acceder al salón de entrada resonaron sobre el mármol sus zapatos de tacón bajo. Acudieron hasta un ujier sentado a una mesa. Nada más verla, como si la estuviera esperando, el ujier tomó el teléfono y llamó a un número interno.

—Acaba de llegar —dijo al aparato. La ropa le olía a naftalina.

Elsa tragó saliva, pero levantó la barbilla y ya no movió un músculo.

El ujier escuchó a su interlocutor durante un instante. Luego, colgó el teléfono y por fin le habló:

—Enseguida vendrán a recibirla. Se puede sentar ahí, si quiere.

Elsa giró la cabeza y observó un banco de madera apoyado contra una pared. Bajo el banco había una trampa para ratones.

El policía del lunar sacó una caja de Ideales y se dedicó a fumar mientras Elsa, procurando disimular el miedo, esperaba con la mirada gacha. Descubrió su reflejo desvaído, mirándola desde el suelo de mármol, y apartó la cara para no encontrarse consigo misma.

Un par de minutos después levantaron todos la vista al sonido de unos pasos.

Acudía a recibirla un militar pequeño de mirada afable, un capitán adornado con un bigotito estilo Chaplin, y con una cortinilla de pelo sobre la calva; llevaba consigo una carpeta de color marrón. No miró al policía, ni le dijo nada: saludó a Elsa al modo marcial, llevándose la mano a la sien.

—Buenas noches. Haga el favor de seguirme.

Elsa emprendió camino salón adelante, en pos del hombrecillo. Ni se despidió del policía ni quiso volver la vista atrás.

El capitán condujo a Elsa Braumann por largos pasillos, atravesando el que en tiempos había sido el Palacio de Buenavista. El edificio estaba vacío a esas horas, fantasmal: durante el trayecto no se cruzaron con nadie. Se hallaba todo, como el resto de Madrid, en un cierto estado de supervivencia: el papel de las paredes estaba sucio y roto, las maderas del suelo desgastadas. Las carestías de la guerra, tan reciente, se hacían notar aquí y allá.

El militar la hizo bajar por unas escaleras hasta acceder a los sótanos, en cuyos pasillos se amontonaban cajas de madera y también sacos; estos contenían la arena que en el transcurso de la guerra había cubierto la Cibeles para protegerla de los bombardeos. Apestaba a humedad, había goteras por todas partes.

Anduvieron un largo pasillo, doblando a la derecha, a la izquierda.

Necesitada de hablar y temblando, Elsa Braumann preguntó en un hilo de voz:

—¿Adónde vamos?

—Aquí al fondo. Ya casi estamos.

Terminaron llegando a una puerta de metal en lo que a Elsa le pareció el rincón más profundo del edificio. El capitán tocó con los nudillos y, sin esperar respuesta, asomó al interior.

—La señorita —anunció.

A través del resquicio Elsa acertó a vislumbrar el cuartucho, iluminado por una bombilla que colgaba del techo. Bajo ella, un militar se hallaba de pie ante un hombre sentado, de espaldas y maniatado, que la traductora no llegó a ver por completo.

*

El coronel, alto y espigado, dejó al hombre de la habitación y salió a recoger la carpeta marrón que le entregaba su ayudante, con quien no cruzó palabra para dirigirse a la traductora.

—Dispense la hora.

Tenía los ojos inteligentes de un zorro, de un color entre verde y castaño, y los rasgos elegantes de quien habría podido pasar por inglés; usaba bigotito y recordaba a Errol Flynn. Elsa sintió vergüenza por la gastada botonera de su abrigo y lamentó no haberse decidido a darle la vuelta la semana anterior, cuando se lo hizo al de Melita.

—Coronel Bernal —dijo él presentándose mientras se estrechaban las manos.

—Estoy un poco nerviosa, no sé por qué me han…

—Castrillo —dijo el coronel a su ayudante—, ¿está el barón arriba?

—Sí, mi coronel; reunido con el general y esperándolos.

—Estupendo. ¿Me acompaña, señorita Braumann?

Dejaron atrás al capitán, que pasó al interior del cuartucho, y Elsa y Bernal desanduvieron el camino que la había conducido hasta allí.

—¿Un general? —preguntó ella, y se señaló a sí misma—. ¿Seguro que no se han equivocado de persona?

Bernal sonrió bajo los pómulos delgados, y el adusto gesto del militar adquirió una calidez inesperada.

—Seguro.

Mientras caminaba a buen paso, Bernal iba consultando los documentos que contenía la carpeta marrón. Había quedado a la vista un informe extenso en el que la traductora pudo atisbar fotos que capturaban su día a día: accediendo al sanatorio con su hermana, volviendo a casa después de pasar por la cartilla de racionamiento, entrando en una librería… Se agitó la respiración de Elsa Braumann. Había anotaciones a lápiz en los encabezados, tachando y subrayando párrafos enteros, o anotando ciertos detalles en los márgenes.

—Traductora de alemán —dijo el coronel sin levantar la vista de los papeles.

—Traductora, sí. Mi padre era alemán y mi madre española; hasta los seis años me crie en…

La sonrisa de él la hizo detenerse. Elsa se puso colorada y, con un gesto hacia la carpeta, añadió:

—Usted ya sabe todo eso, ¿verdad?

Bernal la hizo pasar delante para volver a subir las escaleras que antes había bajado ella con el capitán: recorrieron la planta baja del palacio hasta que encontraron unas escaleras de mármol, por las que el coronel Bernal la hizo subir.

—Según se me ha informado —dijo tras ella—, ahora está usted trabajando en la traducción de una recopilación de relatos de un autor alemán… —Consultó los documentos y leyó—: Karl May.

Elsa asintió escuchando a su espalda, peldaño tras peldaño, los pasos del militar. Tenía las palmas de las manos sudorosas.

—Relatos del salvaje oeste americano —respondió ella—. Al *führer* le gusta mucho Karl May. Pero no, la traducción de los relatos de May la he terminado ya. Ahora he comenzado a trabajar en una cosa curiosa: un cuento inédito de los hermanos Grimm que ha encontrado la editorial; un manuscrito, nada menos: *El lobo y el pastor.*

El coronel Bernal advirtió que, hablando de este tema, se encendía la voz de la señorita.

—¿Un cuento de los hermanos Grimm que nunca fue publicado? —Bernal se detuvo ante una puerta enorme, de labrada caoba, y llamó con los nudillos—. Disculpe. Es aquí.

Al otro lado se escuchaban las voces de unos hombres. Elsa y Bernal quedaron allí, aguardando.

—¿Fuma?

Cuando Elsa parpadeó para encarar al coronel lo encontró ofreciéndole los cigarrillos de su pitillera.

—Son italianos. Muy suaves.

—No suelo —respondió Elsa—, pero se lo voy a aceptar.

Tomó uno. Bernal sacó un mechero y le dio lumbre.

—No conozco al tal Karl May —dijo—. A mí me encanta Emilio Salgari.

Nada respondió Elsa Braumann; ensimismada en sus temores recorría la cara delgada de Bernal, que ahora se iluminaba ante la llamita del encendedor.

Bernal tomó otro de los cigarrillos y se colocó la embocadura dorada entre los labios.

—Me gusta *mucho* Salgari.

De improviso se abrió la puerta y a Elsa le dio un brinco el corazón.

Asomó un caballero de aspecto atildado, sosteniendo una pipa. Vestía un elegante frac que desentonaba con aquel ambiente funcionarial, como si a media noche lo hubieran sacado de una fiesta en el Casino.

No saludó a Bernal, pero analizó a Elsa con la mirada, de arriba abajo.

—Entre —dijo.

Y el coronel le indicó a Elsa que pasara primero.

*

El coronel y la traductora se vieron rodeados por un bosque de documentos, amontonados en columnas y atados con tiras de cuero; cientos, miles de expedientes.

Tras la mesa del despacho, de estilo fernandino y engramada con pan de oro, presidía la pared un retrato del caudillo. Allí los recibió un militar de barba canosa y bigote de punta engominada, de aspecto severo. Nada más pasar, Bernal se puso firme.

—Descanse —dijo el general, y añadió haciéndole un gesto a Elsa—: Pase, pase.

Ella se acercó hasta la mesa. Bernal le entregó el informe al militar.

Eran altos los techos del despacho; allá arriba figuraban, representados al óleo, un grupo de ángeles que parecían asomarse al mundo, observándolo desde las nubes.

El general se dirigió a Elsa sin darle la mano, marcial y expeditivo, igual que si este fuera uno de los muchos asuntos perentorios que debía atender esa noche.

—Disculpe que la hayamos sacado de casa a estas horas, pero la cosa merece toda nuestra discreción. ¿Le han explicado por qué la he hecho llamar? —El general no la dejó responder y, mientras consultaba el informe que glosaba vida y obras de la traductora, preguntó—: Su hermana…, ¿está mejor?

Estremecida porque aquellos hombres conocieran hasta este detalle, Elsa dijo que sí.

La escrutaron los ojos del viejo, mecidos por dos grandes bolsas.

—¿Tiene frío? Yo soy de natural fogoso, pero entiendo que no todo el mundo tiene carbones en la sangre, como es mi caso. Bernal, ordene que enciendan la chimenea.

—No, por favor —dijo ella deteniendo con un gesto a Bernal, que ya se ponía en marcha—. No tengo frío.

Apareció una sonrisa en su rostro y, sin ambages, reconoció:

—Estoy aterrada, solamente.

Parecieron dulcificarse los ojos del viejo.

—Pero bueno, ¡si aquí no nos comemos a nadie! Venga, señorita, haga el favor.

El general la condujo hasta el centro de la estancia, donde, sobre una mesa, se amontonaban papeles, carpetas y mapas.

—Diga, ¿quiere hacernos el favor de traducir esto? —preguntó el viejo señalando una hoja.

El del frac tomó acomodo ante ella, en un sillón de orejas, y se dedicó a observarla en silencio. Elsa Braumann tuvo la impresión de estar participando en un teatrillo que se ofrecía para divertimento del misterioso caballero.

—¿Que lo traduzca? ¿Ahora?

—Ahora, por favor.

Ante la atenta mirada de los tres hombres, Elsa tomó asiento y enfrentó el texto.

Un párrafo, pensó. Cincuenta y nueve palabras. Alemán. Bien escrito. Hermoso.

El general le ofreció una estilográfica, que ella tomó con cierta reserva.

Comenzó la traducción. Una frase. Otra. Se le vinieron a la mente las lecciones de su padre. Avanzaba en el texto poco a poco, a su modo lento pero seguro: poniendo marcas aquí y allí, a lo largo del párrafo; llamadas, signos que le valían para recordar este o aquel detalle, señales que indicaban estructuras, palabras que le provocaban alguna duda y a las que regresaría luego, para confirmar o no la primera intuición.

Procuró no levantar la mirada hacia el caballero que, sentado y fumando de su pipa, la escrutaba como el entomólogo que observa a un insecto, y que de pronto dijo:

—En términos generales no creo en la traducción.

*

Elsa levantó la vista del papel.

—¿Perdón?

—Pienso que un texto se puede convertir a otro idioma, sí, pero no son la misma obra, sino un sucedáneo que, además, siempre es de una calidad menor respecto del original.

Luis Álvarez de Estrada y Despujol, barón de las Torres, se puso en pie para vaciar la pipa sobre un cenicero que rebosaba en la mesa.

—Por eso no leo a los orientales; a Rabindranath Tagore, por ejemplo. —Añadió—: Desconfío de la calidad de la traducción que vaya a encontrarme.

Elsa tuvo la impresión de que el caballero aguardaba su conformidad.

—El trabajo de un poeta —replicó ella.

—¿Qué?

—Es una cosa que aprendí de mi padre. La gente cree que para ser fiel a un texto hay que traducirlo literalmente, pero no es así. El trabajo del traductor tiene mucho que ver con el del poeta.

Al caballero le sorprendió que, mientras la señorita continuaba la traducción, escribiendo y anotando cosas, fuera capaz de ir hablando.

—Las traducciones que más admiro son las de Salinas traduciendo a Proust, Dámaso Alonso a Joyce, Neruda a William Blake. Fue lo primero que me enseñó mi padre de este oficio: la buena traducción no es una copia de la obra original, es otra cosa. El traductor no debería pretender sino transmitir *la Verdad del texto*.

Levantó la vista hacia el barón y le entregó la hoja.

—Se pierde usted grandes cosas, por no conocer a Tagore.

El texto estaba traducido.

Luis Álvarez de Estrada se sacó las gafas de la chaqueta y leyó con atención el trabajo. Transcurrieron unos segundos que a Elsa le parecieron interminables, mientras los dos militares aguardaban expectantes su dictamen.

El barón la miró.

—Leí su traducción del *Hiperión*. Hölderlin me parece un pomposo relamido, aparte de que estaba como una cabra; pero su traducción, Elsa... —silabeó las palabras, deteniéndose en ellas como si las degustase—, su traducción al español del *Hiperión* representa uno de esos raros casos en que lo traducido *encuentra* el original.

Elsa Braumann tragó saliva.

El caballero enarboló la hoja.

—Compruebo que no ha caído usted en la trampa —dijo.

—Al principio pensé que se refería a la soledad, pero releyéndolo me dio la impresión de que quien lo escribió lo hacía con una cierta intención poética, y me pareció que «*Einsamkeit*» explicaba mejor el sentimiento.

El general y el coronel se miraron de reojo, sonriendo.

El barón se retiró las gafas y dijo a los militares:

—No encontraremos a nadie mejor que ella.

Después, mientras sacaba unos guantes que iba entrándose circunspecto, se dirigió hacia la puerta sin despedirse.

—Explíquenselo todo —dijo.

Al cerrar tras él, el despacho adquirió un silencio pastoso, tan irreal que Elsa creyó que iba a despertar de pronto en su cama; pero en eso dijo el viejo:

—Soy el general Moscardó, jefe de la Casa Militar de su excelencia el general Franco. Dígame, señorita, ¿tiene usted planes para estas próximas semanas?

—¿Estas semanas...? No sabría decirle. ¿Por...?

—Porque, Dios mediante, su excelencia el general Franco y Adolfo Hitler van a reunirse en secreto y queremos que usted sea parte del equipo de traductores que asistirá al encuentro.

2

El amanecer encontró a Miquel Arnau acostado boca arriba y despierto. Se había pasado la noche saltando de pesadilla en pesadilla, visitado por los muertos de la guerra; eran aquellos sus acostumbrados sueños de tripas y sangre, tan intensos que al abrir los ojos tuvo la impresión de que la ropa le olía a pólvora.

Aspiró la última calada de aquel cigarrillo asqueroso, liado a mano con hebras de tabaco entre astillas y hierba, y se incorporó en la cama.

Ni siquiera la luz naranja que entraba por la ventana regalaba al cuartucho un aura renovada: las ropas sucias amontonadas aquí y allá, los libros, el polvo…, allí todo resultaba miserable. Fuera, ignorantes de las tristezas de aquel agujero, piaban los pájaros.

Miquel Arnau contempló de reojo la cadenita con el Cristo de oro, abandonada sobre la mesa de noche, y respiró largamente. Volvió a arrepentirse de no haberla vendido antes de abandonar Segovia, pero prefirió no seguir lamentándose. Tenía hambre.

Aplastó la colilla contra el suelo de maderas ennegrecidas, se puso en pie para ajustarse los tirantes; el amigo Iñaki estaría a punto de avisarle.

Echó las manos al agua helada de la palangana y se lavó la cara.

Arnau resopló y se secó enseguida con el antebrazo. En la imagen que le devolvía el espejo roto encontró a otro que no era él, más flaco y desaliñado. Le llamó la atención la suciedad de su pelo, la barba larga.

Se abotonó la camisa hasta el cuello, amarillo lo que un día fue blanco; y se entró la zamarra de borrego, calentita.

Al abrir la puerta de la cabaña, le llenó los pulmones el aire vasco de la montaña, gélido, tan diferente de otros vientos con los que Miquel Arnau había luchado en su vida; diferente de las cálidas brisas andaluzas, de la tramontana mallorquina o de la *viruxe* gallega, pura agua hecha viento. De haber tenido otro cigarrillo Arnau habría fumado; quizás fuera este buen momento para dejar el hábito. Allá al fondo permanecía tranquilo el claro; igual que ayer, igual que anteayer y que el otro y el otro; no se movía nada entre la pared de árboles que daba paso al bosque.

El día estaba frío. Amenazaban nieve las nubes que asomaban por el horizonte, algodonosas y altas, de modo que Arnau maldijo su suerte y pensó que esa noche volvería a dormir vestido, tapado hasta el cuello con la bendita zamarra.

—Coño, qué hambre —dijo en voz baja.

Tardó un rato en decidir si esa mañana afianzaría las maderas sueltas del tejado o si cortaría leña; grandes empresas estas a las que se había reducido su vida. Tanto una tarea como la otra le resultaron insufribles.

—¿No era esto lo que querías? —se dijo a sí mismo—. A cortar leña, pues, carajo.

Escuchó el relincho que venía de lejos como en un quejido prolongado, fantasmal, y alzó la mirada en dirección a la choza cercana, levantada en lo alto de la colina. Arnau pensó en el caballo de Iñaki. Lo sintió por la pobre bestia, pero no demasiado: así es la vida, se dijo Arnau; un día naces, un día mueres.

Se dirigía hacia el montón de ramas apiladas cuando sopló el viento y agitó las copas de los árboles; dio la impresión de que tem-

28

blaba el bosque entero. Y como si las palabras de Arnau le hubieran conjurado, asomó en lo alto de la colina la figura diminuta de Iñaki; traía de la brida al caballo, como mostrándoselo. El animal avanzaba pasito a pasito, con la cabeza gacha, y Miquel Arnau pensó que le recordaba a sí mismo, avejentado y flaco, asomado al momento final de su vida.

—Los cojones —dijo.

Y entró en la cabaña para acercarse a la mesa y aferrar el cuchillo.

—Yo no estoy en el momento final de mi vida.

*

Iñaki el Chamarilero acariciaba el lomo de su caballo cuando Miquel Arnau terminaba el ascenso de la loma, cuchillo en mano.

—Gracias por venir, Payés —le dijo el crío.

El muchacho pegaba su cara contra la del animal y le susurraba palabras de despedida. Se le escapó una lágrima y el caballo rebufó, acaso consolando a su amo.

—Lo tengo conmigo desde siempre —añadió—, me vio nacer. Se me rompe el corazón de verlo malito, cabeceando sin poder dar un paso, el pobre. No lo quiero ver sufrir más, Payés. —Y amagando una mueca de dolor, insistió—: No lo quiero ver sufrir más.

Iñaki tendría doce, trece años, apenas le llegaba al pecho al catalán. La guerra le había dejado huérfano y dueño de aquel cenagal, de la choza miserable, del caballo.

El chiquillo le miró con los ojos vidriosos, desde abajo, interponiéndose todavía en su camino hacia la bestia.

—Lo harás rapidito, ¿verdad, Payés?

Arnau asintió.

Iñaki rozó la cara del animal, pero sin corazón para enfrentarlo.

—Adiós —le dijo al caballo en un hilo de voz.

Y se quitó de en medio dándoles la espalda.

Miquel Arnau se detuvo ante la bestia, que olía a como huelen los caballos y sudaba la enfermedad, respirando pesadamente, acabado. Los ojos del animal y los del hombre se cruzaron, decididos los dos. Arnau le dio unas palmadas en el cuello y aprovechó para localizar la carótida. Allí apoyó la hoja del cuchillo.

La brisa fría de la mañana se encontró con el susurro de Iñaki a su caballo.

—Espérame en el cielo, amigo. Espérame y no te olvides de mí.

Una bandada de pájaros se elevó por encima de las copas de los árboles; abajo, en el bosque, hombre, muchacho y bestia se giraron hacia el camino, atraídos por el ruido.

Un automóvil descendía por la vereda. Tocó el claxon de cierta manera característica que Arnau reconoció enseguida.

—No puede ser —dijo entre dientes.

Dejó a Iñaki junto al caballo y se adelantó, nervioso, hasta el borde de la loma, a fin de que pudiera verle el conductor.

Los segundos que el coche tardó en subir hasta la cabaña se le hicieron eternos. El elegante Fiat negro acabó deteniéndose frente a Arnau.

*

La puerta del conductor se abrió y de la máquina descendió un caballero trajeado. Diecisiete meses habían pasado desde que Arnau le había visto por última vez. Diecisiete meses, uno detrás de otro, de retiro, de inactividad, de no saber qué estaba ocurriendo en el mundo sino por lo que el chaval le iba contando los domingos, al subir del pueblo. Tras diecisiete meses apartado en la casucha sin ver el jabón, a Arnau le llamó la atención la pulcritud de las ropas, el corte perfecto del bigotito.

Al caballero, por su parte, no le pasó desapercibido el cuchillo.

—¿A quién querías matar, hombre? —preguntó socarrón.

—Nunca se sabe.

Este tono distaba mucho del de aquel diálogo que mantuvieron la última vez que estuvieron juntos. Acaso otro hombre nunca hubiera perdonado la pregunta que le hizo Arnau, pero lo cierto es que allí estaba otra vez Beaufort, ante él, como si nada hubiera pasado entre ellos. Y el Payés le dijo:

—Dime que Franquito ha dimitido, Relojero.

El caballero sonrió.

—Ojalá pudiera, Payés. España no es una monarquía, no. Todavía.

El hombretón no disimuló el enojo, pero el caballero añadió enseguida:

—Tengo noticias. Está a punto de pasar algo.

—Algo como qué.

—Tenemos una misión para ti.

Se le quedó mirando el hombretón y el Relojero sonrió.

—Es verdad que lo dijiste, que se habían acabado las misiones.

—Sí que lo dije.

—Lo entiendo, Payés —añadió el Relojero, con la misma socarronería y señaló abajo, hacia la destartalada cabaña—. Que prefieras pasar el resto de tu vida metido en esa ratonera, viendo cómo transcurren los días sin hacer nada, perdiendo el tiempo, mientras otros luchan por conseguir un mundo mejor.

Arnau rio entre dientes en medio de un gruñido.

Contemplaba su refugio, tabla de salvación que le había permitido huir del mundo, decepcionado, y que, quién lo hubiera dicho, estaba matándole poco a poco. Le pareció escuchar, en la distancia, el eco de los tiros que había disparado hace años.

Podía fingir, pero ya había aceptado la proposición del Relojero. Antes incluso de hablar con él; nada más ver el coche subiendo por el camino sabía que diría que sí a cualquier cosa que le propusiera Beaufort, a cualquier cosa que le permitiera escapar de aquella espantosa agonía.

De modo que no preguntó más, ni quiso saber detalles, accionado de pronto como un viejo mecanismo al que el relojero hubiera dado cuerda. Acudió hasta Iñaki, que le miraba sin entender; del cuello de Arnau colgaba la cadenita con el crucifijo. Llevaba encima todas las posesiones que tenía en el mundo: las botas agujereadas, la camisa amarillenta, la zamarra. Se detuvo frente al joven con el cuchillo en la mano.

—Ya no volveremos a vernos, Iñaki. Te portaste bien conmigo. Gracias por todo.

Después degolló al caballo.

Las piernas del animal flaquearon, desangrándose por aquel caño que le habían abierto en el cuello, cuando Miquel Arnau se deshizo del cuchillo. El chico se abrazó al caballo moribundo; a los dos les caían los lagrimones por la cara.

Arnau y el Relojero entraron en el coche y, mientras el penco terminaba recostándose en el suelo, el Fiat emprendió la marcha camino abajo.

3

Acababa de salir el sol cuando Elsa Braumann dejó atrás el portalón metálico de la Capitanía General de Madrid. La reunión con los militares se había prolongado durante horas, tiempo en el que la traductora fue más o menos enterada de su misión. El encuentro, además, tuvo que ser interrumpido varias veces, pues había asuntos perentorios que de pronto requerían la supervisión del general. La dejaban sola en aquel despacho de techos altos y al cabo de un rato volvían para reanudar la conversación. Se dio respuesta a las preguntas que Elsa hizo, pero nunca con detalles que revelaran lugares ni fechas concretas. En esto el coronel Bernal fue taxativo: «Ya habrá tiempo para que sea informada de estas cosas, señorita».

Al terminar por fin, rehusó que la acercaran hasta su casa en el coche; dijo que prefería volver dando un paseo, y los policías se encogieron de hombros y la dejaron marchar.

Necesitaba caminar, sentir bajo sus pies el asfalto para tener contacto con el mundo; todavía le daba la impresión de que las últimas horas habían sido un sueño.

Recorrió la Gran Vía ensimismada, perdida; GUANTERÍA FELISA RAMÍREZ, decía un cartel sobre una cristalera; MUDANZAS AL EXTRANJERO. Cientos de viandantes recorrían la avenida a esa hora, pero a Elsa le parecieron fantasmas. Aquí y allá, el tintineo de un tranvía, que avanzaba traqueteando, rompía el aire todavía sin hacer. Bajaba la calle un autobús de dos pisos en cuyo lateral se leía un anuncio de Cinzano. La posguerra en Madrid apestaba a gasógeno; no era raro ver un coche con el remolque atrás, donde se combustionaba el carbón y la leña.

Elsa se asomó al escaparate de una cafetería y soñó con el chocolate con churros que no podría pagar. Habría comido con avidez, sedienta de vida.

No fue hasta transcurridos unos segundos cuando consultó el reloj de su madre: era ya la hora de ir a buscar a Amelia. Retrocedió y se dirigió a Peligros, resuelta a callejear hasta acceder a Atocha.

La traductora sentía la necesidad de cantar su recién recuperada libertad y celebrar que no había perdido la vida, que aquel Madrid grisáceo era hermoso. El incierto futuro no existía, todo era presente, presente y libertad. Echó a correr riendo como una niña, viva y libre, viva, viva; y en la calle de Alcalá torció hacia la carrera de San Jerónimo boqueando, sudando el miedo mientras a su alrededor giraba el mundo como cada día, bajo el cartel que rezaba COBO DENTISTA o la tela que sobre una tienda anunciaba GRAN LIQUIDACIÓN DE MUEBLES; y no se detuvo hasta que llegó a la calle Atocha, donde se apoyó en la esquina y, sonriendo, miró al cielo límpido, sin una sola nube. De una ventana llegaba, amortiguado, el sonido de un piano; Elsa tuvo la impresión de que aquella música, como si estuviera dentro de una película, acompañaba su ánimo.

Le ocurría últimamente, en estos raros momentos de felicidad: acudía a su memoria el sabor del vino caliente y azucarado al que su padre las invitaba cuando, de pequeñas, en Alemania, iban a la feria; qué dulce recuerdo, el sabor empalagoso del *glühwein*, el tacto en el paladar, la sensación de felicidad y de plenitud, tan lejanos ahora.

Qué lejanos, aquellos años; había ocurrido todo en un prólogo que ahora a Elsa le parecía soñado, antes del ascenso de los nazis, de Adolf Hitler. Allá en Köln, su madre se lamentaba leyendo las noticias, escuchando la radio: «Nos va a conducir a la ruina —decía la pobre—. Con lo que pasamos en la guerra del 14…, este loco nos terminará abocando a otra tragedia». Y mientras el padre de las dos niñas se refugiaba en las timbas de cartas, la madre solo encontraba sosiego en sus libros adorados, pues la transportaban a mundos mejores.

Elsa advirtió el sabor amargo en su boca. Su vida en la posguerra, como la de casi todos los españoles, transcurría ahora bajo la presencia constante del hambre. Qué poco valor le dio entonces, en los días felices de su infancia; ningún valor, a aquel vino con azúcar; imposible imaginar que, tan nimio, tan banal, un día se convertiría en la representación misma de lo inalcanzable.

La asaltaba cada frase de la información que le habían transmitido. «Disponemos de gente, claro —había dicho el general—, pero… la guerra, señorita, los bandos tan irreconciliables… —Buscaba las palabras y terminó encontrando las justas—: Resulta difícil encontrar gente *de fiar*». «Usted —añadió Bernal— acude al encuentro de Hitler solo para traducir al alemán el documento que el caudillo quiere hacerle llegar al *führer* después de la reunión. De modo que esté tranquila. —La voz del coronel sonó amigable—: Serán solo unos días fuera de Madrid, como si estuviera de vacaciones». Elsa, claro es, no podría compartir con nadie ningún detalle, por más que le preguntaran; mucho le habían insistido los dos militares acerca del carácter secreto del asunto. «Téngalo en cuenta, señorita: difundirlo será considerado como alta traición y castigado con pena de muerte».

Elsa Braumann pensó en Amelia, sola en el hospital, aguardando su llegada, y le entraron unas ganas terribles de orinar. Se subió el cuello del abrigo y mientras agachaba la cara echó de nuevo a andar; el día se había levantado frío. Acababa de llegar el otoño.

*

Del otrora imponente Hospital General San Carlos, en Atocha, apenas quedaba una estructura, superviviente de los bombardeos de

Franco. Solo una ínfima parte se dedicaba ahora a la consulta de pacientes, un largo pasillo en el sótano; y si Elsa había encontrado allí acomodo para su hermana fue por la amistad que las unía con don Ricardo, el pediatra.

Elsa Braumann se abrió paso entre la cola de hombres. Allí se arracimaba cada mañana un ejército, antiguos soldados del frente franquista a los que les faltaba una pierna, un brazo, un ojo, y que acudían para pedir certificaciones que les permitieran cobrar la paga de mutilado. Cada mañana, sin embargo, una monja salía a la puerta para informarlos de que allí no se dispensaban tales papeles, y la muchedumbre de muertos vivientes, abatida, iba abandonando la cola.

Elsa accedió a un sótano; en aquel largo pasillo se disponían las consultas, algunas habitaciones. Faltaba material, apenas se contaba con nada; escaseaban los profesionales, muchos habían muerto en combate: los que de común atendían partos remediaban fracturas de huesos o quemaduras.

En medio del pasillo, sentada en una silla junto a la habitación que acababa de abandonar, la esperaba Melita, tapada con una manta raída que le cubría los hombros.

—Perdona que haya tardado —le dijo Elsa—, me ha surgido una cosa. —Se dieron un beso. Encontró fría la mejilla de su hermana.

Los ojos de Melita le respondieron apagados, tristes.

—Don Ricardo quería hablar contigo.

—¿Está por aquí?

De una puerta cercana salió justamente el médico, acompañando a un crío y su madre, y llamó a una monja que pasaba.

—Hermana, hay que ingresar a este pequeño caballero, haga el favor de buscarle una cama.

—En el Niño Jesús a lo mejor, doctor. Aquí imposible, no hay sitio.

De la madre y el chiquillo se despidió el médico con una sonrisa y los dejó en manos de la religiosa. Al ver a Elsa le hizo un gesto para que se acercara; entró en la consulta para preparar unos papeles y dejó abierto.

—Permiso, doctor —dijo la traductora desde la puerta.

—Pase, Elsa; me alegro de verla. Nos encontramos más aquí que en las escaleras de casa.

Había adelgazado don Ricardo, el pediatra que vivía en el primero. Cosa normal, después de los años de guerra, del hambre que habían pasado en los últimos meses: la carestía y las miserias habían hecho mella en todos. El caballero seguía siendo grandón, sin embargo, y, al hablar, su voz grave retumbó en la consulta.

—La anemia persiste —dijo firmando el parte de alta—; no es de extrañar, con esta alimentación que tenemos. Pero su hermana está bien, Elsa, con toda su debilidad —añadió para tranquilizarla—; esto que le ha pasado a Melita ocurre a menudo; y más en esta sociedad nuestra, que carece de casi todo.

—Me da miedo que salga tan pronto, doctor.

—Nada, nada, hay casos peores.

El médico la miró desde las alturas con aquella mirada amable suya con que trataba a sus pacientes, los niños.

—El dolor que tiene que superar su hermana…, con todo lo bueno y lo malo que supone eso… —se tocó la sien con el dedo—, está aquí. Lo he visto antes, en casos como este, esa tristeza se le agarra a uno dentro.

—Yo —dijo Elsa— intentaré ayudarla tanto como pueda.

Don Ricardo le entregó el alta a la traductora.

—El mundo se ha convertido en un sitio espantoso habitado por monstruos; pero usted es una buena persona, Elsa. Amelia está en las mejores manos.

*

Alegre,
lo pregona el mundo entero.

Alegre,
es el famoso joyero.

De alguna parte llegaba, lejano, el soniquete del anuncio de la joyería Alegre, en una radio.

Alegre,
que paga más en Madrid.
Vende a Alegre tus alhajas
y doblarás tu dinero
igual que me pasó a mí.

Olía a sudor fermentado en aquel pasillo de servicio del hospital, reconvertido en improvisado ambulatorio. Ella misma olía mal: le apestaban las axilas; olía a días sin lavarse ni peinarse; olía a enferma. A su alrededor daba todo la sensación de estar avejentado, las paredes, la gente misma. Allí hasta los niños eran viejos. Mientras aguardaba a que su hermana saliera del despacho del pediatra, a Amelia Braumann le dio la impresión de que sus manos eran más viejas que ella.

Antes de la guerra se pasaba el día frotándolas con crema de lanolina; ahora, con la escasez debía contentarse con agua de cocer patatas. En compañía de Valentino las cubría con unos guantes calados; al Valentino le enardecía verla agarrar con ellos el volante; «Dios, pareces Claudete Cólber». «Enséñame a conducir, Valentino», le había dicho Melita un día, y él replicó: «Conducir es cosa de hombres». Ella lo cubrió de besos; y de caricias, con aquellas mismas manos. «Enséñame a conducir, Valentino, no seas antiguo». Se amaban a solas en el coche, entre la maleza, durante horas, y después él la dejaba conducir por los caminos perdidos de la sierra, donde eran libres; el viento en la cara, el sol en el antebrazo. Eran modernos, les sobraba juventud. Se amaban cada día, a escondidas; los besos estaban cargados de electricidad. «Tú y yo, nena, podemos poner en marcha este coche sin gasolina».

Amelia Braumann se miró las manos sentada en aquella silla desportillada, rodeada de baldosas sucias, de azulejos resquebrajados. Cuánto quería estar allá lejos de nuevo, en la sierra, conduciendo el coche de Valentino y pisando el pedal. «Tú y yo, nena. Tú y yo».

Salió Elsa del despacho y se detuvo ante su hermana.

—¿Has oído? Dice el doctor que conmigo en casa estarás mejor que aquí.

Melita la miró desde la silla, más frágil que nunca. Se adelantó y, apuntando una sonrisa, apretó su mejilla contra el vientre de su hermana.

Conmovida por este gesto, Elsa se arrodilló para encararla. Estaba pálida.

—Cómo me miras —se lamentó Melita—. ¿Estoy horrible?

Cualquiera diría que eran hermanas; tan delgadita ella y tan mujerona Elsa. Había, sin embargo, más cosas en las que diferían: si la naturaleza quiso esmerarse en las facciones de la hermana pequeña, en la traductora, en cambio, parecía haber hecho un trabajo apresurado, esculpiendo el rostro sin esmero, como si tuviera otras cosas que hacer. Si las líneas de la cara de Melita habían sido dibujadas con tiralíneas, las de Elsa pasaban por trazos anodinos; sin ser feos, tampoco levantaban piropos.

—Tan guapa como siempre, tonta —respondió la traductora borrándole con un dedo esa lágrima que, como si hubiera roto una barrera largamente contenida, caía rostro abajo.

Elsa Braumann cerró los ojos para deleitarse en el tacto, en el familiar olor de su hermana. Besó las manos de Melita, que envolvían la suya, y, sin querer, su mirada fue a parar adonde no debía: el vientre de Amelia, parecía mentira, estaba abultado todavía.

*

Tardaron un mundo en desandar aquel trayecto que en circunstancias normales les habría llevado veinte minutos. Amelia caminaba despacito, insegura. La llevaba su hermana cogida del brazo. A su alrededor eran muchos los solares que acumulaban escombros, y las señoras, a falta de parques, se sentaban en ellos a calcetar al sol, mientras los críos, como si estuviesen en la playa, levantaban castillos con tierra y viejas latas oxidadas. Un matrimonio jugaba a las cartas.

Las hermanas Braumann evitaron el paso de un burro que tiraba de un carro lleno de toneles y elevaron los ojos en la plaza de Canalejas, bajo el cartel enorme que rezaba USAD JABÓN FLORES DEL CAMPO.

—Tienes ojeras —le dijo Amelia—. Has dormido mal por mi culpa.

—He dormido poco, sí —respondió Elsa sin querer contarle la verdad de lo sucedido en la Capitanía; y por no abundar en la mentira se encogió de hombros—. Ahora cuando te deje en casa tengo que ir al banco a pedir que nos retrasen unos recibos y a comprar amoniaco.

—Si quieres voy yo —dijo la hermana menor con la boca pequeña.

Odiaba aquellos asuntos prácticos, cotidianos, que llevaban tanto tiempo cada día y que requerían un esfuerzo mental constante. A Elsa se le daban mejor aquellas cosas: pagar a la odiosa vieja, controlar la medicación que tenía que tomar su padre o distribuir los ahorros en el menú de la semana; ir al médico a por medicinas, a la tienda a comprar las telas.

—No —repuso Elsa—. Ya voy yo.

Cruzando frente a la puerta del Banco Hispano Americano, Amelia se lamentaba.

—No hago sino darte trabajo.

—Qué tontería. Eso es hasta que te pongas buena.

—Será, pero no te dejo vivir tranquila.

No hizo mucho Elsa por replicar este argumento, y Melita advirtió que aunque su hermana la disculpara de boquilla, en el fondo debía sentirse cansada de tanto cuidado.

—La que te ha caído, maja; primero con papá y ahora conmigo.

Compartieron sin saberlo el mismo recuerdo: la imagen, desvaída como una fotografía vieja, de tanto manosearla en la cabeza, donde aparecía su padre delgadísimo, cercana ya la hora de su muerte. Parecía mentira el nivel de degradación que puede soportar el cuerpo humano; hasta dónde pudo menguar un hombre como aquel, grande como un castillo, y convertirse en un esqueleto. Las dos creyeron escuchar entonces, tan claro como si hubiera ocurrido ayer, la respiración ahogada de su padre.

Si volver se les hizo pesado, todavía fue más duro subir los cuatro pisos de escalera. Como Melita jadeaba apoyada en la pared, Elsa señaló la puerta vecina y le hizo un gesto de que no hiciera ruido. Desde el interior les llegaba, en sordina, la voz engolada de un locutor en la radio:

... Será acogido con los altos honores que se deben a uno de los mejores colaboradores del führer *y uno de los prohombres más importantes del Tercer Reich. Su viaje se realiza, a las dos semanas de haber sido felicitado por Hitler personalmente, con ocasión de su cuarenta cumpleaños.*

Fue justamente esa puerta la que se abrió cuando Elsa introdujo el llavín para entrar en su casa. Asomó la vecina, embutida en aquella bata cuyas flores estampadas habían perdido el color, como ella.

—Señoritas, ya me deben dos meses de alquiler.

Amelia agachó la cara.

—Sí, doña Lola —dijo Elsa a la vieja—. Luego hablamos, si no le importa; estoy cansada y mi hermana acaba de volver del hospital. —Hizo pasar a Melita—. Deme un par de días; la editorial me debe una traducción. Un par de días.

—Si no me paga la semana que viene tendrán ustedes que dejar el piso. Esto no es un Hogar del Auxilio Social.

Como si estuviera empujando una losa pesada, inamovible, Elsa cerró la puerta.

A solas por fin, allí mismo se quedaron las dos hermanas, detenidas en el recibidor mientras se alejaban las pisadas de la bruja y volvían a meterse en su casa.

Desde su jaula en la salita las miraba el loro, junto a la ventana. Estaba flaco, y mustio; no hacía más que perder plumas desde el día del Alzamiento Nacional: Melita decía que era un loro republicano.

Elsa Braumann recordó en la que estaba a punto de meterse: la misión que el general le había encomendado, las palabras del coronel Bernal. Por encima de eso, sin embargo, sobresalía una necesidad: solucionar la anemia de su hermana. Se preguntó dónde conseguir algo de alimento para Amelia, descartado Valentino; carne, legumbres, huevos. Todo lo que, precisamente, era más difícil de conseguir. Tiritaban de frío y de nervios.

Melita, por su parte, menos racional, todo temperamento, había comenzado a elaborar el plan que pusiera remedio a su inquietud, a pesar de que esto implicara volver a ver a la persona que menos le convenía. Nada más pensar en Valentino, palideció.

*

Al poco de irse la luz de la tarde, Melita Braumann se enfundó el abrigo y se cubrió la cabeza con un pañuelo, el más oscuro que encontró. Estaba tan débil que le temblaban las manos haciendo el nudo.

Al asomar al interior del dormitorio que compartía con Elsa la encontró dormida.

La casa del Valentino estaba cerca, por fortuna, pero, por culpa de aquella debilidad, a mitad de camino se vio obligada a ir apoyándose en las paredes.

Encontró desierta la Corredera Baja de San Pablo, pero del bar que hacía esquina salía una luz cálida; dentro, los trasnochadores, entre cuchicheos, hacían chistes sobre Franco: «Un estadounidense le dice al caudillo: "Ustedes en España no tienen libertad. Allí en los Estados Unidos podemos criticar a Roosevelt todo cuanto queramos sin que nos pase nada". Y Franco respondió: "¡Pues, hombre, igual que aquí! Podemos criticar a Roosevelt todo cuanto queramos"».

Ya cerca de la calle del Pez, Melita se detuvo ante una puerta descascarillada y llamó sin hacer ruido.

Mientras aguardaba se revolvió buscando miradas curiosas que la espiaran desde una ventana; con la guerra, y ya para siempre, Madrid se había convertido en un nido de soplones.

Se abrió la puerta y asomaron los rasgos hermosos del Valentino.

—Carajo —dijo al ver a Melita.

Tuvo la reacción primera de agachar la mirada, avergonzado, pero enseguida le sobrevino la chulería y alzó la barbilla.

—¿Vienes a pagar?

Era zamorano y se llamaba Juan Luis Valente. Por el apellido, y porque recordaba al guapo actor de cine, le apodaban Valentino. No había mujer que no le mirara cuando paseaba por la calle, y hasta algunos hombres giraban la cabeza al verle. De él se contaba que se conocía todos los tejados de Madrid, ruta de escape habitual para huir de maridos ultrajados. Todo lo que tenía de bello, por desgracia, lo tenía de canalla.

—Qué miserable que eres —respondió Melita en voz baja—. Tengo anemia. —No deseaba otra cosa que le permitiera pasar y abandonar la calle—. Estoy buscando carne.

La mueca que puso el guapo resultó ser una sonrisa burlona.

—¿No quieres acompañarlo con un poquito de champán?

Parecía que las cartillas de racionamiento hubieran estado siempre allí. En las comisarías de Abastos y en los colmados, a cambio de cupones, se proporcionaban las menguadas raciones: un poco de aceite; doscientos cincuenta gramos de pan negro; cien gramos de arroz o lentejas… A las familias casi nunca les llegaba carne, leche o huevos, estos se convirtieron en artículos de lujo. De ahí aquellos chan-

43

chullos del estraperlo, donde, por un valor muy superior al oficial, se podían conseguir ciertos artículos.

Valentino la hizo pasar al zaguán; cerró la puerta.

—¿Cómo estás? —preguntó Melita.

—Mejor que nunca —respondió el lobo enseñando un diente, y se rebuscó con un palillo—. ¿Traes dinero?

Melita, incapaz de enfrentar sus ojos, no levantaba la cara.

—Quería verte.

—Melita, ¿traes dinero para comprar la carne?

—Quería verte —insistió ella adelantando un paso. Había en sus ojos no solamente un ansia, sino una súplica—. Estoy enferma.

—Y yo tengo un tío en Cuenca. Melita, si no traes dinero no te puedo vender nada.

—He perdido al niño —dijo ella de pronto, como si disparara.

Valentino torció la boca en un rictus.

Pertenecía a Falange; se había pasado la guerra fuera de Madrid y solo había vuelto cuando las tropas de Franco habían pacificado la capital roja. A diferencia de otros estraperlistas, no estaba relacionado con ferroviarios o con gente del campo, que proveían de comida entrándola en la capital oculta en falsas barrigas de embarazada. Como tenía contactos en el ejército conseguía alimentos de los almacenes militares y estaba haciéndose de oro con el estraperlo, igual que tantos otros, gracias a la desesperación de la gente.

—Melita, no te das cuenta todavía, como es natural, pero si lo has perdido has tenido mucha suerte.

Melita Braumann quedó rígida y él, a la vista de aquella cara, añadió:

—No seamos hipócritas, nena. Yo no lo soy y admito que estoy contento. Por mi parte, muerta la criatura, como comprenderás, quedo liberado de mis obligaciones.

Iba Melita a darle una bofetada, roja de indignación, cuando, a su espalda, se abrió el portalón que daba a un corral. Asomó la figura de una mujer rubia, altiva, que la miró de arriba abajo; llevaba los labios pintados de un rojo intenso. El suéter ajustado le marcaba los michelines.

El Valentino agarró a la mujer de la cintura y la atrajo hacia sí.

—Ayer fue mi cumpleaños —dijo—. ¿Adivinas lo que me regalaron? Una novia.

Nada más ver a aquella mujer, Melita dirigió los ojos hacia el suelo, humillada. Un mordisco se le había apretado en el pecho, donde el corazón.

Los golpes en la puerta los sobresaltaron a los tres; sobre todo el Valentino se puso pálido. Acudió a abrir; alguien jadeaba al otro lado, como si acabara de realizar una carrera.

—¿Quién?

—¡Abre! —dijo la voz de Elsa Braumann.

*

Melita tragó saliva.

—Viene la caballería al rescate —comentó el estraperlista.

Abrió la puerta y la traductora irrumpió en el zaguán; venía roja de furia, de miedo. Encontró a Melita acobardada en una esquina, como una niña a la que hubieran pillado en una trastada; la rubia, vulgar y arrogante, se apretaba contra el Valentino, y este, riéndose desafiante, le devolvió la mirada a Elsa.

—No le hemos hecho nada, oye —dijo el canalla—, aquí somos todos muy decentes.

Melita se aferraba a su hermana como si fuera a venirse abajo, mirándola con los ojos brillantes, bañados en unas lágrimas que no acababan de romper, hasta que, susurrando muy cerca de Elsa para que él no la oyera, confesó:

—Quería volver a verlo. Le quiero tanto… Quería volver a verlo.

No era la primera vez que Elsa cumplía su papel de hermana mayor. Si en algo se había caracterizado Melita era por aquella obstinación de rodearse de quien menos le convenía, por elegir siempre la más imprudente de entre dos opciones. El camino que escogía resultaba de común el más inseguro; si resolvía blanco, le habría convenido negro; como el niño que, si ha de apoyarse en la pared, acaba poniendo la mano sobre la estufa. No por maldad, ni siquiera por ignorancia; parecía estar en su naturaleza decidir en cada caso la opción que más daño habría de causarle.

De modo que Elsa estaba furiosa con Melita, por haberla conducido hasta esta situación terrible, violenta; por su mala cabeza, por haber conocido a Valentino, por la eterna tensión que le suponía estar siempre vigilándola; Melita le había arrebatado su papel de hermana y la había colocado en el trabajo extenuante que suponía ser su madre.

La rubia susurró algo al Valentino y este dirigió los ojos hacia la muñeca de la traductora, mientras ella descorría el cerrojo de la puerta.

La traductora agarró a su hermana por la mano.

—Vámonos, Melita, que se nos va a pegar el olor a podrido.

Elsa abrió, llevándose a su hermana con ella, y salieron al frío de la calle, allí las esperaba un silencio temible.

No llevaban caminados dos pasos, aferrada una a la otra, cuando, atrás, asomó el Valentino.

—Huevos y ternera —dijo.

Elsa y Melita se volvieron hacia el estraperlista. Allá en la puerta asomó la rubia tras Valentino y este añadió:

—A mi chica le ha gustado el reloj ese que llevas, Elsa.

La traductora se llevó la mano al pecho y lo tapó como si estuviera protegiéndolo.

—¿El reloj? —dijo en un murmullo asustado.

Melita tiraba de ella.

—Es el reloj de mamá, Elsa, vámonos.

—¿No está enferma tu hermana? —añadió el guapo riéndose—; huevos y ternera, a cambio del reloj. A mi nueva novia le encanta y yo —dijo encogiéndose de hombros— soy un caballero, tengo que cumplirle todos los caprichos.

Melita agachó la cara entre los hombros, devastada por dentro. «Tú y yo, nena; tú y yo».

—Déjamelo ver —dijo la rubia, señalando.

Elsa se había quedado petrificada; aferraba el reloj contra su corazón.

—Elsa, vámonos. No me hace ninguna falta la carne, estoy bien.

—Sí te hace falta —dijo Elsa.

Había salido sola la voz, como si perteneciera a otra persona; le sorprendió escucharse. Ya estaba desabrochándose el reloj de la muñeca.

—¡Elsa, el reloj de mamá no!

Elsa Braumann acarició la cara de su hermana.

—Tienes que comer —respondió con una sonrisa triste.

Volvió donde el Valentino.

—Huevos y ternera. Mañana pasaré a recogerlo.

—Conste que todavía me debes lo de las últimas veces.

Brillaron las pupilas de la rubia cuando Elsa, sabiendo que sería la última vez que lo viera, acabó entregándole el reloj entre los sollozos de su hermana.

Al escaparse el reloj de sus dedos Elsa Braumann tuvo la impresión de que, con él, se le iba parte del alma. Puso todo el empeño en afianzar los recuerdos donde aparecía su madre con aquel reloj. Apretando los dientes, fijó a fuego la imagen de la buena mujer; pasándole brillo al anochecer con un poco de pasta dentífrica, después de lavar los platos; los ojos ensoñados, mientras plegaba y desplegaba el cierre de mariposa. «Fue de los primeros —le dijo su madre una vez—, nadie tenía un automático. Años después me confesó tu padre que ese mes no tuvo ni para pagarse el cuarto, ya sabes cómo es: se lo había gastado todo en este regalo». Su madre le contó esta historia muchas veces y Elsa observaba fascinada cómo sus mejillas perdían ojeras y ganaban rubor, y podía ver entonces a la muchacha que esa mujer había sido, deslumbrada por aquel pretendiente al que sus padres, desde España y en encendidas cartas, llamaban *inútil*, y *poeta* y *tarambana*. Elsa Braumann fijó a fuego, también, la imagen del final, con los ojos enrojecidos de su madre mirándolas, tendida y empapada en sudor, desabrochándose el reloj en la cama de una pensión de mala muerte: «Acuérdate, hija, este relojito lleva mi pulso. No dejes que se duerma». «No, mamá, estaré pendiente para que no se pare». «Eso. Tú vigila, ¿sí?». Y, cada poco, la joven Elsa sacudía la muñeca, tras tras tras, y sabía que el pulso de su madre seguía vivo, escondido en el engranaje.

Ahora aquel reloj era, como su madre y como su padre, solo un fantasma; ya no los volvería a ver, muerta una recién llegada a su añorada España; muerto el otro en el Real Sanatorio de Guadarrama, de tuberculosis, y el tercero perdido para siempre en la muñeca de aquella desalmada. Ya nunca más podría escuchar el pulso de su madre en los latidos del engranaje.

—¿Me queda bien? —preguntó la rubia muy ufana, mostrándolo.

Elsa agachó la cara, luchando por no llorar, y dijo que sí.

—Por favor, no deje que nunca se pare.

*

Esa noche la pasó en duermevela, a pesar de que había caído rendida. Cada poco abría los ojos preguntándose la hora, mirando el cielo a través de la ventana, por si había amanecido ya.

Se había despertado varias veces a lo largo de la noche, y no le quitaba ojo a Melita.

A Elsa todavía le parecía ver la sangre en el suelo, de aquella tarde en que volvió a casa y encontró a su hermana en el dormitorio, sobre la cama y medio muerta. Una «pérdida espontánea», lo llamaron. Ojalá, se decía Elsa, pudiera olvidar aquella sangre. Ocurría a veces, ya se lo había dicho don Ricardo, el pediatra: «No nacen todos los niños. Algunos, malogrados, se quedan a mitad de camino, los pobrecitos. Ahora está en el limbo y es feliz. A lo mejor más feliz que nosotros, fíjese: obligados a sobrevivir en un mundo en ruinas».

Lo poco que Elsa durmió esa noche transcurrió entre sueños pesados; de cuando en cuando se revolvía, como huyendo de algo.

Amelia, entre la culpa y la pena, había vuelto desolada de donde Valentino.

—¡No tenías derecho a dar el reloj de mamá! ¡Era el único recuerdo que teníamos de ella!

—¿La culpa es mía, ahora? ¡No haber recurrido al Valentino, Melita, que pareces boba!

—¿A quién íbamos a recurrir, Elsa?

—¡A todos menos a ese, leches! ¡Y ya que nos has metido en el lío por haber ido, por lo menos sacar algo de comida, digo yo!

—¡No a cambio del reloj de mamá!

—¡Amelia, para ponerte buena tienes que comer!

—¡Coño, prefiero no comer!

Ahora se llevaban peor, de pequeñas discutían menos. Entonces se toleraban más la una a la otra, antes de la guerra, antes de la muerte de su padre y de su madre, de la miseria y del cansancio infinito. El comportamiento alocado e irreflexivo de Melita le pasaba más desapercibido a Elsa. La rigidez de Elsa, su preocupación constante, se le hacían más llevaderos a Amelia.

—¡Prefiero no comer! —repitió la menor de las dos llorando como una niña.

—Pues ahora te jodes, no haber ido.

—¡Te jodes tú!

—No, tú, Melita.

—Tú.

—Te jodes tú.

—No, te jodes tú.

—¡Cállate, Melita! ¡Cállate!

Por fin se quedaron en silencio, contemplando desde su cama la luz de la luna que entraba por la ventana, escuchando los ruiditos

49

que hacían los ratones en la madera, tras las paredes. Por las noches se recrudecía la humedad que respiraba la casa y se veían obligadas a taparse hasta las orejas.

Solo después de un rato, tras haber llorado a lágrima viva, Melita había murmurado:

—Elsa…, Valentino ya no me quiere.

«Tú y yo, nena, tú y yo».

Elsa se levantó corriendo de la cama, cruzó a la de su hermana como si salvara un río y se metió con ella entre las sábanas para abrazarla.

—No te preocupes —le dijo. Y le dio un beso y luego otro y otro y otro—. No te preocupes.

Estaba el sol recién nacido cuando, entre sueños, escucharon el timbre de la puerta y se incorporaron, despabiladas de golpe.

Mientras su hermana se agarraba a la colcha, Elsa acudió a abrir inquieta, pues desde que había vuelto de la Capitanía General vivía en un nerviosismo constante.

En su cama y a través de la puerta entornada, Amelia escuchó que su hermana hablaba con un hombre en el rellano. Cuando Elsa volvió estaba pálida como una mortaja.

—Me…, me llaman de la editorial —mintió—, tengo que salir un rato.

Elsa se vestía con el mismo traje que había llevado ayer, y que había abandonado al pie de la cama nada más llegar.

—Qué quieren —preguntó Amelia en un murmullo—. ¿Irán a pagarte lo que te deben?

—No lo sé… —mintió Elsa con un tono áspero, evitando contarle nada—. Duérmete.

—Si te pagan, pregúntales que si te pueden adelantar algo de lo siguiente.

—Sí.

—A ver si puedes recuperar el reloj de mamá.

—Que sí.

—Si ves al Valentino, Elsa, ¿le puedes decir de mi parte que…?

—¡Melita, déjame! —replicó la traductora, furiosa. Temblaba de nervios.

Por un momento se miraron igual que dos fieras hambrientas, desesperadas.

Después se rehuyeron los ojos, avergonzadas de verse reflejadas en aquel espejo, que les daba una imagen de ellas que no reconocían. Se sentían las dos con la piel tan tirante que parecía que apenas uno rascara fueran a estallar, igual que globos. A veces, por la noche, una despertaba a la otra con el rechinar de los dientes, crrrrac, crrrrrrac. «Elsa, no hagas eso». Todo el día en tensión, imposible descansar aquellos músculos agarrotados.

Cuando Elsa y el policía del lunar junto a la boca salieron a la calle la esperaba un coche diferente al del otro día, un Austin del 35.

—Suba —le dijo el policía abriendo la puerta—. La están esperando.

Y, en el asiento de atrás, Elsa descubrió la sonrisa del coronel Bernal.

*

El policía no los acompañó.

Conducía un joven con uniforme militar, del que los separaba un cristal cerrado, y que ni siquiera osaba observarlos por el retrovisor.

—¿Adónde vamos?

—Aquí al lado —respondió Bernal.

La traductora encontró insolente la sonrisa. Estaba cansada y de mal humor.

—¿Usted cree que enviar policías a buscarme es una buena idea? Los vecinos estarán aterrados. Y qué estarán cuchicheando de mí.

—Dígame —replicó Bernal como si no la hubiera escuchado—, ¿ha pensado en lo que hablamos el otro día?

Elsa miraba a través del cristal mientras bajaban la calle de la Luna; luego doblaron a la izquierda por San Bernardo; algunas casas habían sido tan castigadas por los bombardeos de Franco que solo quedaba la fachada. Los carteles publicitarios estaban desportillados: SASTRERÍA EL CORTE INGLÉS, PRECIADOS 3. LA MEJOR CERVEZA EL ÁGUILA. Madrid le pareció más gris y triste que nunca. Las personas con las que se cruzaban iban cabizbajas y apagadas; sorprendía ver lo raídos que parecían ciertos abrigos, lo sucias que estaban aquellas pieles, aquellas uñas, y Elsa se preguntó si ella misma no ofrecería, sin saberlo, esta misma estampa.

Al cruzar la avenida de José Antonio advirtió que se estaban instalando grandes faldones, que colgaban de las ventanas y las farolas; faldones rojos con la esvástica. Madrid se preparaba para recibir la visita de un alto cargo nazi, muy cercano a Hitler.

Elsa apartó la cara, atragantada, con los ojos puestos en el recuerdo de aquella estación de tren donde, no hacía tantos años, sus padres las llevaban de la mano, buscando su vagón, nerviosos y pálidos. En esta carrera muchas veces le preguntaron las niñas adónde iban, por qué habían abandonado su casa apenas con lo puesto, pero la madre era solo capaz de murmurar: «Tenemos que dejar Alemania. Vamos a España, la tierra de mamá. En España las cosas estarán más tranquilas que aquí». Hitler había conseguido una sorprendente victoria en el Reichstag. Los nazis eran ya el segundo partido de Alemania.

Luego vendrían los años de la miseria: la muerte de su madre, nada más llegar a España; las desventuras de su padre por responsabilizarse al fin, el *inútil*, el *poeta*, que, a pesar de que nunca fue un mal hombre, se pasaba el día en las nubes, soñando con proyectos irrealizables que nunca verían la luz, más a gusto entre los naipes y las camarillas de literatos que entre los diccionarios que facilitaban sus traducciones. Después, los años de plomo de la guerra; el hambre, el hambre, el hambre, y los nazis de nuevo, cada vez más cerca, en una España que tendía la mano a Hitler; el marchitarse del viejo Braumann, que nunca llegó a ser el escritor que había soñado, al que los supuestos amigos, sablistas y gorrones, enseguida fueron dejando de lado, cada día más consumido por la tuberculosis, emprendido aquel sendero que terminaría llevándole a la muerte.

A la vista de las banderolas nazis, la traductora recordó las palabras que se le habían dicho en aquella primera reunión y preguntó:

—¿Cómo sabe que yo soy de fiar?

Bernal no dijo nada y Elsa insistió:

—Eso me dijeron ustedes la otra noche. ¿Cómo sabe que puede confiar en mí, coronel? No conoce mis inclinaciones políticas; no sabe si soy una republicana acérrima o una anarquista.

A Elsa le llamaron la atención los dientes que el coronel exhibía en su sonrisa, pequeños y limpísimos.

—¿Es usted anarquista, Elsa?

La traductora se arrepintió enseguida de jugar con aquello, e iba a excusarse cuando el coche se detuvo.

Estaban en la calle Jacometrezo, detrás de la plaza de Santo Domingo, y el coronel Bernal alargó el brazo para abrirle la puerta.

—Ya hemos llegado; salga, por favor.

Al pisar la calle la recibió una bocanada de aire frío.

Bernal rodeó el coche y, acercándose, se colocó la gorra militar bajo el brazo.

—Lo sé todo sobre usted, Elsa; no es republicana ni anarquista —le dijo—. Solo una excelente traductora.

El coronel señaló hacia el portal del edificio frente al que se acababan de detener.

—Entre, por favor.

*

A lo largo del tramo de escaleras, la mitad inferior de la pared aparecía pintada de marrón, color más sufrido que el blanco que continuaba vano arriba y que se había transformado en gris. Subía él delante.

—¿Cómo va el relato?

—¿El qué?

—Dijo que estaba trabajando en la traducción de un relato inédito de los hermanos Grimm.

—Ah —respondió Elsa—. Ahí va, poco a poco. Estos días me está costando mucho ponerme.

—¿De qué trata?, ¿me lo puede contar?

Elsa sonrió.

—Trata de un pastorcillo, un muchacho que no tiene nada y que, al morir un tío suyo, hereda un pequeño rebaño de hermosas ovejas.

»Una mañana, el joven pastor descubre los restos devorados de una oveja. Lo primero que hace es internarse en el bosque para hablar con el lobo. Lo encuentra recostado contra un árbol, de la boca le asoman todavía algunas lanas.

»—Hermano lobo —dice el pastor—, vengo a pedirte que no me comas mis ovejas. Soy muy pobre y ellas son todo lo que tengo, y tú tienes muchos otros animales en este bosque a los que devorar.

»—Muchacho, soy un lobo —le responde el lobo encogiéndose de hombros. Sin embargo, el pastor le ha rogado con tanta prudencia que el enorme animal acaba derramando una lagrimita—. Pero me has conmovido y puedes marcharte tranquilo, que no volverá a suceder.

»El pastor vuelve a su rebaño muy satisfecho de haber mantenido esta conversación; pero al cabo de dos días, amanecen devoradas tres ovejas más y…

Al llegar al segundo piso se detuvo en su narración: encontraron una de las puertas abiertas y un militar haciendo guardia.

Bernal le dijo que podía retirarse y el joven se marchó escaleras abajo.

—Pase.

Elsa no movió un músculo.

—¿Es…? ¿Esta es su casa?

—No, señorita Braumann; no es una visita íntima, le doy mi palabra de honor. Entre, se lo ruego.

—Yo no le conozco tanto como usted a mí, coronel. Todavía no sé si tiene de eso.

Bernal reprimió una sonrisa y estaba a punto de replicarle cuando del piso salió la portera, cargando unos sacos de tela llenos de algo que apestaba. Al ver al militar, agachó la vista, musitó un buenos días y siguió camino.

El coronel le insistió a Elsa para que pasara.

—Después de usted —dijo ella.

*

Encontraron un largo pasillo que, junto a la entrada, comunicaba con un cuarto de baño. Siguiendo la pared había libros por todas partes, amontonados en columnas. Elsa siguió al coronel, pero desconfiaba de sus intenciones y no cerró tras ella. Sobrepasaron la puerta de la cocina y la de otro baño, un aseo de cortesía que solo disponía de inodoro. Olía a lejía. Cruzaron también dos puertas enfrentadas, que conducían a sendos dormitorios y en las que Elsa atisbó más montañas de libros.

Algunos de los ejemplares desprendían el aroma inconfundible de lo prohibido: Voltaire y Tolstoi, Rousseau, Marx, Freud y Dostoievsky.

En busca de libros como aquellos, las autoridades estaban expurgando librerías, editoriales y también bibliotecas privadas. Se contaba que habían quemado libros en las calles de Navarra y de Barcelona; allí mismo, en Madrid, el año pasado, habían organizado una enorme hoguera de libros en el patio de la Universidad Central, con motivo de la Fiesta del Libro. Para destruirlos no había un criterio claro, más bien una vaga intuición de que aquellos perversos autores cultivaban la llamada *literatura disolvente*. Cuánto habrían lamentado sus padres aquella situación, la misma que, en el fondo, fue la que decidió por fin que abandonaran su querida Alemania. «¿No dijo el querido Heine algo así? —había comentado el padre, lastimero—. Se empieza quemando libros y se acaba quemando gente».

—Está todo un poco desordenado —dijo Bernal, como excusándose.

Llegaron finalmente a un saloncito que comunicaba con el exterior a través de dos ventanas. Sobre un sofá cubierto por una colcha verde había hatillos de periódicos, atados con un cordel y que apenas dejaban espacio para que una persona tomara acomodo en el sofá. En la mesa del comedor, más libros; y más libros en el suelo, y rodeando las paredes en atestadas librerías. No quedaba espacio para cuadros.

El piso daba la impresión de estar abandonado hace meses: de la lámpara colgaban las telarañas.

—¿Quién vive aquí? —preguntó Elsa

Bernal encendió el botón de la radio, una Invicta pequeña, en cuyo interior se fueron calentando las válvulas, y respondió sin dudarlo:

—Usted.

Fue una sola palabra, y, a pesar de escucharla perfectamente, la traductora fue incapaz de comprender el significado.

—A la mayor brevedad —añadió Bernal— vendrán mis hombres a limpiar y a retirarlo todo. Pero el piso está ya a su entera disposición.

—Coronel, no entiendo…

—Elsa, a partir de ahora esta es su casa. Si quiere quedarse con algunos libros sepárelos, diré que no se los lleven. Otros están prohibidos y no podrá quedárselos, como es natural; ya pasarán un día a retirarlos.

—¿Quedármelos? Pero… ¿y el dueño de esta casa?, ¿y la persona que vive aquí?

El coronel Bernal miró en derredor.

—Aquí ya no vive nadie.

Poco a poco fue acrecentándose la voz del locutor en la radio, como si esta despertara:

Delegación de Abastecimientos: mañana se efectuará un reparto de patatas a toda la población civil de Madrid y pueblos de Puente de Vallecas y Chamartín de la Rosa, a razón de un kilo por persona y al precio de 0,65 pesetas, previo corte del cupón núm. 28 en las cartillas de abastecimientos.

El coronel se retiró la gorra de debajo del brazo. Hubo un cierto cambio en el tono de su voz, apenas perceptible: un lejano imperativo que ya no sonaba tan amable.

—Me temo que el general y yo no nos explicamos bien el otro día. No le estábamos *proponiendo* que trabajara para nosotros en esta misión.

La miró por fin, y los ojos eran tan melancólicos como firmes.

—Se trataba de una orden.

Elsa guardó silencio; de la calle llegaba el bullicio de Callao, de la avenida que descendía hacia la plaza de España, por un lado, y hacia la Cibeles por el otro. Todo volvió a adquirir un tinte irreal, como si, otra vez, su vida no le perteneciera.

La traductora se dio la vuelta y enfiló pasillo afuera.

—No pienso aceptar como regalo la casa de otra persona —dijo.

—Unos días entonces —replicó Bernal recuperando su acostumbrado tono amable. Y Elsa se detuvo—. Unos días, ¿de acuerdo? Hasta que la misión acabe. Aquí estarán bien y podremos contactar sin miradas curiosas. Quédense unos días, usted y su hermana, y luego haga lo que le plazca.

A pocos pasos de distancia le miraba Elsa Braumann. El coronel avanzó un paso.

—Señorita, no quiero que se sienta prisionera. Es usted valiosa para nosotros, como un tesoro que necesitamos aferrar. Por favor, considérenos sus compañeros; estamos juntos en esto. Necesitamos que esa reunión salga bien, Elsa.

Caminó Elsa los pocos pasos que los separaban. Volvió al saloncito.

—Entiendo que da igual lo que cada uno de nosotros necesite.

—Hay *asuntos* —respondió Bernal— que están por encima de nuestros intereses. Yo estoy acostumbrado a supeditar mi vida a esos asuntos, por mi condición de militar. También usted se acostumbrará.

Respiró hasta hincharse los pulmones y agachó la cara.

—Le pido perdón si la he violentado. Las cosas se precipitan y *el día* está cada vez más cerca, no podemos permitirnos el lujo de ser amables.

Se dio la vuelta para marcharse.

—Olvide la deuda que tenía con la casera —dijo poniéndose la gorra—; a estas horas ya estará pagada. Mis hombres traerán a su hermana; aquí podrá descansar. Buenos días.

Elsa escuchó cómo en el corredor se perdían los pasos del militar, cómo cerraba la puerta al marcharse.

Al verse en aquel piso la embargó la sensación de estar en un sitio que no le pertenecía, como si estuviera experimentando el sueño de otra persona.

Pero transcurrieron unos instantes, hasta unos minutos, en los que Elsa quedó petrificada, en aquel salón lleno de libros; y nadie se presentó.

Apagó la radio.

Como un autómata echó a caminar por el pasillo, insegura todavía; y le parecieron inquietantes los ruidos cotidianos, nuevos todos para ella; las voces de un vecino, de la cañería, unos pasos en el piso de arriba. Tampoco le pertenecían estos ruidos; ella se los había apropiado, pero eran de otro.

La casa estaba vacía. Su anterior dueño había desaparecido, ya no volvería.

En la cocina, sobre la encimera y envueltos en papel de periódico, Elsa encontró dos docenas de huevos y varios filetes de carne de primera. Y junto a la carne, el reloj de su madre.

4

Acababa de enterarse de la noticia terrible, pero igualmente el coronel acudió al despacho del general Moscardó nada más hacerle llamar. Mientras avanzaba por el largo pasillo decidió que lo primero que haría esa tarde era ir a ver a Rius a su casa.

Bernal llamó a la puerta y pasó sin más protocolos. Dentro, Moscardó hablaba por teléfono:

—¿En coche a la reunión desde San Sebastián? No me fío un pelo, Paco, tenemos miedo de que haya un sabotaje.

Bernal se cuadró y el general le hizo una seña de que se dejara de saludos. Tapó el auricular y le dijo susurrando:

—No te marches que acabo enseguida. —Volvió a dirigirse al aparato—: Y no puedes acudir a la reunión en un tren normal. Lo tenemos todo pensado, cogeremos el antiguo tren del rey Alfonso, que tiene bastante empaque.

Bernal se acercó a la mesa y tomó la hoja donde Elsa Braumann había estado trabajando. Encontró bonita su letra, de formas redondeadas y limpias.

El general Moscardó estaba a punto de colgar.

—No, nadie pensará eso, Paco. Tú no te preocupes y déjalo en nuestras manos. Sí, te informamos de todo. A tus órdenes.

Colgó y señaló un informe desplegado sobre la mesa.

—He mirado el diseño de la seguridad del trayecto; está impecable.

—Me preocupan los túneles —apuntó Bernal.

—Y a mí, pero bastará con doblar la vigilancia varios días antes, como has señalado. Y en los puentes también. Los nidos de ametralladoras perfecto, cuenta con ellas.

—Estupendo.

Bernal pensaba ya que Moscardó iba a despacharle cuando el general se revolvió en el sillón, incómodo, y abrió una pitillera Chester de alpaca, que presentaba la abolladura de un disparo de bala.

—Quería hablarte de otra cosa. ¿Te has enterado de la noticia?

—Sí —respondió Bernal sabiendo que se refería a lo de Rius.

—Está aquí.

—¿Rius?, ¿aquí, en la Capitanía?

—Se ha presentado hace media hora, diciendo que quería despedirse de ti, me cago en todo. He mandado que lo lleven al salón de oficiales. Me ha dicho el ujier que venía borracho.

Bernal tragó saliva; hacía unos segundos que se había ido poniendo firme.

—Conviene que yo vaya al salón, entonces —dijo—, no sea que monte un número.

—Eso es lo que quería decirte —replicó el general sacando un cigarrillo—. Entiendo que es amigo de tu familia, y tuyo, y que... Carajo, que os unan *esos ideales*, y yo lo respeto, bien lo sabe Dios, pero...

—*Esos* —dijo Bernal— eran los ideales de todos, antes de la guerra.

—Antes, tú lo has dicho. —El general se puso en pie; le bailaba el cigarrillo entre los labios—: No hemos hecho una guerra para colocarnos otra vez en la casilla de salida y que todo vuelva a descontrolarse. Tú me entiendes, ¿no? —Aquí trató de ser conciliador—: La puñetera monarquía es cosa del pasado, Bernal. A lo mejor vuelve un

61

día, vete a saber, pero Franco se ha propuesto limpiarlo todo, y no va a permitir que volvamos al pifostio del 31.

Bernal elevó la barbilla, firme ya.

—Me consta que el general Rius es un hombre de honor.

—Ya ya —repuso Moscardó, evitando el tema—. Ve, anda; habla con él y que se marche lo antes posible.

Bernal se cuadró y encaminó los pasos hacia la puerta. Antes de salir le llamó Moscardó.

—Bernal —dijo encendiendo el cigarrillo—. Acéptame un consejo. Acaban de ascenderte, tienes una carrera prometedora por delante.

Le clavó los ojos antes de añadir:

—Ahora no te conviene rodearte de gente como esa.

*

El sonido del timbre le hizo dar un respingo; era la primera vez que lo oía y tardó un instante en darse cuenta de que era el de la casa. Al levantarse derribó con el codo la torre de libros que andaba examinando.

Al otro lado de la mirilla, cuando giró al fin el pasador, descubrió el rostro de un joven, enrojecido por el esfuerzo, seguido de otros que cargaban cestas y maletas.

—¿Dónde quiere que pongamos esto?

Esto eran las muy discretas posesiones de las dos hermanas: ropa, cacharros de cocina, libros y viejas fotos. Con ellos venía una alborozada Melita, también a ella la habían traído aquellos amabilísimos jóvenes, en cuyos trajes de civil Melita había sido incapaz de adivinar a unos soldados. Llevaba en la mano la jaula con el loro.

—Vaya pedazo de techos, Elsina. Aquí caben dos personas, una encima de otra. No me puedo creer que vayamos a disfrutar de este piso enorme.

Había quedado atrás el cuchitril, bendita la hora, y Melita recorría el largo pasillo muy excitada, admirando el saloncito, los dormitorios, uno para cada una; el baño ¡con bañera! Elsa fue incapaz de transmitirle su intención de volver a mudarse en cuanto acabara su misión en la reunión con Hitler. Tampoco podía decirle la verdad acerca de la naturaleza de este *regalo*, pero Melita tenía en tan alta consideración profesional a su hermana que aceptó como natural la versión de que la editorial les había cedido el inmueble.

—No te acostumbres mucho, Melita —dijo la traductora al ver lo alborozada que estaba su hermana—, es solo temporal.

—Hija, qué aguafiestas, temporal… En la vida todo es temporal, ¿o es que hay algo que dure hasta que baje Dios en el Juicio Final?

—No digo eso. Digo…

—Si la editorial te ha cedido el piso igual nos deja quedarnos aquí sin más. ¿Por qué habrían de quitártelo ahora?

Elsa no pudo sino retirarle la mirada, contemplando las torres de libros de aquella casa que sentía usurpada.

—Solo digo que no nos acostumbremos.

Les llevó más rato del previsto distribuir sus cosas en aquellas habitaciones. Melita estaba tan contenta que su anemia parecía haberse volatilizado, y mientras dirigía a su hermana sobre dónde colocar esto y lo otro el rubor cubría de nuevo sus mejillas.

—Ya estás mejor —le decía Elsa—, ya estás dando órdenes.

Melita, acomodando al loro, encontró no solo un viejo tocadiscos, sino los tesoros que lo acompañaban: bailables americanos como *El humo me hace llorar*, foxtrot de Jerome Kern, o exquisiteces como *Preludios y fugas del núm. 13 al núm. 24* (Bach), Edwin Fischer piano; sentidos y arrastrados tangos como *Alma de bandoneón* o *Cambalache*, de una película que ambas recordaban de antes del Alzamiento.

> *Que el mundo fue y será*
> *una porquería, ya lo sé.*
> *En el quinientos seis*
> *y en el dos mil también.*

Tras la guerra habían desaparecido de las ondas los sensuales tangos, las coplas picantes; se había prohibido la emisión de canciones tan populares como *Ojos verdes*, pese a que, por contentar a la censura, se había grabado una versión que cambiaba la frase «Apoyá en el quicio de la mancebía» por «Apoyá en el quicio de tu casa un día». En cuanto al llamado *hot jazz*, se lo consideraba *indecorosa música de negros*, que ofendía la hondura y dignidad españolas; por no hablar de aquellos bailes que lo acompañaban, una extranjerización que conducía a los jóvenes no a bailar, sino a «hacer el indio».

Mientras Elsa regresaba al examen de las pilas de libros, que parecían interminables, Melita no tardó un segundo en pinchar la aguja en un disco.

—Elsa, ven que te enseñe los pasos del *lindy hop*.

Pero Elsa andaba ya embebida en aquellos ejemplares; de rodillas sobre la alfombra iba tomando uno y luego otro, y otro. Los abría para olerlos, para deleitarse en el tacto de las viejas páginas, repasando con los dedos el gofrado modernista de un lomo, las palabras *Juana Eyre* inscritas en una cubierta encuadernada a mano o las hermosas ilustraciones de Édouard Riou en una edición parisina de *Voyage au centre de la terre;* una portada de *La divina comedia* en rojos y azules de la casa editorial Maucci, con grabados de Doré en su interior... Eran seguramente cientos los ejemplares que allí se amontonaban.

—Desde luego te gustaban los libros, amigo.

Eso dijo, dirigiéndose al dueño de la casa pero usando el verbo en pasado, y solo de advertirlo la estremeció un escalofrío.

Riendo, Melita bailaba y hacía en verdad el indio, mientras la música trepaba hasta los techos, con el loro como asombrado testigo.

A Elsa le llamó la atención uno de los libros, por su autor, del que había oído hablar a causa del más triste de los motivos, ya que en los corrillos editoriales corría el rumor de que hacía poco que, huyendo de los nazis, se había suicidado en un pueblo fronterizo de Francia. Ojeó el libro escrito por el tal Walter Benjamin y enseguida quedó atrapada por algunos pensamientos, subrayados a lápiz por el antiguo dueño de este ejemplar.

Navegó por aquellos subrayados que eran como vínculos entre ella y el desconocido dueño de la casa, caminitos a lápiz hacia su espíritu. Un hilo tenue pero fortísimo, acaso indestructible, unía al filósofo que había generado estos pensamientos con el hombre que los había subrayado y la mujer que ahora los leía.

Fue entonces cuando Elsa descubrió las cartas; cayó una de ellas, amarillenta y arrugada, deslizándose como un hálito sobre su falda. Había otras, muchas, escondidas entre las páginas del libro de Benjamin. Y Elsa Braumann, con respeto reverencial, como si abriera la ventana de una casa ajena y mirara hacia el interior, leyó la primera de ellas.

Querido Maxi:

Te escribo desde La Coruña. Ahora vivo en una pensión de mala muerte, es incómoda y no demasiado limpia. ¿Que cómo estoy durmiendo? ¡Con decirte que la otra noche tuve que levantarme de la cama y sentarme en una silla para poder descansar…!

Por no estar en este cuchitril salgo mucho a pasear y por las tardes me reúno con algunos amigos en casa de uno de ellos, un profesor de literatura rojísimo y su esposa, una francesa muy leída que nos ha introducido a todos en las mieles de un tal Jean-Paul Sartre. ¿Te suena a ti el nombre? Es un filósofo, por lo visto, y ha publicado ya alguna obrita interesante, pero aquí ninguno lo conocíamos. Hemos organizado un pequeño club de lectura y estamos leyendo un libro suyo que se llama La náusea, *que te recomiendo mucho.*

Aquí los días están siendo grises, y no me refiero a esta condenada guerra que nos ha caído encima, quién nos lo iba a decir hace un año, sino a la lluvia. Llueve constantemente, a pesar de que es verano, pero aquí no parece importarle a na-

die, están de lo más acostumbrados. ¡Con lo que me fastidia a mí la lluvia, que me deshace la cortinilla de pelo que tanto tiempo me cuesta componer cada mañana! La lluvia es anticonstitucional, te lo digo de verdad.

Adjunto con esta carta un paquete con algunos libros que he podido rescatar. Hace unos días la Falange organizó una quema de libros que habían requisado en las bibliotecas del Seminario de Estudios Gallegos y en las de centros culturales, pero estos que te envío pertenecen a la biblioteca privada de Casares Quiroga, que se ha autoexiliado en Francia y tuvo que marcharse poco menos que con lo puesto, dejando atrás sus libros queridos. Ya ves tú, quién se lo iba a decir a Casares, que al comienzo de la guerra, por no echar leña al fuego, prohibió que se le dieran armas al pueblo.

Son pocos pero escogidos, Maxi, los he salvado del fuego in extremis. Cuida de estos libros, te lo ruego, tenlos a buen recaudo. Hay que preservarlos; son el testimonio de un mundo que ya no existe, un mundo mejor, donde todos éramos más libres. Si puedo te mandaré más.

Me temo que no podré quedarme aquí mucho tiempo y que tendré que volver a escapar.

Confío en que tú estés bien, no te metas en líos y sé prudente, que te conozco: no está el horno para bollos. Te mando un cariñoso abrazo.

Tu amigo,
Matías
Agosto de 1936

*

La de oficiales era una sala enorme, forrada de maderas nobles y techo artesonado. Allí podían charlar los mandos y tomarse un trago; o incluso echarse una cabezada en alguno de los muchos sillones. Por todas partes había adornos que recordaban al mundo militar, banderas, cuadros de batallas; una colección de sables recorría la pared y terminaba en una foto enmarcada del general Mola, de la que colgaba un crespón negro.

Bernal encontró a Rius junto a la chimenea encendida, sirviéndose un coñac de una botella de cristal de roca tallado. Vestía de militar, pero se había abierto la guerrera y la camisa, y asomaba la camiseta por debajo. Detalles como los bigotones blancos, alargados, y el pelo recortado al uno remitían a la vieja escuela decimonónica.

El general palideció.

—Coño —dijo al ver las estrellas de Bernal—, ¿coronel?

—Me acabo de enterar de lo suyo —replicó desde la puerta Bernal, muy recto, casi firme.

Al general Rius le brillaba la piel sudorosa. Se llevó el vaso a la boca para beber un sorbo de Terry. Estaba borracho. Volvió a contemplar las llamas de la chimenea y dijo:

—Franquito, y la recua esa de lameculos que le tiene encumbrado, me destinan a un acuartelamiento de quinta en Fuerteventura. ¡A mí, que me dejé los cojones en la guerra! Si por mí fuera los barrería a todos de la poltrona esa en la que han aposentado los culos, malditos todos. ¡Vamos, que en la práctica me destierran! Y en dos años me pasan a la reserva, como si lo viera.

Bernal temió que fuera se escucharan las voces y acudió a tomarle del brazo. Con un respeto reverencial atrajo al viejo hacia un sofá, a cuyo extremo le ayudó a sentarse.

—Haga el favor y siéntese, mi general, no beba más.

El viejo elevó el vaso, brindando hacia el techo.

—Por el rey —dijo. Y bebió hasta apurarlo.

Luego, volvió a tronar.

—¡Lo dije! Si le entregáis España a Franquito va a creerse que es suya y no dejará que nadie le sustituya en la guerra, ni después de ella, ¡hasta la muerte! Hay que devolver el poder al rey Alfonso. ¡O a su hijo Juan, coño, si es que no les gusta el otro! ¡Jefe de Estado cualquiera menos Franco, por el amor de Dios!

—No diga usted esas cosas, mi general, se lo pido por favor.

El viejo militar se desfondó de pronto, apenadísimo.

—La vida entera entregada por mi país —dijo para sí—. Y ahora cuatro advenedizos me pagan con esto: desterrado. Han acabado con mi honor. Lo han pisoteado y se han meado en él.

Nada respondió Bernal.

El viejo volvió a caer en la cuenta del ascenso del coronel, y se avivó un poco, sinceramente contento.

—¡Pero hombre y tú…! ¡Coronel, nada menos!

—Me han ascendido —replicó el otro algo cohibido.

—¡No me extraña, carajo! Eres un buen militar, Bernal, pero sobre todo, mira lo que te digo, eres un buen hombre. ¡Españoles como tú son los que necesita este jodido país, y no…!

—Por favor, mi general, hable bajo, sea prudente.

—Te están comprando. Te compran, porque saben que cojeas del mismo pie que yo, para que olvides por quién luchamos en la guerra. No fue por Franco, carajo, fue por el rey. ¡Fue por el rey! Y si yo no fuera un viejo también habrían intentado comprarme a mí. Ahora les es más fácil quitarme de en medio.

Viéndose reflejados en el espejo enorme que dominaba una pared, Bernal tuvo la impresión de estar contemplando no a dos personajes, sino al mismo en momentos diferentes de su vida.

El viejo león hizo un esfuerzo para ponerse en pie.

—Me voy.

Bernal lo acompañó. Abrió la puerta de la sala de oficiales sin hacer ruido, igual que si estuviera en un funeral, para que el viejo pudiera salir.

—Hemos presenciado la muerte de todos los héroes —murmuró el general—. Y ahora toca vivir tiempos oscuros, una época triste, dominada por hombres mediocres, ambiciosos y cobardes.

Bernal contempló cómo se alejaba tambaleándose el viejo león, pasillo afuera, agarrado a la pared. No quiso acompañarle, por evitar que los vieran juntos. Le quemaba el rubor culpable en las mejillas.

5

Las cajas con material, los relojes, las joyas, todo había sido robado hacía mucho tiempo, no quedaba nada.

El Relojero temió por su seguridad, pues el techo estaba surcado por las grietas: el edificio amenazaba derrumbe. Paseó la mirada: los escombros se amontonaban sobre lo que un día fueron lujosas vitrinas y expositores. Apenas quedaba nada del otrora brillante suelo de parqué, más que unas tablas comidas por el polvo, que se abrían exhibiendo el subsuelo como las costillas de un animal sacrificado. El obús lo había destrozado todo: años de intenso trabajo; ilusiones, que se habían esfumado; el sueño de toda una vida, truncado de un plumazo.

Eduardo Beaufort tenía veinticuatro años cuando fundó su primera joyería en Barcelona, pero a esa le siguió otra, en Segovia, y esta, en Madrid, que iba a ser la definitiva. Le gustaba el dinero, al que estaba acostumbrado desde niño pues pertenecía a una familia de posibles: de su padre había heredado el marquesado que le arrebataron los republicanos; a pesar de la victoria, el régimen de Franco no se lo había devuelto. También le gustaba la buena vida; solía desayunar en Lhardy y los trajes se los hacía a medida en Larraínzar.

Pero si de algo disfrutaba Beaufort era del delicado ensamblaje de los mecanismos de un reloj, diminutos, precisos, que montaba él mismo en su despachito de la joyería, recreándose en la tarea durante días y noches; le daba la impresión de que, cuando por fin andaba la máquina, le había insuflado vida; y esto le llenaba de regocijo, a él, que no había tenido hijos y que nunca los tendría.

Resonó la amargura en la voz de Arnau, a su espalda:

—Fueron los nuestros los que hundieron tu joyería, Beaufort, ¿lo has pensado?

La figura del Payés se recortaba bajo un arco que estaba a punto de venirse abajo.

Añadió:

—No los putos rojos, ni los anarquistas, sino los bombardeos de los nuestros.

Eduardo Beaufort el Relojero volvió a contemplar los escombros a los que había quedado reducido su negocio. Madrid, asediada, había sufrido los obuses franquistas durante tres años.

—Los nacionales —repuso Beaufort tirándose de uno de los guantes de fino cuero— nunca fueron *los nuestros*. Aliados a la fuerza, bueno; con quien compartimos bando tapándonos la nariz. Un mal menor del que tuvimos que servirnos para acabar con la República.

Los pasos de Miquel Arnau sonaron sobre la tierra del suelo polvoriento.

—Bien, Relojero, pues ya lo conseguimos, ¿verdad?, finiquitamos la República. Ahora dime: ¿dónde está la monarquía que nos prometieron para cuando acabara la guerra? ¿Eh?, ¿dónde está?

Beaufort mantuvo la mirada clavada donde, no hacía mucho, estaba la oficina en la que solía encerrarse para montar sus relojes. Abandonado y descolorido en una pared, todavía asomaba un viejo cartel promocional: PATEK, PHILIPPE. EL MEJOR RELOJ DEL MUNDO.

Miquel Arnau escupió en el suelo. Llevaba dos días sin probar el tabaco y no hacía más que toser y escupir unas flemas asquerosas que repugnaban al Relojero. El bruto aún se permitió un par de gorgoteos antes de hablar.

—Yo te lo voy a decir, Beaufort. La monarquía está en Roma, escondida como una liebre: le tienen prohibida la entrada en España. Alfonso se muere, amigo mío. Ya no volverá a ver la corona sobre su cabeza.

Unas pisadas entre los escombros llamaron la atención de los dos hombres; Arnau se puso a la defensiva, pero un gesto de Beaufort le tranquilizó.

Se adentraba en las ruinas de la joyería un hombre tocado con una boina, palmeando las paredes, ciego; llevaba unas gafitas de cristal tan oscuro como el alma del diablo y, bajo el brazo, traía consigo un violín.

—Qué tal, Cairo —dijo el Relojero.

—Qué tal, Beaufort.

—¿Cómo vamos?

—Ahí vamos.

Beaufort miró al Payés y señaló al ciego.

—Aquí el amigo fue sargento durante *el glorioso levantamiento*, a las órdenes del caudillo. ¿A que sí, Cairo? Nada más empezar la guerra le estalló un obús a menos de dos metros.

El ciego llegó hasta ellos y se retiró las gafas para dejar ver las cicatrices que le recorrían media cara; habían desaparecido los ojos entre una masa de carne y costurones.

—*Abuelita, abuelita, ¿por qué llevas esas gafas? Para verte mejor, Caperucita*. Muy buenas.

—Buenas —respondió Arnau contemplando el violín—. ¿Vamos de concierto?

Respondió el Relojero, señalando al ciego.

—El sargento Cairo tiene buena mano con los instrumentos de cuerda. Este es para ti, Payés, por si acaso tienes que tocar el himno de granaderos.

El ciego entregó a Arnau el violín. Al sopesarlo notó que llevaba algo dentro; algo pesado.

—Ojalá —le dijo Cairo— no tenga usted que afinarlo.

71

Arnau le quitó la tapa de la parte posterior y, dentro, descubrió la pistola escondida.

Beaufort sacó un fajo de billetes atrapados en un clip de plata y separó unos cuantos, que le entregó al ciego.

—Toma, Cairo, para que te compres un piano de cola.

Mientras este se ponía a contar billetes, mojándose el índice en saliva, el Relojero estiró el cuello y, mirando a Arnau, se ajustó las mangas, dignísimo.

—Payés, son solo ruinas —dijo—. Las reconstruiremos.

*

Cuando huyendo del pueblo llegó a la ciudad, decían de él que olía a gocho; no en vano se había criado rodeado de cerdos, en la granja de su padre. Las chicas del burdel le rehuían, en aquella Barcelona de los años treinta, porque a pesar de que se lavaba a conciencia era incapaz de quitarse de encima el olor, aquel condenado olor. Se le había agarrado bajo la piel, en el mismo espíritu. Fue entonces que le pusieron el apodo. «Payés, hueles a gocho». «Payés, aquí no entras apestando así».

Miquel Arnau se había criado sin carencias, bien comido, bien vestido, pero era de natural asilvestrado. Su padre, ganadero, era un tipo hosco, hombre de orden que había heredado de sus mayores las ideas monárquicas. «Un político es un político —decía—, no se puede confiar en ninguno porque son todos unos ladrones, pero un rey… Un rey es otra cosa; un rey representa el Estado».

A diferencia de su padre, Miquel no conocía el asiento, y además de asilvestrado era un muchacho indomable. Hacía lo que le daba la santa gana; si quería entrar entraba, si quería salir salía. Andaba siempre en peleas, el pendenciero del chaval; las gamberradas que perpetraba aquí y allá se comentaban por toda la comarca. En consecuencia, los gritos dentro de la casa Arnau eran conocidos por todos los del pueblo; las palizas que el padre le daba al hijo estremecían a sus vecinos. Cuando, después de una de estas palizas, a la mañana siguiente salía el chico al sol, apaleado, lleno de moretones, los del pueblo se santiguaban; «Bueno, de esta no lo ha matado. A ver si aprende».

Pero el chico salía a la madre, que en paz descanse: no aprendía. Si quería entrar entraba, si quería salir salía; y no había cosa que se le pusiera entre ceja y ceja que el muchacho no resolviera llevar a cabo, ya fuera sacarle los ojos a un gato o bajar al Cristo de la cruz en la iglesia del pueblo.

Arnau guardó el violín en el maletero del coche de Beaufort. Cuando pensaba en su pasado el Payés solía sentir un pequeño retorcimiento, allá en el pecho. Los recuerdos, enraizados en el corazón, parecían haberse convertido en cristales.

No sabía nada del mundo, el día en que, después de una paliza de su padre, decidió abandonar la casa familiar; era poco más que un mataperros, desaliñado, hosco y rebelde, tenía la mirada huidiza y desconfiada de un animalillo del campo. La idea que se le puso entre las cejas fue buscarse la vida en Barcelona. Atrás quedaría el hombre de bien, estricto, el dueño de la granja de cerdos. «Tienes que frotar más cuando te laves, Payés, apestas a gocho».

En Barcelona, Arnau conoció el hambre y la miseria; fue la primera vez que tenía que buscarse por el día las tristes habichuelas que cenaría de noche. Más de una vez lloró en la cochambrosa habitación de una pensión de mala muerte, planteándose si no habría sido un loco al escapar de la comodidad que suponía su padre; la severa comodidad de la mano violenta de su padre. Y la respuesta que encendía su corazón a lo largo de aquellas noches fue siempre la misma. «No vuelvo ni loco. No vuelvo».

Fueron los años los que templaron su carácter indómito, pero nunca le dulcificaron; de ser un muchacho rebelde pasó a ser un hombre adusto, avinagrado, que por no volver a la casa de su infancia se había acostumbrado a malvivir.

Solo una vez regresó: el día en que un telegrama avisó de que su padre había muerto. Al llegar al pueblo reapareció con una miserable chaqueta negra que le había prestado alguien, las mangas le quedaban cortas. Costaba reconocer en el hombretón, bajo aquellas facciones duras, al muchacho Arnau.

En el entierro preguntó si podrían abrirle el ataúd para ver el rostro de su padre por última vez. El cura le dijo que imposible: el viejo Arnau había sufrido un infarto mientras alimentaba a los gorrinos y allí se había dejado caer, el pobre, entre los cerdos, que se comieron sus restos hasta los mismos huesos. «Apenas recuperamos unos despojos, que son los que están ahí, en esa caja».

Arnau se quedó con las ganas de enfrentar el rostro muerto de su padre y espetarle: «¿Ves, maldito, como cumplí mi promesa? ¿Ves como no volví nunca?».

Pero la de los padres es una simiente que al cabo siempre germina, para sorpresa de algunos hijos. Las diatribas de su padre, el hombre recto y de bien, habían anidado dentro de aquella cabeza dura. Arnau ni siquiera se lo planteó en sus primeras elecciones. A la hora de votar votó al partido monárquico. Cuando algún amigo extrañado le preguntaba mientras compartían barra en alguna tabernucha, Miquel Arnau siempre contestaba lo mismo: «No se puede confiar en ningún político porque son todos unos ladrones, pero un rey… Un rey es otra cosa; un rey representa el Estado».

*

La peor parte se la había llevado la zona centro; a la Gran Vía se la conoció como avenida de los Obuses. Franco la había sembrado de socavones; ahora, como tiritas sobre las heridas, se apreciaban los agujeros rellenos.

El Relojero, al volante, hacía de cicerone.

—Desde ahí retransmitieron sus crónicas de guerra Hemingway, Antoine de Saint-Exupéry o Dos Passos.

El edificio de Telefónica sobresalía y servía como referencia a la hora de disparar sobre la ciudad, y no solo albergó el centro de telecomunicaciones más importante del país, sino que sirvió como observatorio a las tropas republicanas y refugio de la oficina de prensa extranjera y propaganda del Ministerio de Asuntos Exteriores. Tres años son muchos para recibir aldabonazos todos los días y, sin embargo, ahí se mantenía, espléndido.

Nada respondió Arnau, a su lado, a quien esos nombres no le dijeron nada. Del fondo del pecho le vino una flema y escupió por la ventana.

Todo lo observaba con ojos enfurruñados desde el asiento del copiloto; se le iba la mirada aquí y allá, a los altos edificios, símbolo de una época muerta a tiros.

—Yo no me acostumbraría a vivir aquí —dijo el Payés—; todo es demasiado grande.

—Viviste casi toda tu vida en Barcelona.

—Pero soy más de pueblo que los *calçots*.

Arnau y Beaufort se habían conocido antes del 36. Catalanes y católicos los dos, monárquicos los dos; pobre uno, rico el otro. Arnau se presentó un día en la joyería, tratando de vender un reloj de incierto origen pero muy valioso, que Beaufort le compró sin dudarlo. Luego, con los años, vendrían más relojes, más tratos. En cierta ocasión el Relojero le preguntó de dónde los sacaba y, sin que Beaufort pudiera dilucidar si hablaba en serio o en broma, Arnau le respondió que del cementerio.

La guerra los había separado, durante años nada supieron el uno del otro. Beaufort había participado desde la mesa de un despacho, en la Capitanía, donde se reveló como un excelente estratega; Arnau en las trincheras, disparando tiros.

Acabada la contienda, con la victoria del 1 de abril vino el desencanto. Los monárquicos que habían colaborado con el ejército de Franco asistieron a la penosa verdad: el generalísimo no tenía intención de devolver a España ninguna monarquía. No de momento, al menos. Y los monárquicos, que habían ganado la guerra, descubrieron que también la habían perdido.

El Relojero le quitó importancia.

—Madrid es un pueblo grande.

Un pueblo de viejas y viejos. Por las calles escaseaban los jóvenes varones, esto sorprendía a la mirada del forastero. Las cárceles se hallaban llenas de muchachos, los cementerios también. Bajo el sol que se colaba entre las marquesinas abundaban las mujeres de negro esquivando al ejército de limpiabotas, sorteando a los desharrapados que las asaltaban con pequeños estraperlos, mustias tentaciones en forma de cigarrillos sueltos o pastillas de jabón. Aquello parecía un hormiguero. A Arnau, que se había desacostumbrado a ver tanta gente, le asombró aquel afán. Todo el mundo se mostraba apresurado; cientos de tacones y suelas trataban de pisotear los recuerdos.

A la altura de la plaza de España Arnau observó que dos policías y unos cuantos de paisano sacaban de un edificio a un hombre esposado. Llevaba la cara amoratada por los golpes, lleno de sangre hasta las orejas. Los policías vigilaban, con su eterno aire encabronado y sus grandes abrigos hasta la pantorrilla, sus botonazos, atentos a cuanto los rodeaba; en todos veían a un enemigo encubierto.

—Los «grises» se lo toman en serio —observó Arnau.

—El Estado ejerce una vigilancia esforzada. Normal, después de la que acaba de caer.

También había llegado a oídos monárquicos la represión terrible a la que eran sometidos los vencidos. Corría el rumor de que un alto cargo de Franco había comentado: «Yo creo que en España se ha matado a demasiada gente».

—*Una vigilancia esforzada* —comentó amargo el Payés.

Al Relojero no le pasó desapercibido el tonito.

—¿Esperabas una católica reconciliación con las víctimas, Payés? ¿Cómo crees que habría sido si hubieran ganado los rojos? ¿Qué crees que habrían hecho con nosotros?, con la monarquía.

—No lo sé, Relojero. ¿Condenarla al exilio en Roma e impedirle volver a España?

El conductor se rio.

—Si te muerdes la lengua te envenenas, *mare de Deu*.

También Arnau se rio entre dientes.

—Mira qué preciosidad —dijo Beaufort ante el esqueleto del Palacio de Liria, del que apenas quedaba la fachada. Lo habían destrozado los aviones de Franco, quien, al terminar la guerra, acusó del estropicio a los republicanos.

No podían ser más diferentes: allí donde el Relojero veía retazos de evanescente belleza, Arnau reconocía la grosera exhibición de dinero. Beaufort veía columnas e ideales vasos ornamentales; Arnau a la legión de canteros y picapedreros que las habían construido.

Parecía mentira que estuvieran sentados uno junto al otro en el coche, como si no hubiera ocurrido aquella última conversación, diecisiete meses atrás. En aquella ocasión, mientras se despedían, Arnau le dijo indignado: «Beaufort, ¿es verdad eso que me han dicho, que eres maricón?». Acaso otro hombre le habría soltado una bofetada, pero no el Relojero. Se mantuvo firme, dignísimo, y, antes de marcharse, se limitó a contestar: «Arnau, vete a la mierda». Volvían a estar juntos, obligados por aquella fuerza mayor. Parecía mentira, cómo se esfuerza el destino por anudar ciertos hilos solo para desanudarlos luego.

Salieron a la Ciudad Universitaria, que había sido primera línea de guerra; las escuelas de Medicina o de Odontología, de Agrónomos, otrora cuna del saber, exhibían sus heridas como grandes vientres horadados de metralla. Entre las montañas de escombros todavía se advertían las viejas trincheras, los refugios. Daba la impresión de que por allí hubiera pasado un gigante.

—*Collons* —dijo Arnau—, esto está arrasado.

A ojos de Beaufort, sin embargo, hasta aquella decadencia tenía una calidad poética. El apocalipsis había dejado tras de sí una belleza que no por perturbadora resultaba menos hermosa.

—Payés, hay que aprender a ver —dijo un poco burlón—. Voy a esforzarme para que te conviertas en un *amante de lo bello, de lo sublime*.

Arnau se encogió de hombros mirando el terreno asolado.

—¿Adónde me llevas? —preguntó. Y volvió a toser.

*

El monasterio se elevaba sobre una colina y servía de otero para atisbar la comarca. A sus pies se veía el pueblecito cercano, la carretera y las veredas. Las fincas de árboles frutales, arrasadas muchas de ellas por la guerra, comenzaban ahora a salir de su negrura.

Bajo la imagen de un san Juan Bautista y tiritando, Miquel Arnau se cerró la pelliza de borrego alrededor del pecho.

Los seguía a un par de pasos de distancia. A sus ojos resultaba chocante el elegante atuendo del Relojero, la corbata de pajarita y los guantes, con el del prior, que apenas vestía hábito y zapatillas. Al monje no parecía afectarle la brisa helada que recorría la iglesia.

Iba enseñándole esta talla al Relojero, aquel cuadro, aquel retablo, supervivientes de los saqueos rojos.

—Ese y ese los escondimos en las catacumbas. Si no se los habrían llevado, como todo lo demás. Aquel Cristo pequeñito es un Martínez Montañés.

Llegado un momento, el prior le indicó al Relojero una capilla cercana y se despidieron con un apretón de manos.

—Revancha, amigo mío —susurró el monje, y esto hizo reír a Beaufort.

—Creía que ustedes eran de los de poner la otra mejilla.

—¿La otra mejilla? Eso Cristo, que era hijo de Dios, pero nosotros, pobres pecadores… —respondió con sorna—. Yo por mí destripaba a esos rojos hijos de puta con mis propias manos. En fin, señores, han caído los rojos y ahora caerán los facciosos. Viva el rey.

—Viva.

Los dejó solos.

—Ven —le dijo el Relojero a Arnau—. Nos están esperando.

Caminaron los pasos que los separaban de la capilla. La mayor parte de las figuras eran de factura tosca, pero los ojos de Beaufort quedaron prendados de un pequeño san Juan tardorrománico, con los carrillos ruborosamente policromados. En aquel rubor adivinó el Relojero una forma de placer espiritual, un camino angosto y alejado de la carne que él nunca recorrería, pero cuya contemplación le fascinaba.

Arnau atisbó a un caballero sentado en uno de los bancos, en la penumbra.

El hombre escuchó cómo se acercaba la tos y se volvió para encararlos.

Cuando entraron en la capilla, Beaufort se persignó ante el retablo, estrechó la mano del hombrecillo y, señalando a su acompañante, hizo las presentaciones:

—Miquel Arnau, el Payés, catalán y alfonsino como el que más. Arnau, este es el caballero con quien te dije que íbamos a reunirnos.

—Tanto gusto.

Les hizo sitio en el banco y tomaron asiento los tres, encarando el viejo retablo.

—La cosa se precipita —dijo el hombrecillo en voz baja. Hablaba con mil ojos, volviéndose de cuando en cuando por si alguien entraba en la iglesia—. La reunión con Hitler se celebrará en Hendaya. El tren saldrá de San Sebastián. Veinte minutos dura el trayecto, veinte solamente, pero tendrá que ser ahí. El jefe de seguridad que lleva la operación es un coronel. Se llama Bernal.

—El nombre me suena —dijo Beaufort—. Sí, me acuerdo de él: venía mucho a las *soirées* que el rey Alfonso celebraba en Palacio.

Aquí preguntó el Payés:

—¿El tal Bernal es monárquico? ¿No podemos atraerle?

El hombrecillo hizo un gesto de imposible.

—Es más coronel que monárquico, por desgracia. Para mí que detesta a Franco, pero cree en la lealtad más que en el manto de la Virgen. Les aseguro que si descubre que estoy traicionando la operación, por muy a favor que esté de la vuelta de la monarquía, acabo ante un pelotón de fusilamiento.

Arnau quiso centrar la cosa.

—No hay mucha vuelta que darle, entonces: tendrá que hacerlo usted.

—Yo estoy demasiado comprometido, y desde luego vigilado —replicó el hombrecillo; y añadió señalando al Relojero—: Aquí a su amigo se le ha ocurrido una cosa.

—Es una maldad —dijo Beaufort—, pero no tenemos otra salida. Han contratado a una mujer, para que forme parte del equipo y que ayude al barón de las Torres, que será el traductor del caudillo en la reunión con Hitler.

Acercó la cara hacia los dos hombres y bajó la voz.

—Ella, la traductora, es la clave.

6

Crepitaron las hojas bajo sus pies mientras, para entrar en calor, Elsa Braumann paseaba sobre el terreno, de aquí para allá, de allá para acá, y vuelta.

Se le fueron los ojos hacia las planchas de acero tendidas en el suelo; y enseguida apartó la vista, inquieta, para alejar el recuerdo de las bombas que habían asediado Madrid. Las planchas ocultaban la entrada al viejo refugio antiaéreo del que disponía el parque, construido en principio para salvaguardar la seguridad del capataz del Retiro y su familia, pero que, siempre que silbaron los obuses, terminaba albergando a muchos vecinos de la zona.

Elsa había llamado a Bernal desde el teléfono que había en el bar de enfrente; todavía conservaba en su bolsillo, arrugado, el papel que el coronel le había entregado la primera noche en que se conocieron. «Si necesita algo no venga por aquí, toda discreción es poca —le dijo él apuntando un número—. Llámeme a este teléfono; es el mío del despacho, directo».

Fue el propio Bernal, en efecto, quien había respondido al aparato.

«Coronel —le dijo Elsa—. No me siento cómoda con esta situación. Me gustaría que habláramos». «Claro, la comprendo —respondió él—. Podemos vernos en la zona oriental del Retiro, junto al refugio abandonado, ¿sabe dónde es?».

Mucho había sufrido el que un día fue orgullo de la ciudad, el parque del Retiro: los madrileños habían cortado algunos de sus árboles para abastecerse de leña en los meses de frío; el hambre, por su lado, diezmó la población de ardillas del parque, y hasta de ratones; la Casa de Fieras que albergaba el recinto recibió a menudo la visita de capitalinos hambrientos que acabaron esquilmando este zoológico.

Mientras esperaba, Elsa Braumann repasó las excusas que iba a darle a Bernal, las razones que hacían de ella la persona menos apropiada para un encargo como aquel.

—Soy una mujer muy cobarde, coronel —murmuraba dando vueltas—. Nunca me ha gustado relacionarme con la gente, desde que llegué a España no he salido de Madrid, tengo poco mundo y pocas habilidades sociales. Hay otras personas que saben alemán, estoy convencida; personas mucho más seguras que yo, mucho más… mucho más de todo que yo. Además, por si esto fuera poco, mi hermana está algo delicada, no puedo dejarla sola.

Sabía bien que él insistiría, claro; que ante sus reticencias a enfrentar este trabajo Bernal recurriría a la posibilidad de ofrecerle más dinero. Y no, respondería ella, no se trataba en absoluto de sus emolumentos.

Esa mañana, por cierto, había cobrado al fin, tras pasarse por la editorial, de modo que, para celebrarlo, lo primero que hizo Elsa fue ir al cine; no se le ocurrió mejor forma de pasar las horas que restaban hasta su encuentro con el coronel. Poco le importaba qué ver, solo quería acudir al cine de nuevo, sumergirse en aquella oscuridad como hacía años, cuando iba casi todos los días y se conocía la cartelera de arriba abajo.

La primera sesión que encontró fue la de las 16:15 en el Bilbao. En la puerta del cine compró una garrapiñada a un hombre con pinta de labriego, que las vendía en un cesto de mimbre. «Las hago yo mismo», dijo el campesino, enseñando las manos terrosas.

Al entrar en la sala, y siguiendo al acomodador, Elsa Braumann acarició el desvaído terciopelo rojo de los respaldos. Le dio al hombre unos céntimos y tomó asiento.

Cuando al fin se apagaron las luces de la sala, tuvo la sensación de encontrarse en terreno seguro, confortada por aquella oscuridad cinematográfica que tantos buenos momentos le había dado. La música de Martínez y Quintero que adornaba los títulos de crédito retumbó desde los cascados altavoces. Empezó *La gitanilla*, y salieron los nombres de Estrellita Castro, Orduña y Vico, actor este que a Elsa le gustaba especialmente.

Hacía mucho que no fantaseaba con acudir al cine acompañada de un novio, como veía que hacían sus amigas; ya de adolescente Elsa Braumann advirtió el poco interés que despertaba en los hombres. «No te sacas partido —le decía su hermana—. Tienes que arreglarte más». Solo que arreglarse no dio mejores resultados, y Elsa comprendió que los hombres demostraban poco entusiasmo por lo que una tuviera dentro si les pasaba inadvertido el envoltorio. Acabó asumiéndolo poco a poco, hasta convertirlo en una cicatriz sobre su espíritu, que dolía si la tocaba, pero solo cuando la tocaba. Y decidió que ya que no podía contar con un galán que la pasease por el Retiro o la llevase al cine, acudiría sola; pero no se privaría de aquellos placeres maravillosos.

Sacó del bolso la golosina, emocionada, y, antes de morder el primer bocado, cerró los ojos y se detuvo en el olor.

Nunca una garrapiñada le supo tan bien. Fue un instante, un momento solo, pero durante ese segundo, contemplando las imágenes hipnóticas sobre la pantalla, Elsa Braumann fue feliz.

*

El sonido de unos pasos aproximándose al trote le hicieron levantar la mirada.

Acercándose por el camino de tierra venían dos hombres. Corrían en camiseta, pese al frío.

Uno de ellos, el alto, se despidió del otro, más bajito y de una mirada dulce y limpia, que a Elsa le recordó la de su propio padre. Ese continuó su marcha deportiva camino abajo. «Nos vemos luego, mi coronel», le dijo.

El coronel Bernal se acercó hasta donde le esperaba Elsa Braumann. Ya había observado en el coronel que estaba dotado de una cierta elegancia. No se trataba solo del hablar pausado, la voz serena: los movimientos de Bernal eran lentos y precisos, como calculados; todo en él transmitía un temple extraordinario. Ella no supo decir aún si se trataba de un hombre calmado o simplemente frío.

—Un compañero de la Capitanía —dijo, señalando con la barbilla al que se alejaba—. Buen hombre. De los que no hay.

—¿Por qué no le pide a él que los acompañe en ese condenado tren?

Bernal se rio.

—Por desgracia el comandante Berlanga no sabe alemán.

Amagó ella una sonrisa, abrazándose por el frío, y echó a caminar hacia las planchas que ocultaban la entrada al refugio.

Bernal caminó junto a Elsa; jadeaba todavía.

—¿Qué tal en el piso nuevo?

—Mal —respondió ella, seca—. No es mi piso, es de otra persona y no tengo derecho a estar allí.

—¿Y su hermana qué opina?

—Está encantada —reconoció Elsa, a su pesar—; como una niña el día de Reyes. Todavía no se lo cree; tiene la impresión de que en cualquier momento se presentará alguien para echarnos y quitarle el regalo.

La luz hacía brillar reflejos sobre las hojas húmedas; había lloviznado esa tarde. Pequeños riachuelos trataban de abrirse camino entre bolitas de barro desde una cercana fuente con el caño desbordado. Olía a una podredumbre suave, que no era la de la muerte, sino la de algo fértil, que alimentaba un hálito de vida entre la tierra dura y la hojarasca.

84

—Dígame —dijo Elsa—, ¿fue usted quien se presentó voluntario para ser el jefe de seguridad de esta operación?

—La cosa no funciona así. No me presenté, no; me escogieron.

Ella se mantuvo en silencio y él añadió:

—Hace unos meses, poco tiempo, la verdad, yo era un discreto teniente coronel de segunda fila, destinado en la prisión de Santa Rita. Un destino duro, se lo puedo asegurar. Tuve que presenciar muchas ejecuciones.

—Republicanos presos.

—Republicanos —asintió Bernal; y añadió—: anarquistas, socialistas; o simples campesinos, obreros, gente a la que el levantamiento pilló en un sitio y no en otro.

Elsa Braumann contempló los ojos verdosos del coronel, iluminados por la luz otoñal de la tarde, y los encontró llenos de piedad.

—Habla de ellos como si no fueran sus enemigos.

—Son compatriotas, señorita Braumann. Lamento la muerte de cualquier español.

El coronel se arrodilló junto a la plancha de acero y levantó una esquina. Quedaron al descubierto las escaleras de hormigón que bajaban al refugio.

—Como le digo, yo estaba destinado en la prisión de Santa Rita, cuando un día se presentaron dos oficiales y me condujeron a la Capitanía General. Yo había escrito un informe en el 38, por orden de la Casa de Su Majestad el Rey, para cuando acabara la guerra: *Protocolo de Seguridad para una reunión entre su majestad Alfonso XIII y Adolfo Hitler.*

Por la mirada extrañada que puso ella, Bernal se vio obligado a explicar.

—En aquel entonces se pensaba que, cuando acabara la guerra, el general Franco le devolvería el poder a Alfonso XIII.

—Cosa que nunca sucedió.

Bernal suspiró.

—El caudillo ha decidido que de momento la monarquía tendrá que esperar. Considera que España no está madura todavía.

»En mi informe del 38 yo detallaba la seguridad, los plazos, los protocolos de actuación, quién debía acompañar al jefe del Estado en el viaje… Todo. El alto mando debió encontrarlo perfecto para adaptarlo a la reunión de Hitler con Franco. De pronto —dijo recordando su asombro— me convertí en el experto de quien dependía la seguridad del caudillo.

*

—De modo —replicó Elsa— que, pese a que es usted monárquico, le ascendieron a coronel y le ofrecieron el mando de la operación.

—¿He dicho yo que soy monárquico?

—Lo ha dicho, sin decirlo.

Bernal no tuvo más remedio que reírse.

Elsa no fue capaz de mantener esa mirada y giró la cara hacia los escalones. Unas flores asomaban por entre las grietas del cemento salpicando de amarillo el gris.

—Coronel, ¿nunca se planteó negarse a aceptar?

—Ya se lo he dicho: no funciona así. Nuestro deber es aceptar. Aunque no nos guste, aunque no nos sintamos capacitados o tengamos miedo. Debemos aceptar.

—¿Yo también?

—Ya oyó usted al barón de las Torres, es una de las mejores traductoras que hay.

—Una de las mejores —repuso ella, descreída—. Si soy tan buena en lo mío, ¿por qué paso tantas penurias?, diga; tanta hambre.

—La vida es injusta —replicó Bernal—; estoy harto de encontrarme patanes con poder, inútiles, papanatas. Y luego hombres como el comandante Berlanga, buenos y capaces, discretos, llenos de modestia, que se afanan por sacar adelante a sus cuatro hijos de la manera más decente que pueden. Además —añadió tajante—, lo de sus penurias se acabó. Ya me he ocupado de que no le falte de…

—Lo sé, y se lo agradezco en el alma, coronel. Nos ha llenado usted de atenciones, pero…

—Pero no se cree merecedora de ello.

—Es que *no soy* merecedora de ello.

—¿Lo dice porque se ha permitido vivir en el piso que le dimos? ¿Tan indigno le parece aceptarlo?

Nada respondió ella, perdida en los pómulos angulosos del coronel Bernal; en el fino bigote que coronaba su boca.

—Porque no quiero problemas —respondió Elsa Braumann—. Porque no pertenezco a ningún bando, ni creo en ninguno de ellos. Solo aspiro a ser una persona buena y capaz, discreta, que se afana por sacar adelante a su hermana de la manera más decente que puede.

*

El resto de la tarde se marchó en un largo paseo, mientras a su alrededor iba cayendo la noche. A ella le sorprendió el estoico aguante del militar, que pese a ir en camiseta no se quejó del frío ni una sola vez.

Bernal se mostró muy interesado en su nueva traducción, la de ese manuscrito inédito de los hermanos Grimm. Volvieron a encenderse los ojos de la señorita, apasionada con su trabajo. Bernal sonrió.

—Quedamos en que ese pastorcillo había encontrado devoradas tres ovejas más.

—Eso es. El muchacho, indignado, se fue directo al lobo:

»—Ay, hermano lobo —le dijo—, me dijiste que jamás volverías a comerte a mis ovejas.

»—Muchacho —respondió el animal encogiéndose de hombros—, soy un lobo.

»El pastor hizo una emocionada semblanza de cada una de las pobres ovejitas, mientras le caían las lágrimas de pena:

»—Una, la blanca, se llamaba Mehl, Harina; otra, la del mechón castaño era *frau* Büschel, doña Mechón; la tercera, la que llevaba un lindo cascabel, recibía el nombre de Glöckchen.

»Oír todo esto conmovió al lobo, que pidió perdón, emocionado:

»—Joven pastor, ya no volveré a comerme tus ovejas.

»Llegada la semana siguiente, el muchacho llamó a su rebaño nada más despertar y solo le contestó un espantoso silencio. La colina estaba sembrada de los despojos de sus ovejas, despedazadas a mordiscos.

—Caray con los Grimm —replicó Bernal—, menudo cuento para niños; no me quiero imaginar cómo acaba.

—Bueno…, a diferencia de lo que todo el mundo cree, no escribían para niños. Sus libros eran más bien estudios sobre el folclore medieval, con todas sus brutalidades, y estaban repletos de notas eruditas, más largas que el propio cuento.

Bernal la observó. La media melena caía sobre la mitad del rostro de Elsa Braumann, y la luz se dibujaba alrededor de su cabeza, como si fuera una actriz de cine en una película americana. Había algo en la traductora que le llamaba la atención: aquella nariz, algo chata; la boca, quizás. El conjunto, sin ser hermoso, dotaba al rostro de la mujer de una cierta armonía, que le era propia a ella sola: una singular… ¿Por qué no decirlo? Una singular belleza.

*

Se puso a llover y el paseo de Recoletos recibió desierto el chaparrón, con la mitad de los faroles apagados y la gente evitando la oscuridad. Elsa y Bernal corrieron hacia la luz cálida que desprendían los ventanales del Café Gijón. Entraron riéndose, empapados y sacudiéndose la ropa.

—Nunca había estado en el Gijón —dijo ella.

—Yo la invito.

Se les acercó un camarero.

—Buenas tardes, coronel, ¿donde siempre?

—Buenas tardes, Vicente. Si está libre…

Los condujo hasta una mesa allá en la esquina opuesta del local, desde donde podía apreciarse el Gijón en todo su esplendor. Estaba de bote en bote, a pesar de que el dinero escaseaba en Madrid. Políticos y toreros, faranduleo, comerciantes de la zona fumando grandes puros y señoras bien bebiendo anisete. Pero sobre todo abundaban los escritores. La mayor parte de ellos no tenían dónde caerse muertos y abusaban del que de entre todos tenía éxito, que solía invitar a los más cercanos. El resto se pasaba la tarde de mesa en mesa y de tertulia en tertulia, que estaban muy de moda, criticando a clásicos y contemporáneos frente a un vaso de agua.

—Ese de ahí es Jardiel —dijo Bernal por lo bajo, señalándolo con la barbilla—, ¿le suena?

—¿El de las obras de teatro? Vi una suya, justo en la guerra, muy graciosa, de unos que se tomaban un bebedizo y se hacían inmortales.

—*Cuatro corazones con freno y marcha atrás.* Es estupenda.

—¿Le gusta el teatro, Bernal? —pregunta Elsa sorprendida.

—Mucho. Y el cine también. Aquel, mire, el delgado con cara de antipático...

Mientras la ayudaba a quitarse el abrigo le indicó una mesa apartada donde un muchacho tomaba notas en una libreta, atento a todo lo que ocurría a su alrededor.

—Se llama Camilo —dijo Bernal—. Me ha dejado leer un trocito de la novela que está escribiendo y es impresionante; bastante dura, va a tener problemas con la censura, pero impresionante. Eso sí, él me parece un prepotente.

—A lo mejor es famoso un día y aquí estamos nosotros, tan cerquita.

Bernal se rio. Pidió café con leche; ella dijo que no quería nada y él insistió. El camarero apuntó cafés para dos.

—Viene usted mucho por aquí —observó ella.

—Me gusta el ambiente. La dueña es amiga de la familia y a veces no me cobra.

—Curioso, que a un militar… —Iba a decir algo, pero se detuvo.

—Siga —replicó Bernal divertido—. ¿Le sorprende que a un militar le guste un ambiente literario?

—Reconozca que no es lo normal.

—Nos mira con prejuicio: cree que todos los militares somos unos zoquetes.

Elsa se hizo la loca y agachó la cara, sonriendo.

—Para mí —dijo el coronel, y sus ojos se velaron de una cierta melancolía—, los libros representan un equipo de rescate, no sé si me entiende.

—¿Equipo de rescate?

—Los libros nos rescatan de este mundo nuestro y nos llevan a otros. Un solo ratito entre los piratas de Malasia o en las praderas del Far West, vale por un día entero en este. El recuerdo de haber estado allí despierta en nosotros la idea de que existen mundos mejores.

—Me temo que yo soy tan pragmática… —replicó ella—. Esos mundos no dejan de ser fantásticos. No existen.

—No importa que sean fantásticos, uno ha estado igualmente allí, y, cuando vuelve a este mundo, lo hace con una cierta… *esperanza*.

Qué curioso le pareció a la traductora ver reflejado en este hombre el mismo sentir de su madre, cuando se encerraba en el dormitorio para evadirse con alguna lectura.

*

Mientras él se encendía un cigarrito, Elsa Braumann contempló las manos del coronel Bernal, esas que habían sostenido las obras de Salgari, y dijo:

—El otro día…, cuando mencionó los libros prohibidos que iban a retirar en mi piso, me pareció que hablaba de ellos con lástima.

Bernal se echó hacia detrás, incómodo, y tardó un instante en responder.

—La idea de que los quemen —reconoció por fin— no me resulta agradable.

—A pesar de que estén prohibidos por el Régimen. Usted sabe que hay personas que están salvando libros, llevándoselos escondidos de bibliotecas donde están en peligro. Esas personas lo hacen aun sabiendo que se arriesgan a ir a prisión.

El coronel suspiró y terminó por encogerse de hombros.

—No soy quién para decidir esas cosas. Yo me limito a cumplir órdenes.

Elsa Braumann se rio.

—¿Nunca se rebela, coronel? ¿Nunca dice que algo está mal, a pesar de que venga de arriba?

—Soy militar, señorita.

—Pero no parece un hombre complaciente. Quiero decir, es inteligente y tiene cultura, por lo que voy viendo. No es ningún tarugo sin criterio. Algo le pasará por las tripas con según qué cosas.

Llegó el camarero con los cafés y Bernal escapó por los pelos de estas preguntas.

—No llevo dinero ahora, Vicente, pasaré mañana a pagar.

—Usted sabe que no hay problema, coronel.

Se retiró el hombre y quedaron unos instantes en silencio, revolviendo sus cafés humeantes. El vapor dibujaba una hermosa voluta que se elevaba entre ellos hasta deshacerse.

Bernal disparó a bocajarro.

—Los nazis quieren hablar con usted.

Ella levantó la vista del vaso. Prosiguió Bernal:

—El jefe de la policía de Hitler, Heinrich Himmler, va a venir a Madrid en los próximos días. Los nazis lo están vendiendo como si se tratara de una visita turística, pero Himmler quiere preparar un poco el terreno, antes de la reunión del día 23. Uno de sus hombres actúa de enlace conmigo, participando de la seguridad. Se llama Gunter Schlösser.

Atenta a sus ojos, ella bebió un sorbo de café.

—Schlösser —añadió Bernal jugueteando con el borde del vaso— ha sido enterado de que va a participar usted en el encuentro con el *führer*; está muy interesado en conocerla.

—¿A mí?

—El caudillo va a organizar una recepción para Himmler en El Pardo. Allí tendrá usted que hablar con Schlösser. Pura formalidad, no tiene de qué preocuparse.

—Me crie en Alemania, coronel, ¿se acuerda? —replicó Elsa—. Conozco a los nazis. Con ellos siempre hay que preocuparse.

*

Pasaron por La Mallorquina, que estaba a punto de cerrar, donde Elsa compró un dulce de almendras y una velita de cumpleaños. Bernal la había acompañado hasta Sol, atravesando la niebla repentina que de pronto fue envolviéndolos.

El coronel parecía feliz. Era muy asiduo a las revistas de cine, en donde aparecían noticias de próximos estrenos, y le mencionó a Elsa la pasión con que esperaba el estreno de dos películas americanas «en colores», y que, por lo que se contaba, eran el no va más. Una de ellas se llamaba *El mago de Oz*, basada, al parecer, en una serie de libros muy celebrados en los Estados Unidos, y protagonizada por una actriz casi desconocida, una tal Judy Garland.

—La otra —dijo Bernal, ilusionado—, ah, la otra tiene una pinta magnífica; llevo años leyendo sobre ella. Por lo que parece el rodaje ha sido de lo más complicado y ya se dice que será la mejor película de todos los tiempos. Se llama *Lo que el viento se llevó*. Solo espero que pase la censura y que la podamos ver pronto en España.

En la pastelería el coronel insistió en pagar, pero ella declinó el ofrecimiento con tanto ahínco que finalmente Bernal tuvo que desistir. Se trataba de un regalo y Elsa estaba empeñada en pagarlo ella.

Subieron Preciados arriba y cruzaron la plaza del Callao, silenciosa a aquellas horas, desierta. A su espalda los observaba, majestuoso, el hotel Florida.

Al llegar a Jacometrezo se despidieron en el portal.

—Al principio —dijo Bernal tal que si contara un secreto—, la calle se llamaba Jacome da Trezzo, que fue un escultor y orfebre italiano. ¿No le parece curioso? Terminaron rebautizándola por como la llamaba todo el mundo: Jacometrezo.

Sonreía como un niño, complacido en compartir con ella la anécdota, y Elsa olvidó el regusto amargo que le había dejado la conversación sobre Schlösser.

*

Se dieron la mano para despedirse.

—Estoy leyendo el libro del que habló el barón de las Torres —dijo Bernal—, el de Hölderlin, que usted tradujo al español.

—¿Sí?

—Se me hace difícil, la verdad, estoy acostumbrado a lecturas más ligeras. Pero me hace ilusión, por haberlo traducido usted. ¿Me lo dedicará?

—Qué cosas tiene —replicó Elsa riéndose.

El coronel había dado una calada a su cigarrillo; lo giró un momento entre los dedos, observando la brasa.

—Me imagino que la vida no ha sido amable con usted, señorita Braumann. La guerra ha convertido nuestra existencia en una experiencia amarga. Quizás eso explique esa manera tan injusta que tiene de mirarse. Pero —añadió— no debería desmerecerse tanto. Es usted muy válida.

Desacostumbrada a que vinieran de un hombre elogios como ese, Elsa no supo qué responder.

Aquí carraspeó Bernal.

—Sería estupendo sí... En fin, si fuera tan amable de acompañarme un día al cine. Como a los dos nos gusta tanto... Yo invito, por supuesto. ¿Quizás a *Lo que el viento se llevó*?

Fue la primera vez que Elsa Braumann le encontró envarado.

—Eso de lo que habla el título —dijo ella— y que se lleva el viento, ¿qué es?

—Ah, no lo sé. Con más razón habrá que ver la película, para averiguarlo.

Se preguntó ella cómo la veía Bernal cuando la miraba; si le llamaba la atención su cuerpo, a pesar de que estaba más delgada que de costumbre; el pecho, algo grande en comparación con el todo y que empezaba a decaer, anunciando ya lo que sería una batalla perdida. Qué pensaría él de la nariz, o de su boca.

De una cosa estaba segura, sin embargo: más allá de lo que pensara de ella, el coronel Bernal era uno de los pocos hombres que la escuchaba, entre aquellos que había encontrado en su vida. La escuchaba, deteniéndose en ella, y le preguntaba por sus traducciones, y la leía, interesándose.

Por primera vez advirtió que Bernal tiritaba de frío. La traductora metió el llavín en el portalón.

—Se va a poner malo.

—Sí, me marcho; hace fresco. Buenas noches, Elsa Braumann.

—Buenas noches, coronel.

Antes de que ella abriera el coronel detuvo su mano, Elsa dio un respingo. Habían cambiado las facciones de Bernal hasta afilarse como las de una máscara de guerra; pasó a su lado y se introdujo en el zaguán en sombras.

*

—¿Quién es? —dijo—. ¿Qué haces ahí?

Solo entonces la vio Elsa, a esa sombra que él había descubierto en la oscuridad del portal, esperándola; le pareció atisbar el filo de un cuchillo. Apenas se adivinaba su silueta, pero Elsa reconoció los michelines apretados bajo el suéter.

—Nada que a ti te importe —replicó la rubia altanera—. Cosas nuestras. Aquí la mosquita muerta me debe un dinero.

94

—Ese dinero —dijo Bernal— ya se te pagó.

Rabiosa, la mujer rubia dio un paso hacia ella y Bernal se interpuso; creyó Elsa que él había crecido, era un gigante. Bastó su sola voz para detener a la rubia.

—Ni se te ocurra —dijo. Brillaban los ojos verdes en la negrura, afilados.

Amedrentada por la figura del hombre, la rubia se había detenido; temblaba de rabia. En la oscuridad ya no relucía el cuchillo.

—Es que...

—Largo de aquí.

Sonó la del coronel de esa forma que suenan las voces de quienes están acostumbrados a mandar, serena, pero firme como una hoja forjada.

La rubia refunfuñó y pasó junto a Bernal con el rabo entre las piernas. Elsa se hizo a un lado para dejarle paso, acabó topando con la pared.

En la puerta se detuvo la rubia y la miró.

—Zorra —dijo apretando los dientes—, ¿sabes dónde está mi hombre? Contesta, ¿sabes que el Valentino ha terminado en el hospital? Le rompieron la cara a puñetazos, ya no le quedan dientes en la boca.

—¿Q-qué?

—Vinieron *tus amigos*, puta muerta de hambre, a llevarse tu condenado reloj.

Iba la traductora a balbucear alguna excusa, pero intervino el coronel:

—Si vuelves a molestar a esta señorita —dijo—, te juro que desearás no haber nacido.

Desaparecieron los pasos de la mujer tras salir al exterior, y se perdieron en la calle.

Elsa Braumann estaba aferrada a la pared del zaguán, temblaba todavía.

La voz de él, dulcificada, preguntó:

—¿Se encuentra bien?

—Sí —respondió ella en un murmullo.

El coronel Bernal tomó su mano.

—Está temblando.

—Ese-ese hombre del que hablaba… —dijo ella señalando con el mentón hacia donde había estado la rubia—. Yo le debía un dinero.

—Lo sé.

—Ese hombre y mi hermana…

Bernal apretó su mano para que no siguiera hablando. Elsa le miró y contempló cómo sonreían sus ojos.

—Lo sé, Elsa —le dijo—. Todo va a salir bien. Confíe en mí.

Y es verdad que confiaba. Elsa Braumann confiaba en aquellos ojos templados que le parecieron, ya desde la primera vez que los vio, los ojos más limpios que había visto en su vida.

Primero fue un contacto delicado, como quien prueba la miel con la punta de la lengua. Elsa Braumann no supo explicarse cómo se habían encontrado sus labios, pero tenía los ojos cerrados y recordó los besos de Clark Gable a Claudette Colbert en *Sucedió una noche*. A Elsa le sorprendió descubrir que, de pronto, era ella quien besaba a Cary Grant, y no Katharine Hepburn; era a ella a quien aferraba Robert Taylor y Errol Flynn y Gary Cooper; era a ella. Bernal no había soltado su mano.

Todavía sentía la boca de él sobre su boca, cuando el coronel se retiró y retrocedió un par de pasos.

Los dos rehuyeron la mirada del otro.

—Esto… —dijo él—. Esto es del todo inapropiado. Le ruego que me perdone.

Y de dos zancadas alcanzó la puerta. Abrió para salir y el zaguán se inundó del frío de la noche.

—Coronel —dijo la traductora. Y él se detuvo.

Le daba la espalda, esperando a que Elsa dijera algo, hiciera algo.

—Confío en usted, coronel —le dijo ella, rendida al fin—. Confío en que me ayudará a llevar adelante esta misión que me incomoda, que me hace sentir vulnerable y expuesta.

Le pareció que Bernal se atrevía a mirarla de soslayo. Después, salió a la calle y cerró tras él.

Aún permaneció la traductora en la penumbra, le temblaban las manos. Habían sido solo unos instantes pero aquel beso se había grabado en su boca; allí quedaba todavía el cálido cosquilleo, sobre la piel de los labios.

7

Tras un aterrizaje accidentado, el avión recorrió la pista y finalmente se detuvo; dentro del aparato respiraron sus cinco ocupantes.

Había ganado varias competiciones de vuelo de larga distancia en 1938, pero no podía decirse de este Siebel Fh 104 que fuera cómodo: los asientos resultaban estrechos y duros; en verano, el fuselaje de metal lo convertía en un horno con alas; en invierno, sus pasajeros moqueaban entre tiritonas. El bimotor nazi había sido concebido como transporte comercial para civiles, pero ahora, con la guerra, servía como vehículo de algunos oficiales jefes.

El coronel Gunter Schlösser se desabrochó el cinturón de seguridad y miró por la ventanilla. Había llovido y una niebla fantasmal recorría el aeropuerto. A pesar de las muchas horas de vuelo desde Francia, la excitación le impedía advertir el cansancio.

Se giró y contempló a sus ayudantes, que estiraban los cuerpos entumecidos. Allá al fondo, el prisionero permanecía con la mirada gacha.

—De vuelta en tu querida España, rata —le dijo Schlösser en español, sonriendo—. ¿No estás contento?

El prisionero nada respondió; se miraba las manos esposadas.

Mientras Schlösser preparaba su maletín se detuvo un camión junto a la aeronave y los operarios dispusieron la escalerilla. Llegaron también dos coches militares, de los que se bajaron unos soldados y un oficial.

Schlösser ordenó a sus hombres que lo prepararan todo.

*

Tras abrirse la compuerta, el interior del bimotor se inundó de la fresca brisa de la noche madrileña. Accedió al avión el oficial español, acompañado de dos soldados. Schlösser le salió al paso, se presentaron y saludaron elevando los brazos, al modo romano.

—Bienvenido a España, mi coronel. Dispense que no hable una palabra de alemán, pero a Dios gracias me han dicho que su español es muy bueno.

—No tan bueno como quisiera, gracias —respondió Schlösser en español y con fuerte acento.

Llevaba la nuca afeitada al milímetro y las uñas como espejos.

—Venga, aquí les tengo preparado su regalo.

Al enfrentar al prisionero lo encontraron tapándose la cara con las manos esposadas, de puro miedo, como el niño que se resiste a enfrentar de noche los monstruos que habitan en su ropero.

—Madre mía… —murmuraba entre sollozos—. Madre mía…

Schlösser estaba hinchado como un pavo. A este antiguo cargo del Gobierno republicano lo habían capturado en París, después de escapar de España como tantos otros al sobrevenir la victoria del ejército de Franco. Casi quinientas mil personas cruzaron la frontera con el país vecino en el invierno del 39, solo para encontrarse, meses después, con que los nazis conquistaban Francia.

—El comunista que se escondía en una iglesia. Para eso sí te conviene tener Dios, ¿eh, valiente?

—Me revuelve las tripas —dijo el oficial español. Y le hizo una seña a sus hombres—. Llevaos a este rojo cabrón.

Así fue conducido el prisionero fuera de la nave hasta uno de los coches, entre empellones y apuntado por dos fusiles. A punto estuvo de caerse escalerillas abajo.

—Todavía nos tirarás, hijo de puta.

Tras firmar los documentos de entrega y ya en la pista, se despidieron los dos oficiales.

—España le queda muy agradecida, mi coronel. ¿Piensa quedarse unos días en Madrid?

—Oh, sí, son *otros* los motivos que me han traído hasta su hermoso país.

—¿Misión oficial? ¿Cómo va la guerra en Europa? Casi todos los días sale en los periódicos la paliza que les están dando ustedes a los jodidos ingleses, bombardeando Londres como si no hubiera un mañana.

—Se resisten a desaparecer —respondió Schlösser sonriendo—, como las cucarachas. Misión oficial, sí —añadió elevando la barbilla—. Crucial para el devenir de la guerra, me atrevería a decir.

—Carajo. Le deseo suerte entonces, mi coronel.

Taconazo y mano en alto, acabaron por separarse los dos equipos. A Schlösser y sus hombres vino a recogerlos un Mercedes negro. Dentro del vehículo los esperaba una botella de champán y varios vasos, junto a una nota escrita en alemán, pero con faltas de ortografía.

Willkommen zu Spanien, colonel. Mit die beste wünsche von sein exzellenz, generalísimo Franco.

—Lo primero que vamos a hacer con estos moros españoles cuando acabe la guerra —dijo Schlösser— es obligarlos a aprender alemán.

*

Llegaron al Palace. El coronel Gunter Schlösser acababa de revisar con su ayudante los pormenores de la recepción que el general Franco había organizado para Himmler en El Pardo.

Al salir del Mercedes, el coronel elevó la vista. Durante la guerra, el hotel había sido requisado por los republicanos y usado como hospital de sangre y alojamiento para niños huérfanos; hasta se decía que en él adecuaron un salón como gallinero. Aunque había sufrido desperfectos por los bombardeos, lucía ahora una imagen impoluta, pero subiendo las escaleras de mármol a Schlösser le pareció que todavía olía a pobres.

El registro en el hotel se sucedió sin contratiempos. A sus hombres los alojaron en la segunda planta, pero a él le dieron la *suite* nupcial, de la que esa misma noche, y avisada la gerencia de su llegada, habían sacado a una pareja de recién casados.

El botones dejó la maleta sobre la mesa y se cuadró antes de abandonar la habitación. Creyendo que por esto recibiría una buena propina levantó la manita doblando el codo, igual que había visto hacer en una película alemana.

—*Heil* Hitler —dijo.

Pero Gunter Schlösser le dedicó una ojeada de soslayo y se puso a mirar por la ventana.

—Me quiero dar un baño. ¿Hay agua caliente?

—Debería —respondió el chico—, lo que pasa es que a veces se corta sin avisar.

Nada más añadió el oficial nazi, contemplando los edificios madrileños que se vislumbraban desde su ventana, y el muchacho optó por aceptar su derrota y, reculando, abandonó la habitación sin la propina.

Al quedarse solo, Schlösser se quitó la guerrera del uniforme. Acusaba ahora el cansancio, le incomodaba la ropa sudada.

Abrió el grifo de la bañera y cuando por fin comenzó a salir agua caliente puso el tapón. Volvió al dormitorio y se desnudó. Un intenso olor a queso rancio se apoderó de la habitación.

De su maletín sacó los documentos relativos a la seguridad de la reunión de Hendaya. Repasó unos instantes la agenda del día siguiente y apuntó mentalmente un par de asuntos que requerían una vuelta. Decidió que ya estaba bien por hoy.

Levantó el teléfono y llamó a recepción.

—Voy a darme un baño ahora, ¿me pueden subir algo de cenar a la habitación?

—Disculpe, coronel, pero la cocina está cerrada ya; le podemos preparar un refrigerio, algún bocadillo frío.

La voz de Gunter Schlösser, entonada apenas en un susurro, salió de sus labios igual que una cuchilla.

—¿Perdón?

Al otro lado del teléfono se advirtió una respiración entrecortada.

—En quince minutos le subiremos la cena, coronel —dijo inquieta la voz del recepcionista del turno de noche.

—Otra cosa. Me gustaría compartir la cena con una señorita.

—Bien. No hay problema —dijo el joven; parecían sudar de miedo, las palabras.

Schlösser colgó el teléfono y regresó al cuarto de baño. Humeaba el agua dentro de la bañera y dejó salir un poco de fría.

*

Incluso allí, en un hotel de lujo, se advertía en los pequeños detalles que España era un país arruinado: ciertos desconchones en el techo, en las esquinas desportilladas de alguno de los azulejos, en el acabado final de cada cosa. Se había malacostumbrado a los fastos parisinos; acaso al volver a Berlín descubriera también esa cierta decadencia que la cotidianeidad hace pasar inadvertida. Alemania lo había pasado mal durante muchos años, los siguientes a la Gran Guerra; qué gran precio les habían hecho pagar los enemigos victoriosos, por la derrota; el país había estado empobrecido. Hasta la familia de Schlösser, que era de lo más acomodada, había conocido las penurias.

Schlösser llevaba unos instantes mirando al techo cuando, adormecido por el vapor, cerró los ojos. El agua caliente le llegaba por el cuello. Se encontraba relajado por fin, cosa inusual en él, acostumbrado a permanecer siempre en tensión.

Y luego estaba la humillación. La terrible humillación de saberse perdedor. Ellos, alemanes orgullosos que se sabían lo mejor de Europa, por encima de los sucios italianos, portugueses y españoles, por encima de los sucios griegos, habían sido relegados al escalafón más degradado. Tocaba ya, por fin, conocer el sabor de la victoria. Acababan de caer los polacos, los franceses asquerosos. Los ingleses serían los siguientes; después, Rusia. Y un día, cuando toda Europa y la mitad de Asia fueran nacionalsocialistas, caerían los americanos.

Y, mientras, en este camino imparable hacia la conquista mundial, los nazis irían espulgando al mundo, realizando metódicamente la purga que limpiara la sangre de este triste ser humano, tan mezclada; harían desaparecer gitanos y negros y moros.

Llamaron a la puerta y una voz anunció desde el pasillo:

—Servicio de habitaciones.

—Pase —dijo Schlösser desde la bañera.

Escuchó cómo abrían la puerta de la *suite* y entraban. Traían un carrito.

Schlösser se preguntó cómo sería el coronel Bernal, su homólogo. Habían hablado un par de veces por teléfono e intercambiado un buen número de telegramas, pero deseaba poder mirarle a los ojos. Por el protocolo que el español había preparado, y que Schlösser había leído a conciencia, podía decirse de Bernal que era un hombre inteligente y desconfiado. Hasta que no le mirara a los ojos, sin embargo, no advertiría sus debilidades, y era claro que debía tenerlas, como todos los hombres.

La voz de una mujer titubeante sonó al otro lado de la puerta.

—Le-le han traído la cena.

—Voy.

Salió del agua chorreando, renovado y limpio. Se puso el albornoz del hotel. Con el baño se había acrecentado en él esa sensación tan natural de poder.

Al salir encontró en el dormitorio el carrito con la cena y a una mujer junto a la cama, aguardando de pie. Se giró al oírle entrar y se le quedó mirando como si tuviera ante ella al zar de Rusia, sin saber cómo reaccionar. Era alta, delgada; llamaba la atención en ella una cierta elegancia aria.

La ventana estaba abierta.

—¿Has abierto tú? —preguntó Schlösser.

—Estaba el ambiente un poco cargado.

No se le escapó a la señorita que el oficial nazi parecía de mal humor, soliviantado por algo.

—Cierra —dijo Schlösser.

Ella obedeció al punto.

Él destapó el plato y encontró un par de huevos fritos con salchichas. Nada más ver la pinta de la cena se le pasó el apetito. Ella, por el contrario, no quitaba los ojos de la comida.

—Menuda pinta tiene eso —dijo—. Me comería un oso, no he cenado.

Schlösser acudió hasta la mesa y de la maleta sacó una cajetilla de cigarrillos, se llevó uno a la boca.

—Vete.

—¿Qué? Yo pensé…

—Ramera estúpida —replicó Schlösser entre dientes—, he dicho que te vayas.

A la chica le subieron los colores por la cara, quedó primero confusa y luego, viendo que él hablaba de lo más en serio, agarró el abrigo y abandonó la habitación.

Schlösser se encendió el cigarrillo y volvió a llamar a recepción. Encontró al otro lado la misma voz del joven del turno de noche.

—Muchacho —dijo el coronel—, no sé si lo has hecho porque eres demasiado joven o demasiado estúpido. Pero si vuelves a hacerme algo así bajaré yo mismo y te cruzaré la cara a correazos.

—Disculpe, coronel, no le entiendo, qué es lo que…

—Condenado idiota, quiero una puta, ¿entiendes? Una puta, diablos. Haz que suba una chica morena.

8

Querido Maxi:

Confío en que estés bien, he oído que Madrid está siendo muy castigada y que se está pasando hambre. Seguro que te las estás componiendo para resolverlo todo con optimismo; siempre fuiste un tío muy echado para alante.

La primera noticia: ¡me he quitado la cortinilla! No sabes cuánto me costó el primer día que salí sin ella. Ya sé que nadie la confundía con una melena, chico, y que sobre todo cuando hacía viento era de lo más ridícula, pero qué quieres, a mí me servía para hacerme sentir seguro. Aún tengo días en que me siento desnudo sin ella.

Te escribo desde Zaragoza, infiltrado en zona fascista como una comadreja en tierra de lobos. Ni preguntes: si creyera en Dios le pediría que me borrase de la memoria lo que he vivido, visto ¡y olido! en los últimos meses. Segunda noticia, que te vas a quedar pasmado: aquí donde me ves tengo una misión, ¡soy un «enlace»! Siempre pensé que los espías tenían cinturita y que no había ninguno calvo, pero ya ves...

Mi contacto es una mujer. Deja corta a Mata Hari, es

una mujer de bandera y ya me he enamorado de ella por completo. Nunca le he dicho ni le diré nada de mi admiración, porque viene a ser «mi jefa» y está casada, y yo soy una persona seria. Pero le he robado una fotografía de su escritorio y la llevo siempre conmigo. Es rubia y trabaja en la biblioteca de la Universidad, donde los nacionales han montado una Comisión Depuradora que recibe libros de toda España; libros prohibidos, que esperan a ser destruidos o que son alejados del público. A este fondo, que crece cada día, atento, los nacionales le han puesto un nombre muy dramático: el Infierno.

Entonces, nuestra misión, mía, de la rubiales y de nosecuantos más, viene a ser ¡salvar demonios! De Pérez Galdós dicen los nacionales que con su espíritu liberal y su odio a la Iglesia ha causado estragos; de Baroja que es un veneno mortífero... Yo completamente de acuerdo, que Baroja siempre me ha parecido un plomo, pero de ahí a cargarse sus obras... Eso ni soñarlo.

Esto es de locos. Hay libros, Maxi, que pasan por mis manos (llegados, ah, desde las preciosas manos blancas de mi rubia) y no alcanzo a verles el peligro; libros como Peter Pan y Wendy, *o* Platero y yo. *«Platero es pequeño, peludo, suave; tan blando por fuera...». Tú me dirás qué sentido tiene prohibir* Platero y yo, *carajo.*

Mi rubiales libera los que puede y me los entrega de tapadillo en rincones oscuros (!) y yo los llevo a cierta pescadería o cierta mercería, a donde me digan. No puedes ni imaginarte cuántos ejemplares han pasado por mis manos, Maxi; Crimen y castigo, *muchas ediciones de los artículos de Larra y novelones estupendos de Víctor Hugo.*

Qué sensación, amigo. No veas lo heroico que se siente uno cuando rescata Nuestra señora de París *o* Los miserables. *A veces fantaseo y me imagino como esos mártires con*

106

pelazo, cabalgando detrás de mi bibliotecaria, y ella caracte-
rizada como La libertad guiando al pueblo. *Oye, pero sin la*
teta fuera, que te veo venir y tú eres muy calenturiento.

Me imagino que te sorprenderá, Maxi, encontrarme en
estas. Quién puede conocerme mejor que tú, desde aquel día
que nos sentaron juntos en el pupitre, yo con mi raya al
lado que parecía que la había lamido un gato y tú que eras
de la piel de Barrabás. Sabes que siempre preferí no tomar
partido, que llevaba años viéndolos venir y ante sus bravuco-
nadas solo respondía a lo Wilde, con alguna elegante ironía,
y miraba hacia otro lado. Soy culpable de haberlos dejado
llegar hasta aquí. ¿No lo somos todos un poquito? Porque los
vimos venir, Maxi, los vimos de lejos, acercándose, acercándo-
se, y ninguno quisimos enfrentar lo que estaba pasando. Lo
que todos temíamos que iba a pasar.

Así que, bien, me he dicho: «Se acabó. Toca mojarse».

Total, mira, que he encontrado mi papel en esta guerra.
Tampoco es que sea el no va más, desde luego, y te confieso que
vivo asustado hasta de mi sombra. Aunque casi temo más por
mi rubiales que por mí.

Entonces que no te sorprenda tanto, amigo mío querido.
Por eso hago lo que hago. Por ellos, Maxi. Por Juan Ramón y
por Larra, por Víctor Hugo y por Galdós.

Tu amigo más antiguo,
Matías
Noviembre de 1938

*

—La verdad es que no tengo estómago para dulces —dijo Melita.

—Pero si hace un montón que no te comes uno. ¿Seguro que no
quieres? Yo me comí una garrapiñada antes; este es todo para ti.

Melita dijo que no con la mirada sobre el paquetito con el envoltorio de La Mallorquina, pero extraviada, como pensando en otra cosa. Estaban las dos sentadas sobre la alfombra.

—Tenías que haberte venido al cine —dijo Elsa desanudando la cinta rosa que rodeaba el paquete.

—Es que estoy tan débil...

—Esta noche te pondrás hasta arriba de azúcar, que ya toca.

—Es el mismo que le gustaba a papá.

—Yo lo odiaba —contestó Elsa, y rio como cuando eran niñas y las ilusionaba cualquier nimiedad.

Acudió a la cocina, a buscar cerillas. En el pasillo encontró ropa de Melita tirada por el suelo y Elsa fue recogiéndola. Unas horas fuera habían bastado para que la cocina estuviera patas arriba; el fregadero lleno de platos, la encimera manchada de cebada tostada, engrudo que empleaban como sucedáneo del café.

Buscando las cerillas recordó que debía mentirle a su hermana y se le hizo un nudo en la garganta.

—Tengo que pasar unos días fuera —anunció desde la cocina—. Me invita la editorial, que va a proponerme un nuevo trabajo.

—Muy generosa está la editorial últimamente, ¿no? Qué gusto, para variar.

Nada respondió la traductora desde la cocina, y tampoco preguntó más su hermana, de modo que Elsa agradeció no tener que mentir más. Por escapar de aquella sensación desagradable tiró del recuerdo: la mano de Bernal, sus ojos verdes; el beso.

Al regresar a la sala apagó el interruptor de la luz y repuso Amelia:

—Pero todavía no son las doce.

—Lo adelantamos un poco —dijo Elsa sentándose a su lado en el suelo.

Encima del dulce, como una bandera, clavó la velita que había comprado y la encendió. Quedó el comedor iluminado con la llama tenue; las sombras de las dos hermanas temblaban en la pared. La penumbra se había vuelto de un naranja cálido.

—Corre, pide un deseo.

Melita contempló la vela en silencio, pero no pareció reaccionar. Tuvo Elsa que soplar la llama.

—Yo lo pido por ti.

A oscuras, contemplaron el dulce durante unos instantes, en silencio; pero Melita iba agachando la cara, perdida en el dolor de sus recuerdos.

—Hoy he cobrado por fin —dijo Elsa por animarla.

Acudió al bolso y sacó unos cuantos billetes, que le entregó a su hermana.

—Adminístralos bien.

—Yo soy un desastre para el dinero, Elsa, mejor que lo guardes tú.

—Yo no voy a estar.

Se miraron, conscientes de que había sonado a «Yo no voy a volver».

—Mujer —repuso Melita—. Lo dices como si te fueras al frente.

—Al frente no, pero…

—No me va a pasar nada por quedarme sola, Elsa.

De esto no estaba muy segura la traductora.

—Te tienen que durar —le dijo—; haz las cosas con cabeza. —Y acercándole el dulce añadió—: Anda, cómetelo.

Bajo el papelito asomaba el dorado tentador del huevo, el lujo de las almendras fileteadas.

—Se me ha cerrado el estómago —dijo Melita, cabizbaja.

—¿Qué tienes?, ¿te has acordado de algo?

Melita se puso en pie. Resonó la madera del comedor bajo sus pies descalzos.

—¿Qué te pasa, Meli?, ¿te has puesto triste?

Solo entonces la miró su hermana, al darse la vuelta, detenida en la puerta que daba al pasillo.

—Yo siempre lo hago todo con cabeza —le dijo. No había nota de reproche en sus palabras, sino un cierto dolor—; aunque algunas cosas no me hayan salido bien en la vida.

Elsa Braumann suspiró. Iba a responderle que lo sabía, que la perdonara si le había transmitido…

Iba a decirlo, pero no dijo nada, porque todo cuanto dijera habría sido mentira: si algo no había tenido nunca Melita era cabeza. Y, por esta noche, Elsa ya no quiso mentir más a su hermana.

Esto enardeció a Melita, desde luego, que fue muy consciente.

—Ahora —dijo cruzando los brazos, fastidiada— es cuando tú dices: «Meli, tú tienes la cabeza muy bien amueblada».

—No me da la gana de decir nada —replicó Elsa sin mirarla.

Aquí vino el cañonazo; Melita se la quedó mirando y al fin preguntó:

—Elsa, ¿estás enfadada conmigo?

—¿Qué?

—Estás enfadada conmigo, me puedo dar cuenta, no soy idiota. ¿Es por tener que estar cuidándome?

—No digas tonterías, Melita —respondió Elsa desabrida.

—¿Es porque tienes que estar cuidándome después de lo que sufrimos con papá?

Elsa se puso de pie, indignada.

—¡Pero qué jeta tienes! ¿De lo que *sufrimos* con papá? ¡Melita, si el tiempo que papá estuvo malo te lo pasaste con Valentino por ahí, de fiesta mientras el pobre se moría!

—¡No es verdad!

—¡Claro que lo es! ¡Te ibas con Valentino por la mañana y aparecías de madrugada! ¡Si tardaste dos días en enterarte de que había ingresado a papá en el sanatorio! ¡Si las enfermeras no te conocían!

Elsa estaba furiosa y Melita se sentía juzgada; cada vez alzaban más la voz.

—Yo le dedicaba el tiempo que podía.

—Las migajas.

—¡Una también tiene que vivir, Elsa! ¡No todo son las responsabilidades!

—¡Mientras tú *vivías*, Melita, yo me dejaba la salud, coño!

—¡No haberlo hecho!, ¿quién te obligaba?

—¡Me obligaba yo! —respondió Elsa dándose en el pecho—, ¿cómo puedes ser tan cínica y aprovechada?

Melita tomó aire, encendida, pero esta vez dijo muy bajito las palabras.

—Igual si te hubieras obligado menos y te hubieras echado novio ahora no estarías tan amargada.

Se quedó Elsa en silencio, mirándola. Iba a responder, pero se le agolpaba tanto dolor por dentro que fue incapaz de armar ninguna frase.

Melita se había arrepentido antes de ponerle el punto a la frase, pero no dijo nada, temblando; y acaso por orgullo, o porque en el fondo sabía que algo de razón tenía su hermana, fue incapaz de dar marcha atrás.

En lugar de pedirle perdón, Amelia terminó marchándose del comedor, entró en su dormitorio y cerró la puerta con llave.

Elsa quedó a solas. Sobre el dulce de La Mallorquina, reposaba la velita, derretida.

—Feliz cumpleaños —murmuró.

9

Un nervioso encogimiento agitó charreteras y alzacuellos, las perlas de las señoras, cuando él hizo su entrada. Desde donde estaba, Elsa no fue capaz de atisbar más que una figura borrosa que bajaba las escaleras; le llamó la atención la escasa estatura del caudillo.

Ya podía haber sido un apolíneo gigante, sin embargo, que cualquier medida humana se vería reducida en aquel impresionante escenario: los Borbones habían sabido convertir en airoso *château* el que fuera agreste palacete de caza de los Austrias. El generalísimo había fijado el Palacio de El Pardo como residencia y centro de operaciones donde se cocinaba el nuevo Estado.

Todo el que era alguien en Madrid habría matado por ser invitado a la recepción de Himmler. Elsa Braumann divisó, algo más allá, al embajador alemán Von Stohrer; a Serrano Súñer, el Cuñadísimo, tan celebrado últimamente en los periódicos por su nuevo cargo de ministro de Exteriores. A quien no conseguía distinguir todavía era al hombre que la había convocado. Si Gunter Schlösser estaba en esta recepción se mostraba esquivo a la traductora.

El rumor de las conversaciones generaba una melodía envolvente; a Elsa, por contra, la envaraba no tener a nadie con quien hablar. Desacostumbrada además a las frívolas conversaciones de los encuentros sociales, le resultaba incomodísimo corresponder a preguntas acerca del último bolso de París, el más distinguido modelo de zapatos o la oportunidad de ese color mostaza, tan de moda.

Había esvásticas por todas partes, tanto en la decoración de los arreglos florales como en los pequeños broches que sujetaban los mantones de las señoras. La mirada de Madrid, ferviente defensora del Eje, estaba vuelta hacia el Reich; la España de Franco apostaba fuerte por que los nazis ganarían la guerra, había incluso quien invertía en la compra masiva de marcos.

—¿Todo bien, señorita Braumann? —preguntó el coronel Bernal.

*

Ofrecía un aspecto muy distinto del de la última vez que se vieron: portaba el uniforme de gala con una elegancia que le venía de fábrica; la caída del traje y la desenvoltura de sus movimientos avisaban de que aquel hombre estaba acostumbrado a moverse con soltura entre tapices.

—Todo bien, coronel —respondió ella, ruborizada.

Nada se dijeron acerca de lo ocurrido en la escalera; sobre todo para Bernal era de lo más inapropiado mantener un romance con Elsa, que estaba a sus órdenes en aquella operación. Era obvio, sin embargo, que había surgido entre ellos una complicidad. Ciertas actitudes los delataban, esa forma de entretenerse mirando la boca, o de observarse como quienes comparten un secreto.

—Pero me temo —añadió Elsa— que aquí estoy fuera de lugar. Este no es mi mundo.

A su alrededor, se sucedían besamanos y apretones con inclinación de cabeza: los señores de Tal saludaban a los señores de Cual. Flotaban los apellidos, y atildados miembros de la Casa Pontificia recibían el reverencial beso en el anillo. Había en la sala rancias familias a las que les iba bien en cualquier régimen, los que siempre se elevaban *por encima de la ola* —quizá se habían retirado a sus propiedades de Francia, Suiza, Italia, durante aquellos años espantosos tras el Alzamiento, y ahora habían vuelto, dispuestos a repartirse el botín—; pero también arribistas y especuladores, actrices, copleras, toreros. Entre los altos cargos militares navegaba, tanteando oportunidades, la flor y nata de una nueva clase emergente, a los que delataba la excitación de los depredadores. Sobre la tierra que cubría al millón de muertos se podía ya comprar y construir. Sufrían un ablandamiento inusual las leyes de propiedad, y en general todas las leyes, incluidas las sociales. Solo había que echar un vistazo, en fin, a aquel imponente palacio donde un don nadie, nacido en una pequeña ciudad de provincias, dormía a pierna suelta en el lecho centenario de los reyes.

—En fin, aquí estoy: una mosca entre mariposas.

—Una *abeja* entre mariposas —puntualizó él.

Elsa Braumann sonrió; la imagen aludía al vestido que llevaba, de muselina amarilla, con una cinta oscura en la cintura.

Se lo había prestado la propia Melita, el mejor de su armario. «Métele las hechuras aquí y aquí». Silbó al verla enfundada en el vestido; fue a ella a quien se le ocurrió lo de la cinta de organza negra; «Cruzando la cintura, así. Lo vi en una revista». Elsa Braumann se había permitido solo una mirada al espejo, un instante para comprobar que, ahora que le faltaban algunos kilos, las líneas se ajustaban a su silueta. El viaje de placer, sin embargo, terminaba cuando ascendía cuello arriba con la mirada. Evitaba en lo posible contemplarse en los espejos, en los escaparates, acostumbrada a observar más lo que había dentro de su cabeza que fuera de ella. Le sentaba bien el vestido, sin embargo; quiso imaginar que estaba guapa.

—Una abeja, ¿eh? —replicó divertida—. No sé si la imagen me beneficia.

—¿Por qué no? Las abejas son criaturas extraordinarias: capaces de hacer miel y de morir matando.

—De acuerdo entonces —dijo Elsa—: *die Biene*. La abeja. ¿Será ese mi nombre en clave como espía?

El coronel Bernal amagó una sonrisa y, entre bromas y veras, le habló de medio lado.

—Yo no jugaría con eso aquí: esto está lleno.

—¿De espías?

—Nos conocemos bien unos a otros. Italianos, alemanes, ingleses, americanos… Eso sin contar los nuestros. Europa entera está hoy pendiente de este punto en el mapa. Pero esta fiesta no es más que niebla, aquí nos movemos los que en el teatro llaman «figuración». La reunión importante, como podrá usted figurarse, será la del caudillo con el *führer*.

Un rumor creció al fondo, cerca de la puerta. Los invitados aplaudieron expectantes a la comitiva que entraba, buscando al famoso Heinrich Himmler, en cuyo honor se hacía aquella recepción en El Pardo.

Ella, sin embargo, andaba pendiente de otro caballero.

Bernal hizo un gesto a uno de los nazis y, de puntillas, Elsa trató de elevarse por encima de coronillas y hombros: enseguida distinguió entre los fornidos jóvenes alemanes que acompañaban al *reichsführer* Himmler los ojos agrisados de Gunter Schlösser.

*

El protocolo de bienvenida se hizo largo y pesado para la inquieta Elsa, hasta que *herr* Himmler pasó finalmente a otra sala, en compañía del generalísimo. Después, fueron servidas algunas bandejas con refrigerios para los invitados y se distendió el ambiente. Mientras los brazos enjoyados se lanzaban sobre el jamón con huevo hilado, Gunter Schlösser se acercó hasta Bernal y la traductora.

—Elsa Braumann —dijo.

Tenía una edad indefinida, de piel suave pero modales acartonados; no podría asegurarse si era joven o ya había rebasado los cuarenta. El azul de sus ojos se correspondía con el *himmelblau*, el nombre alemán para el azul intenso del cielo.

—La señorita traductora —dijo Bernal presentándola—, que formará parte del equipo del barón de las Torres. Este, señorita, es el coronel Schlösser.

Se erizaron las dos antenitas de *die Biene,* buscando pistas, pendientes de las inflexiones de su voz.

—Tanto gusto —dijo el nazi en español, con fuerte acento. Luego añadió en alemán—: *Tengo entendido que es hija de alemán y que vivió toda su infancia en Köln.*

—Así es —respondió ella, en español por deferencia hacia Bernal—. ¿Qué tal está resultando el viaje?, ¿le gusta Madrid?

—Tiene el encanto de las antiguallas. Ahora que la están reconstruyendo después de los bombardeos deberían hacer como nosotros y erigir una ciudad más… ¿Cómo decirlo…?

—¿Exagerada? —dijo Elsa sonriendo. Y Bernal tragó saliva.

—Imperial —replicó Schlösser—. Más acorde a las cosas que se esperan de España.

—¿Qué cosas son esas, coronel?

Con estudiada altivez, Schlösser englobó con el gesto a sus impecables compañeros uniformados.

—Parte de *esto*; de algo grande y nuevo, cosas más comprometidas con los tiempos que se avecinan. —Se entornaron los ojos color *himmelblau* del nazi y le hicieron parecer un raposo—. Ninguno de nosotros, por ejemplo, entiende por qué España exige tantas contraprestaciones para entrar en la guerra. ¿Acaso pueden permitirse los españoles perder un lugar en el Reich?

Intervino Bernal.

—España está del todo comprometida con sus amigos nazis, coronel.

Pero a ninguno de sus dos contertulios se le escapó el atisbo de incomodidad que latía bajo aquellas palabras.

—¿Lo están, coronel? —replicó Schlösser—. Porque nosotros nos hemos convertido en una suerte de ángeles armados con espadas de fuego. ¿Comprenden ustedes eso?

Un calor intenso le subió a la traductora por el pecho. De su boca salieron las palabras como en un goteo caliente.

—Ángeles armados con espadas de fuego… Piensan ustedes hacer arder el viejo mundo.

La idea satisfizo al alemán y sonrió.

—*So ist es!* ¿Están los españoles dispuestos a quemarlo todo?

Elsa recordó los ojos abrumados de su padre en el tren, luchando por alejar a sus pequeñas de aquellos ángeles.

—Y dígame. En ese plan suyo, ¿dónde quedaría la gente?

Empalideció Bernal; pero a Schlösser, que era impertinente y vanidoso, le pudieron las ganas de confrontación.

—Lo decide un filtro natural, señorita. Hay fuertes y hay débiles; hay hombres y mujeres que comparten la voluntad del lobo; son los libres: merecen todo porque se lo ganan. El resto… —dijo sonriendo—. El resto es rebaño.

—No termino de comprender el concepto *débiles*. ¿Dónde establecer el listón?

—Las rémoras, claro; ahí está el listón. Los incapaces de producir, de hacernos avanzar, los que no son inteligentes, ni fuertes ni sanos.

—¿Y alguien que sufra una enfermedad mental?

—Una rémora.

Bernal se ponía tenso, pero la Braumann no había terminado.

—Me imagino que también incluye a los ciegos, a los sordos… Pero ¿y si han nacido *bien* y luego sufren un accidente?

—Qué culpa tiene la sociedad de los accidentes. Allá cada cual con su suerte.

—¿No sería inmoral abandonarlos?

—La moral es un estorbo; yo hablo en términos de utilidad. Utilidad para el Estado. Es, además, una política más sensata, si lo piensa: ¿no nos beneficia a todos apartar a los improductivos?

Elsa Braumann se le quedó mirando un instante y luego preguntó:

—¿*Apartar*?

Heinrich Himmler salía ya de la sala del fondo para dirigirse al encuentro de su grupito de afines. El jerarca nazi se mostraba sonriente bajo sus gafas redondas; asomaban dos pequeños dientecitos en su boca de ratón.

Schlösser tomó la mano de la traductora. Elsa encontró los dedos largos y fríos.

—Le ruego que me perdone —dijo el oficial nazi—: el *reichsführer* se pone intranquilo si no estoy a su lado todo el rato. Encantado de haberla conocido, *fräulein* Braumann.

Dirigió los ojos azules a su homólogo militar y dio un taconazo.

—Coronel...

El oficial desapareció entre los invitados, al encuentro de los suyos.

—¿He pasado el examen? —preguntó Elsa entre dientes.

—Por un momento dio la impresión de que era usted quien lo interrogaba —respondió Bernal, divertido, observando cómo Schlösser se reunía con Himmler—. La investigará.

—Contaba con ello. El tipo es repulsivo.

Para disimular la sonrisa, Bernal se llevó el vaso a los labios.

—Perdóneme —dijo Elsa al coronel—. Hablo demasiado y usted tiene la buena costumbre de desoír algunas de mis impertinencias. —Y en referencia a Schlösser, añadió—: Ni siquiera puedo creer que compartamos bando con ese miserable.

—Son muchas las circunstancias que están cambiando. Y nosotros con ellas.

Bernal la tomó del brazo delicadamente para que le mirara. Elsa sintió de nuevo el calor de aquella mano y volvió a estremecerse. Sin embargo, encontró preocupado el rostro del coronel.

—Ándese con cuidado con Schlösser, señorita, y sea inteligente. Recuerde: hay cosas que están por encima de nuestros intereses particulares.

—¿*El deber*, coronel? —preguntó Elsa sin reprimir la expresión de asco.

—No el deber, en este caso. Mire a toda esta gente. No somos tan distintos a ellos. Hay algo que nos hace iguales a todos, ¿no se da cuenta?

Elsa Braumann observó a la gente de la sala: las hijas de familia, los altos cargos militares, los especuladores de pelo brillante repeinado hacia atrás. Debajo de la codicia, el deseo o el interés, se retorcía, sinuosa, una enorme serpiente invisible. Todo el mundo tenía un miedo cerval.

10

Le dolían los pies, desacostumbrada como estaba a llevar tacones, y no veía la hora de desembarazarse de ellos.

Se disponía a abrir la puerta de la casa cuando quedó paralizada. Fue este el principio de aquel intenso miedo que ya habría de acompañarla hasta el final. La puerta estaba abierta, entornada.

Con los zapatos en la mano avanzó por el pasillo, rebuscando en las habitaciones.

—¿Melita?

Fue al cruzar frente al dormitorio de su hermana cuando vio la cama revuelta, cosa normal en Melita, pero había algo indescifrable, una rara violencia, en aquellos libros y ropa desperdigados por el suelo.

Repitiendo el nombre de su hermana, se escuchaba a sí misma con la voz entrecortada. En el salón habían caído varias de las columnas de libros amontonados y una cortina, que se arremolinaba a los pies de la ventana abierta. En el suelo, desvencijada, estaba la jaula y había desaparecido el loro; volaría ahora por el cielo madrileño. Daba la sensación de que por la casa hubiera pasado un animal salvaje.

—¡Melita! —musitó Elsa Braumann.

Su hermana no estaba en casa, lo que resultaba inaudito teniendo en cuenta lo mucho que le costaba caminar e incluso tenerse en pie. Elsa quiso convencerse de que habría salido un minuto, a casa de alguna vecina, pero entonces encontró la nota sobre la mesa, encima del manuscrito en el que llevaba días trabajando.

La leyó enseguida. A mitad de lectura ya estaba temblando.

En la linea 1 de Sol, direccion Puente de Vallecas, alguien te dira donde estoy, pero ven sola. Andate con 1000 ojos para que no te sigan. Si avisas a alguien no me veras mas.

La firmaba Amelia, pero qué espantoso miedo al comprobarlo: aquella no era su letra ni su forma de escribir. Fue como recibir un latigazo, la nota, las señales de pelea por toda la casa, la amenaza velada.

Elsa Braumann echó a correr pasillo afuera sin pensar, animada por una parte de su cerebro que reaccionaba solamente; se le había agarrado un vacío frío en el estómago, como si le hubieran llenado de hielo las entrañas. De haber tenido alas habría echado a volar junto a su hermana. En la puerta cayó en la cuenta y volvió a su cuarto, en donde se puso los zapatos de diario para luego echar a correr otra vez. Bajó las escaleras a zancadas; ni siquiera recordaba haber cogido el bolso que ahora se colgaba al hombro.

Nunca le pareció tan largo el breve camino que la separaba de la Puerta del Sol. Mientras bajaba a toda prisa por la calle Preciados echó mano de todas las elucubraciones posibles, incluso la de que Melita se hubiera fugado con alguien. ¿Con quién, en todo caso, si hacía semanas que no salía de la cama? A Elsa, además, esta posibilidad no le pareció coherente: ¿qué sentido tenía hacer algo así y darle este susto?

La acera estaba atestada de viandantes y tuvo que bajar al asfalto, avanzó entre los coches. Lo que más la aterraba era que aquella mujer rubia y Valentino hubieran cumplido sus amenazas.

Los corredores del metro se le antojaron fantasmales. Persistía en Elsa la imagen del que había sido más importante refugio antiaéreo de la guerra: pasillos lúgubres, muchos de ellos en penumbra, atestados de madrileños cabizbajos, aterrados, mientras arriba resonaban los bombazos de Franco. Había sido no solo lugar de vida, sin embargo, sino de muerte: durante los combates con las tropas nacionales, los trenes del metro transportaban ataúdes y cadáveres hacia los cementerios del este.

Ahora había algo más de luz respecto a entonces, a pesar de las bombillas fundidas con que Elsa fue cruzándose aquí y allá. Al pasar corriendo se reflejó su sombra en los azulejos de las paredes, desgastados y sucios, como si haber experimentado la guerra los hubiera avejentado, y creyó ver a un fantasma.

Aguardando el tren en el andén, Elsa Braumann echó una mirada al reloj. Rodaban los segundos como losas de piedra, hasta que una voz masculina murmuró a su espalda:

—No se gire y disimule. ¿Ha visto si la han seguido?

A Elsa se le cortó la respiración.

—¿Quién es usted? —preguntó entre dientes sin volverse—, ¿dónde está mi hermana?

—No sé de qué me habla ni quiero saberlo, no me cuente nada. Mi cometido es uno solo: acompañarla a Cuatro Caminos asegurándome de que nadie la sigue.

Elsa imaginó en él a un Ronald Colman, a un James Cagney, fiero espía embutido en su gabardina, bajo un sombrero de fieltro.

—¿La han seguido?, diga.

La traductora observó de reojo aquí y allá.

—Creo que no.

Le pareció reconocer una figura de pronto, entre el gentío que esperaba en el andén, quince pasos más allá. El policía de paisano, el del lunar en la cara que se había presentado en su casa, la observaba disimuladamente.

—Ay Dios mío —murmuró—, me han seguido.

*

La voz del hombre que hablaba a su espalda no se inmutó.

—Por eso estoy aquí, no se preocupe. Siga disimulando, hay que esperar a que llegue el tren.

Aguardó Elsa, apretando los dientes. El condenado metro no llegaba. Los horarios eran inciertos, esto era sabido: tanto podía pasar uno cada cinco minutos como cada veinte. Había días, incluso, en que se interrumpía el servicio sin previo aviso.

Elsa Braumann luchaba para no volverse y encarar al hombre, por no correr hacia el policía del lunar y pedirle ayuda. Tenía la impresión, sin embargo, de que todos eran enemigos, unos y otros; de que nadie la podría ayudar. Hizo acopio de sangre fría; esperó sin volverse, fingiendo; esperó, esperó.

Un tremor fue acercándose poco a poco, hasta que el flamante convoy de color rojo MR6 entró en la estación, traqueteando. Aminoró la marcha y al cabo se detuvo.

—Entre —dijo el hombre—, pero esté preparada para salir corriendo cuando yo le diga.

Se abrieron las puertas correderas del tren y comenzó a salir la muchedumbre. A su espalda la gente comenzó a empujarla hacia el interior del vagón, y Elsa se dejó llevar mientras, atrás, insistía la voz:

—Cuando estén cerrando las puertas saldrá del vagón corriendo, ¿me comprende?

Instalada ya en el vagón y rodeada de gente, quedó por casualidad frente a frente con el hombre misterioso que le hablaba; tenía aspecto de gris oficinista, mediana edad, gafitas de metal, y sobre los hombros se advertían restos de caspa.

—Mi hermana… —musitó Elsa sin dirigirse a él.

—Espere hasta el último segundo y salga corriendo —respondió el tipo mirando hacia el cristal de la ventana—. No podré acompañarla o me delataré a mí mismo; de modo que a partir de ahí

123

tendrá que valerse sola. Pregúntele a la quiosquera de Cuatro Caminos por el periódico del 1 de abril.

—¿Qué?

El conductor, allá en la locomotora, hizo sonar una campanilla.

—Prepárese —insistió presuroso—. La quiosquera de Cuatro Caminos. Pregúntele por *el periódico del 1 de abril.*

Los pasajeros comenzaron a cerrar las puertas correderas.

—¡Ahora! —musitó el caballero.

Y Elsa Braumann se abrió paso a codazos, no disponía de mucho tiempo antes de que el jefe de tren bloqueara las puertas; consiguió cruzarlas y cerrarlas a su paso mientras, de reojo, contemplaba cómo, al fondo del vagón, la imitaba el del lunar en la cara, abriéndose camino también. Solo que él no tuvo tanta fortuna, y, mientras que ella conseguía salir al andén en el último segundo, las puertas del vagón quedaron bloqueadas en la cara del policía.

El convoy se puso en marcha ante Elsa Braumann. Lo último que le pareció ver fue al policía protestando entre el gentío que abarrotaba el vagón. La traductora temió que el maldito accionara el freno de mano del tren y echó a correr para perderse de vista, en dirección al andén de la línea 2, que, a la vertiginosa velocidad de 25 km/h, habría de llevarla hasta Cuatro Caminos.

*

Cuando Elsa subió las escaleras del oscuro metro y salió al exterior tuvo que hacer visera con la mano para protegerse los ojos.

La glorieta de Cuatro Caminos bullía entre carromatos que transportaban mercancías; coches, pocos; y viandantes. Allá, en el centro de la glorieta, donde hacía algunos años había fulgurado la antigua fuente que trajeron de la Puerta del Sol, hoy se elevaba una farola de varios cabezales y reloj. Vendedores ambulantes hacían negocio ofreciendo fruta recién recolectada; aquí había menos policía que en el centro. Pasó el tranvía y el conductor hizo sonar la campana para que se apartaran de las vías unos niños que jugaban a las chapas; al rebasarlos, el hombre los mandó a donde amargan los pepinos y los niños, entre grandes risas, le lanzaron piedras. A lo lejos se vislumbraban edificios de reciente construcción, pero en estos arrabales de Madrid todavía podían encontrarse viejas huertas, y hasta el campo abierto, a poca distancia.

Abrumada todavía por los nervios del viaje, Elsa Braumann paseó los ojos en derredor. Divisó un quiosco de periódicos al otro lado de la glorieta y, mirando hacia un lado y hacia otro, cruzó por en medio de la rotonda.

La quiosquera era una mujer de gran barriga, y que, pese al fresco, iba con un vestido de manga corta. Elsa se plantó ante ella cuando ataba con un cordel los periódicos que no había podido vender.

En la cabecera de uno de ellos se leía:

LOS ALEMANES PROSIGUEN SUS ATAQUES Y LOS INCENDIOS CONTINÚAN DEVASTANDO LONDRES. ÉXITOS DE LOS BOMBARDEOS SOBRE INGLATERRA.

—Perdone…, estoy buscando a mi hermana.

—¿Qué? —respondió la quiosquera.

Recordó Elsa las indicaciones que le habían dado y añadió:

—Quiero… Quiero el periódico del 1 de abril.

A la mujer le cambió la cara; de inmediato miró hacia todas partes, como si temiera encontrar a alguien. Nerviosa, echó mano al interior del quiosco, donde parecía tener algo preparado, y sacó un periódico.

—Tenga —le dijo entregándoselo.

Elsa contempló el ejemplar pasmada, sin comprender.

Mientras la mujer se agachaba a continuar su labor, le dijo entre dientes, sin mirarla:

—¿Qué espera, coño? Márchese. ¡Márchese!

Elsa echó a andar, aferrada al periódico. Observó que estaba fechado un par de días atrás y se giró para avisar a la vendedora de que se había equivocado.

—Virgen santa —repuso la mujer viendo que volvía—, mire dentro del jodido periódico.

Elsa continuó camino. Pasó frente a las puertas de las cocheras del tranvía y se adelantó hasta un edificio en cuya parte de atrás habían demolido media manzana. Se adentró en el solar.

Allí, jadeando y a resguardo de miradas curiosas, apoyó la espalda contra una pared desvencijada. Abrió el periódico y fue buscando entre las páginas, que se caían a medida que iban pasando por su mano.

Al fin dio con una tarjeta de visita a la que le habían arrancado la parte superior y de la que solo quedaba una línea:

… alle Santa Engracia 120

Al echar a andar pisoteó las hojas de periódico, cavilando mientras se aventaba con la tarjeta. Volvió sobre sus pasos hasta la glorieta. Le sonaba mucho la calle Santa Engracia; tenía la impresión de que estaba por la zona. Y tenía sentido, si es que alguien se había tomado tantas molestias para conducirla hasta allí.

—Santa Engracia —musitó mirando en derredor.

—¿Busca la calle Santa Engracia? —preguntó un hombre que pasaba tirando de un burro.

—Sí. Está aquí cerca, ¿verdad?

—Esa que baja —respondió él señalando.

Elsa Braumann le dio las gracias y se dirigió hacia allí.

Tiró la tarjeta, pues de algún modo le parecía material comprometedor. Lamentó no haberse deshecho de la nota que encontró en la casa; tuvo miedo de que alguien del equipo de Bernal la descubriera y acabara por perjudicar a su hermana, que debía hallarse, era ya evidente, metida en algún lío. Elsa se admiró de la capacidad de Melita para embarcarse en una turbia aventura aun estando convaleciente.

Cuando iba llegando al 120 de la calle, advirtió un caballerito imberbe dando vueltas a la entrada del edificio, fumando inquieto sobre varias colillas. Al verla venir parecieron reconocerse, a pesar de que ninguno de los dos se había cruzado antes con el otro.

El joven tiró el cigarrillo y la abordó tomándola del brazo.

—Ha tardado una eternidad. Vamos.

—Mi hermana —repuso ella dejándose conducir.

—Ahora le explicarán, Elsa. Camine, se nos ha hecho un poco tarde.

Escuchar su nombre en labios del desconocido la hizo ponerse enferma, y se detuvo, firme.

—No pienso dar un paso más hasta que no me diga qué está pasando y dónde está mi hermana.

—¿No está claro, coño?

Temblaba la luz en los ojos febriles del muchacho. Y también su voz, asustada de escucharse a sí mismo, cuando añadió:

—La hemos secuestrado.

11

Dolía la cabeza de Amelia Braumann, esa de la que su hermana Elsa desconfiaba.

Despertó como de la siesta pesada de la que a uno le resulta difícil salir; tenía la mente embotada. Apenas podía despegar los párpados, pero cuando al fin consiguió abrir los ojos se descubrió en medio de una total negrura, como si viajara en el interior de algo.

Melita luchaba por no rendirse a aquellas espantosas ganas de volver a dormir, de vencer la cabeza, que se había convertido en una excrecencia pesada que apenas podía sostener sobre los hombros.

«¡La caja!», se dijo, recordando.

A medida que fue recuperando la consciencia y haciéndose con el mundo, advirtió el ruido del motor. Estaba encogida, dentro de la caja; seguramente viajaría en la trasera de un camión. Tenía una tela metida en la boca. Las manos, atadas a la espalda por una cuerda gruesa, se le clavaban en los riñones; no sentía las piernas, su cuerpo estaba entumecido. Gritó bajo la mordaza, pero el chillido quedó ahogado por el ruido.

Se agolpaban sus últimos recuerdos con claridad, proyectados en aquella angustiosa tiniebla: la visita del hombre que traía una caja para entregar, de mimbre y tan grande que apenas podía abarcarla con los brazos. Se había presentado al poco de salir Elsa hacia la fiesta.

Fue porque el desconocido le había nombrado a Elsa, y «la situación comprometida en la que se hallaba», por lo que Melita Braumann le dejó pasar al interior del piso. Luego vino la pelea, que recordaba a trompicones, en un orden imposible, pues igual se veía forcejeando con él en el salón como tratando de escapar de sus garras en el dormitorio.

Una arcada le devolvió, por fin, el sabor asqueroso de aquel pañuelo que el asaltante le puso en la cara. Luego, la oscuridad.

No sospechó nada el militar de paisano que, desde la plaza de Santo Domingo, vigilaba la entrada del edificio, cuando observó que el mozo que había entrado con una caja de mimbre salía después, cargando con ella.

El vehículo se detuvo por fin y acabó el traqueteo. Alguien apagó el motor. Sobrevino un silencio terrible.

La respiración de Amelia Braumann se entrecortó, ahogada de miedo, y en aquel repentino silencio se escuchó a sí misma procurando no respirar en alto, mientras fuera se abría y cerraba la puerta del vehículo. Alguien caminó en el exterior: los pasos pesados de un hombre, sobre un suelo de tierra. Sobrevino el ruido metálico de una portezuela; se acercaron los pasos, caminando ahora sobre madera. Amelia lo escuchó toser y escupir.

Vino un golpe de luz, cuando levantaron la tapa de mimbre; la luz de un atardecer tamizado por un techo de lona. Al mirar hacia arriba, Amelia Braumann encontró la misma mirada fría del hombre que la había atacado en el piso.

—¿Ya estás despierta? —le dijo mientras sacaba un frasco de color negro y derramaba en un pañuelo un líquido apestoso.

Melita farfulló bajo la mordaza, implorando que no le hiciera nada, pero no consiguió sino emitir unos gruñidos incomprensibles. Él se abalanzó sobre ella y volvió a aplicarle el pañuelo en la cara.

Amelia Braumann estaba a punto de perder la consciencia otra vez, cuando quiso dar un grito. Luego, sobrevino la negrura.

*

—Me resulta insoportable España —dijo Heinrich Himmler, pálido todavía.

Acababa de llegar de una corrida de toros que el Gobierno de Franco había celebrado en su honor. No estaba fresco todavía el cadáver del primer toro cuando al oficial nazi le dieron mareos, sobrecogido por la brutalidad de la corrida. Abandonó la fiesta sin despedirse de las autoridades madrileñas, asombrado de tamaña barbarie.

—¡La «fiesta nacional», lo llaman! No soporto este país de burros. Me resulta increíble que Napoleón no los barriera de la faz de la Tierra.

El camarero trajo en un carrito el famoso Baumkuchen, tan alto que se bamboleaba, un «pastel de árbol», buque insignia del restaurante Brechner. Mientras ellos despotricaban en alemán, el camarero servía dos porciones del rico postre.

—Sin ir más lejos, Schlösser, mire a este simio —dijo Himmler señalando al camarero, repugnado todavía—. Compare a un campesino alemán, ario, lleno de vigor, con estos palurdos desdentados y morenos.

—Y eso que los españoles no son una de las estirpes más degeneradas —repuso Schlösser bebiendo un sorbo de su taza.

El *reichsführer* de las Schutzstaffel se adelantó hasta la mesa para subrayar su argumento con el tintineo del azucarero de plata.

—Pero tampoco están en lo más alto de la pirámide, para nuestra desgracia. «*Rasse und Raum*». Es lamentable, la ralea con la que nos vemos obligados a colaborar.

El salón del restaurante Brechner estaba iluminado a la antigua; todo era a la antigua allí, verdadero oasis del lujo en una ciudad devastada, desde las paredes enteladas de rojo, pasando por los lirios frescos y el servicio de café, traído desde Berlín por el propio dueño, el señor Brechner. Aquella era una isla, la embajada extraoficial de los nazis en Madrid, lugar de encuentro de alemanes, ya fueran espías, militares u orondos empresarios.

Himmler deslizó un billete en la mano del camarero. Le habló en alemán y tradujo Schlösser.

—Muchacho, sal a la calle; frente a la puerta hay dos coches aparcados, en uno hay dos americanos y en el otro dos ingleses. Escucha lo que vas a hacer: les sirves una copa de un buen riesling frío y les mandas saludos del *reichsführer* Himmler.

En cuanto el muchacho desapareció, Schlösser rio enseñando los dientes.

—Ya ve —dijo Himmler torciendo el gesto—, MI6 y OSS; la mierda no se me despega del zapato: Madrid es un lodazal, el Servicio de Inteligencia español está lleno de inútiles y deja campar a sus anchas a esos malditos. Pero no terminamos de centrarnos, cuénteme: ¿qué tal va lo de Hendaya?

Schlösser se apoltronó en la cómoda silla del reservado; sus ojos color *himmelblau* reflejaron el brillo de las velas.

—Me intriga una mujer, una traductora del equipo del barón de las Torres.

—¿Le intriga, dice?

—Intuición. Parece limpia, pero…

—¿De dónde sale?

—No la hemos reclutado nosotros, desde luego. El padre, alemán, un poetilla de quinta, un patán empachado de sueños que de joven viaja a España para visitar la tierra de Cervantes y conoce allí a una muchacha; la españolita es lista, quizás demasiado lista; de buena familia.

—No diga más —interrumpió Himmler—, escaparon juntos.

—Peor: se casaron, y tuvieron dos hijas, los tortolitos; se fueron a vivir a Alemania. Malvivieron durante algunos años en los que él hacía traducciones de libros. Hace diez años dejaron Köln y se vinieron a vivir a España, sabe Dios con qué idea dentro de la condenada cabeza, a quién se le ocurre.

Herr Himmler se llevó la tacita de porcelana a la boca y sorbió haciendo ruido.

No se le escapó al *reichsführer* que Schlösser agachaba la mirada.

—¿Le parezco vulgar, *herr* Schlösser?

El oficial ayudante tragó saliva. Los ojos de Himmler, tras las gafitas, le taladraban como agujas con veneno.

Divertido por la impresión que causaba en su ayudante, el jefe de la policía alemana dejó la taza sobre la mesa.

—Pues le diré que lo soy —dijo riéndose—. Soy vulgar, sí. Y Alemania necesita de mi vulgaridad. Los nuevos sigfridos son vulgares: obreros, mecánicos…, hombres vulgares que produzcan sin medida armas modernas, buenos automóviles y aviones. Nada que ver con los viejos caballeros, sus sables y sus medallas y sus… —abarcó con el brazo la totalidad del elegantísimo salón— sus platitos de té solo nos han traído el acomodo a la derrota. La gran humillación.

Una cuchillada fría atravesó el corazón de Schlösser y, pensando en su padre, agachó la cara.

—Perdóneme, nada más lejos…

—Acabaremos con nuestros enemigos como fabricamos salchichas, Schlösser: con método. Con la más eficiente vulgaridad. Diga, ¿qué elegir, entre la eficiencia y la eficacia?

Schlösser no parecía conocer sino la mejor postura de hundirse en la silla.

—La clave —se respondió el propio Himmler— está en un tercer concepto: la e-fec-ti-vi-dad: logremos los objetivos señalados con el gasto preciso. Esa traductora, la hija de los tortolitos, ¿cómo se llama?

—Braumann. Elsa Braumann.

Herr Himmler dio por concluida la merienda, tomó de la mesa la gorra de Schlösser y se la entregó. El coronel se puso en pie como un resorte, firme de pronto.

—*Heil* Hitler —dijo.

—¿Intuición, amigo Schlösser? Actúe con método. Sea efectivo. Investigue a esa traductora y si descubre la más mínima mácula acabe con ella.

*

Al salir del restaurante Brechner, el coronel Schlösser contempló al camarero cumpliendo las órdenes del *reichsführer*: les estaba sirviendo dos copas de riesling frío a los ocupantes de un coche apostado frente al restaurante. Dentro del vehículo, rechazaron el ofrecimiento los dos espías americanos, contrariados y sin mirar siquiera al camarero.

Schlösser iba echando humo: los encuentros con Himmler siempre le producían un rechazo visceral, ellos dos eran como el agua y el aceite; consideraba a su superior vulgar y mezquino, sobrevalorado. Imaginaba, claro es, que el jefe de la policía nazi sentiría por él la misma antipatía, y que si no lo trasladaba a otro puesto era por los altos honores que disfrutaba la familia Schlösser en Alemania, donde su rancio apellido era capaz de abrir todas las puertas.

—*Los nuevos sigfridos son vulgares*, dice —rezongaba en dirección a su coche—. *Nada que ver con los viejos caballeros, sus sables y sus medallas y sus platitos de té.*

Schlösser conocía bien este sentimiento encontrado que los nuevos alemanes sentían por los viejos luchadores; quizás hubieran condecorado mil veces a aquellos soldados, pero en el fondo se les culpaba por haber perdido la guerra, por haber conducido al país hasta aquella humillación desoladora.

Salió el chófer al verle venir y se cuadró con un taconazo al abrirle la puerta. Schlösser se introdujo en el vehículo, pero todavía iba maldiciendo por lo bajo. A sus ojos, era precisamente al contrario: su padre encarnaba el imperio que ahora el *führer* quería componer frente al mundo.

—¿Mi padre con platitos de té? Nunca le vi con platitos de té mientras daba su vida por Alemania en la Gran Guerra.

El nombre Braumann se había impregnado de estos pensamientos turbios, por asociación, y Schlösser sintió por esta familia un desprecio furioso. Imaginó al poeta fracasado, entregado a veleidades de fama y gloria, perdiendo el tiempo mientras escribía poemas que nadie leería nunca.

—¿No es más cierto —dijo por lo bajo— que si Alemania perdió la guerra fue por culpa de alemanes inútiles como ese?

—¿Mi coronel? —preguntó el chófer mirándole por el retrovisor.

Schlösser, perdido en sus pensamientos, tenía la mirada clavada en la calle.

—Vagos e intelectuales —musitó—, la peor de las combinaciones.

12

Se llamaba Povedilla y era abogado, pero esto no podía saberlo ella; solo conocía de él que era joven, que apagaba un cigarrillo y encendía otro, y que acababa de anunciarle que había secuestrado a su hermana.

La condujo Santa Engracia abajo, hasta un cochecito verde oliva aparcado entre dos árboles.

—Queda un poco a desmano —le dijo—, iremos en coche.

—No pienso entrar con usted en ningún coche —le espetó Elsa.

—¿Quiere ver a su hermana o no?

Solo el hecho de que pareciera él más nervioso que ella la convenció para aceptar.

Elsa tomó asiento donde el copiloto, a regañadientes, y Povedilla le dio al contacto. Costó que consiguiera arrancar el vehículo. Cuando por fin se escuchó el petardeo y empezó a salir humo del tubo de escape, dijo el joven, colorado:

—Es de segunda mano.

Subieron por Bravo Murillo y rebasaron el Cinema Europa; también la plaza de toros, que dejaron a su izquierda; doblaron hacia la derecha. A partir de ahí callejearon por pasajes más estrechos, aquí y allá, hasta que Elsa perdió la noción de dónde se encontraban.

135

Conduciendo, Povedilla no daba pie con bola: más pendiente del retrovisor, por si los seguían, que del camino, estaba todo el rato a punto de rozarse contra los coches aparcados; frenaba a destiempo, se despistaba. Elsa se pasó todo el trayecto en tensión, agarrada al reposabrazos de la puerta.

Se detuvieron en una callejuela de casitas de reciente construcción; al fondo se vislumbraba la colina, el campo, los altos de Maudes.

—¿Qué es lo que quieren de mi hermana?

—Ahora le explicarán. —Y añadió, como si esto se lo dijera a sí mismo—: No se preocupe, que todo va a salir bien.

—Me lo dice todo el mundo desde hace días.

—¿Qué?

Salieron del coche y cruzaron la calle, hasta una tienda en cuyo letrero se leía SASTRERÍA MENDIOLA. Debajo, por ser domingo, lucía un cartelito de CERRADO.

En el escaparate se exhibían dos maniquíes vestidos con sendos trajes, uno rojo y otro negro. El abogado Povedilla asomó al cristal y saludó al caballero que hacía inventario detrás del mostrador. El hombre no pudo evitar que le cambiara la cara al verlos.

Se acercó a la puerta, les hizo un gesto para que pasaran por el otro lado.

—Venga —le dijo el joven a Elsa.

Bordearon la casa, hasta acceder a una puerta en el lateral, que Povedilla abrió sin llamar primero.

En la trastienda, una mujer de aspecto cansado cosía una chaqueta sentada a una máquina Singer. Se dijeron «buenos días». La sonora voz del poeta Emilio Carrere salía de una radio enorme, enterrada entre hilos y retales, mientras leía su poema *París, bajo la svástica*:

> *El Arco del Triunfo —la gloria de Francia— ya invaden tropeles*
> *de rubios guerreros. Los nuevos lohengrines, con frescos laureles.*

Apareció el sastre que habían visto tras el escaparate.

—Rosalina, yo me ocupo.

Povedilla y él cruzaron unas palabras por lo bajo, de las que a Elsa apenas le llegaron unos susurros: «Rapidito, Povedilla, te lo pido por favor, ¿eh? Rapidito».

El joven le indicó a Elsa que le siguiera.

Bajaron por unas escaleras hasta el sótano.

*

Colgaba una bombilla del techo, entre telas de araña; allí se amontonaban cajas y cajas; zapatos desparejados, cubiertos de polvo; los restos de una máquina de coser desmontada; bobinas de hilo y viejos muestrarios de tela.

La traductora y el abogado fueron recibidos por un caballero y una señora que habían interrumpido su diálogo al escucharlos bajar.

Elsa, acostumbrada ya a abrigos remendados y más que remendados, no pudo por menos que admirar el corte del traje del Relojero.

Nada más entrar Elsa, la mujer se retiró un par de pasos para colocarse en una posición más discreta; vestía un dos piezas elegante y entallado, en el que destacaba un broche que representaba un alacrán, dorado sobre azabache. La mujer rondaba los cincuenta, tenía el pelo rojo y la nariz algo prominente. Todo el rato se frotaba las manos enguantadas, como si no pudiera sacarse el frío de dentro.

—Señorita —dijo el Relojero a la traductora, aliviado al verla.

No se le escapó a la Braumann la mirada de complicidad que el caballero y Povedilla se dedicaron; Elsa tuvo la impresión de que, por un momento, estuvieran a punto de abrazarse, pero acabaron por contenerse uno y otro y apenas compartieron una sonrisa.

—Siéntese, haga el favor —le dijo señalándole una polvorienta silla de hierro.

—¿Dónde está mi hermana? —replicó Elsa—. Si les debe dinero yo no tengo para pagarles.

Eduardo Beaufort sonrió, ofendido al verse relacionado con algo tan prosaico.

—Le sugiero, Elsa, que temple sus nervios. Le va a hacer falta durante algunos días. —E insistió—: Siéntese.

Resultaba algo relamido, lejanamente amanerado, de esos que levantan el meñique cuando beben de una taza, pero era sin duda un hombre de modales.

Elsa se mordió las ganas de replicarle y obedeció de mala gana: tomó asiento, cruzados los brazos y entregada a escuchar con atención. Povedilla se retiró, cabizbajo, a la misma esquina sombría donde aguardaba la señora pelirroja; y el caballero del bigotito engominado volvió a tomar la palabra.

—Nos hemos visto obligados a retener a su hermana durante unos días. Si quiere usted volver a verla tiene que realizar para nosotros cierto encargo.

—*¿Cierto encargo?*

Beaufort había planeado bien estas palabras, pero se detuvo un instante para repasarlas en su cabeza. Luego, dijo:

—El día 23 tendrá lugar en Hendaya un encuentro entre Franco y Hitler. A Franco y a su comitiva los trasladarán desde San Sebastián. Usted irá en esa comitiva.

—¿Yo? No —mintió Elsa—, se equivocan.

—Usted irá en esa comitiva porque, acabada la reunión, traducirá un documento al alemán.

—El tren —apremió el joven Povedilla—. Dile lo del tren.

—Elsa… A medio camino, en el tren, deberá usted realizar para nosotros una pequeña misión.

Sorprendía a la traductora que allí se conocieran tales detalles, pero no quería interrumpir y se obligó a seguir escuchando.

—En uno de los vagones de ese tren, Elsa, encontrará un despacho; y en ese despacho un escritorio. Dentro hay ciertos documentos. Nosotros —dijo mirando a la mujer pelirroja— *necesitamos* recuperar esos documentos.

Fue para Elsa como una bofetada, descubrir que era culpable de lo que le había ocurrido a Melita ese día: fue por su culpa que la habían secuestrado. Aquí no tenía nada que ver ni la mala cabeza de Melita, ni sus impulsos alocados. La traductora se sintió avergonzada por haber pensado mal de ella, y culpable; sensación que duró solo un instante, pues enseguida volvió a abrirse camino el miedo.

—Unos documentos de qué.

—No le importa —dijo el abogado desde la esquina sombría.

Una mirada del Relojero le hizo callar y replicó incómodo, por no abundar en detalles:

—*Material sensible.* Se trata de información que compromete al Gobierno inglés y que, en prueba de amistad, Franco pretende entregar a Hitler en la reunión de Hendaya.

Y añadió:

—Es muy importante para nosotros, señorita.

Elsa estaba paralizada; sentía tales arcadas que temió vomitar allí mismo.

—¿Pretenden ustedes que robe unos documentos secretos del tren que nos conducirá hasta Hitler? ¿En un tren lleno de altos cargos del Gobierno de Franco, y de soldados, y de nazis?

Nada respondieron sus interlocutores, solo le sostenían la mirada.

—Nazis no creo que haya —dijo al fin Beaufort por quitarle algo de hierro.

—Si pudiéramos resolverlo de otra forma —añadió el abogado—, lo haríamos, créanos.

Elsa Braumann se puso en pie y se dirigió hacia la puerta del cuartucho, decidida a largarse de allí y acudir al coronel Bernal para contárselo todo.

—*We will kill her* —dijo la mujer, como disparando las palabras.

Elsa se giró hacia ellos, pálida; y al enfrentarlos tuvo la impresión de que se hallaba ante una corte marcial.

La pelirroja la encaraba, resuelta. Había dado un paso desde la esquina y caía sobre su cabeza la luz de la bombilla, llenando de sombras su rostro. Hablaba con fuerte acento inglés.

—Mataremos a su hermana —añadió. No había encono en ella, ni afectación, sino la fría constatación del hecho inevitable.

*

Una lágrima resbaló por la cara de Elsa Braumann. Balbuceó.

—Yo no puedo… No puedo…

—Estamos en guerra. Acudimos a su patriotismo. La guerra civil ha sido la antesala del fin del mundo que conocíamos: el nazismo se va a apoderar de Europa.

El caballero elegante se adelantó también, más inquieto que la pelirroja, pero también más cercano.

—Todos los días, Elsa, a todas horas, se llevan a cabo operaciones de espionaje como esta —dijo para tranquilizarla—. No correrá usted peligro. Ingeniaremos algo para que usted pueda entrar en ese despacho y recopilar los papeles.

Elsa tuvo que retornar a la silla y sentarse; le flaqueaban las piernas. La voz del caballero llegaba hasta ella como tamizada, lejana.

—Luego, podrá volver a ver a su hermana. Se reunirán, Elsa, como si nada de esto hubiera pasado. Habrá sido un mal sueño.

Mirando hacia abajo ensimismada, la traductora observó que brillaban los zapatos del joven, recién embetunados.

—No debe contarle esto a nadie —dijo el abogado—. Y mucho menos al coronel Bernal. Tenemos espías entre su gente, nos enteraremos si le habla de esto, créanos. Y entonces… —Había escuchado este tipo de amenazas en alguna película barata; él, que toda la vida había sido un hombre pusilánime, no veía la hora de decir algo así—. Entonces lo pagará su hermana.

—De todos modos —dijo la mujer con acento inglés—, sería mejor que no lo hiciera por eso. Piense que este es el deber de todo buen español; actúe por patriotismo, aunque la idea le aterre. Hay cosas que están por encima de nuestros intereses.

La traductora no pudo por menos que sonreír con amargura, al reconocer el argumento.

*

No se despidió del abogado Povedilla cuando este detuvo el coche en la glorieta de Cuatro Caminos. Elsa Braumann se alejó unos pasos calle abajo, con la mirada extraviada. Atrás, el joven estuvo a punto de decirle algo, pero prefirió dejarlo estar; metió primera y se marchó.

Elsa paseó durante unos minutos como perdida; su mente era incapaz todavía de armar las piezas de este puzle endiablado. Le aterraba lo que tocaba hacer ahora: disimular ante Bernal, engañarle, presentarse el día 23 en el condenado tren y hacer lo que le habían dicho, recopilar los papeles, escapar...

Al meter a Melita en la ecuación la sobrecogió un intenso terror. La imaginó encerrada en algún sitio, en contra de su voluntad y a oscuras, rodeada de desconocidos que la amenazaban. Su hermana sollozaba espantada, y gritaba su nombre rogándole que la ayudara.

Elsa Braumann tuvo que detenerse a mitad del paseo de Reina Victoria. Se apoyó contra los ladrillos rojos del dispensario de la Cruz Roja, exhausta y luchando para no llorar. Le ardía el rostro, pero estaba helada, invadida de un frío que provenía de dentro, allí donde su corazón se encogía.

*

Las siluetas se reflejaron en el espejo de cornucopia con deslucido acabado en bronce; no era bonito, nada lo era en el dormitorio, aunque acaso lo había sido un día, cien años atrás. Quizás hoy hubiera una intención de aparentar lujo, pero tan desatinada que cada mueble parecía haber sido sacado de un siglo diferente: la lámpara de

141

forja en el techo imitaba un candelabro de velas y formaba sobre la cara de Beaufort unas sombras sinuosas que le echaban unos cuantos años encima. La mujer la apagó.

—Sé que esta luz no le gusta nada, don Eduardo, le voy a poner esta. —En la cómoda encendió el quinqué con pantalla de vidrio, inflado a lo pastel de nata.

La luz se volvió más cálida, pero la alfombra seguía dando repelús, no podía saberse qué manchas ocultaban sus arabescos.

Aun así le gustaba esa habitación a Beaufort, con sus desusados muebles del xix, y sus cortinajes rojos. Lo cierto es que, de entre todas, era su preferida: la ventana daba a un patio interior que evitaba cualquier mirada curiosa.

—No hay agua en el inodoro, está estropeado; pero tiene una jarra en el baño.

—*Merci, madame* —respondió el Relojero. Y la mujer se sonrojó.

Llevaba un *meublé* de cuarta fila, pero no siempre había sido así; hubo un tiempo en que fue toda una belleza. Cuánto añoraba ella la vieja cortesía de los caballeros.

—Ahora —dijo la mujer con todo cariño, guiñando un ojo—, cuando llegue, haré pasar... a *la chica*.

Asintió el Relojero, divertido, y cuando la mujer salió de la habitación se puso en marcha.

Rebuscó en su chaqueta y, allá donde había un jarrón, Beaufort metió una rosa que había cortado de camino aquí; del otro bolsillo sacó un frasquito de perfume y apuntó hacia el aire para disparar nubecitas fragantes. Guardó un par de gotas para detrás de las orejas. Del abrigo sacó la botella, la dejó sobre la cómoda.

Ya solo quedaba esperar.

Echó a andar de nuevo, pues Elsa Braumann creyó que si se paraba acabaría por venirse abajo, y terminó adentrándose en secarrales y colinas y huertas abandonadas, caminando sin rumbo hasta que vino a salir a la calle Vallehermoso, y por allí siguió perdida, sin ver, embebida en aquel miedo sobrecogedor.

Querido Maxi:

Te escribo apresuradamente estas líneas, aprovechando que un amigo te lleva esta nueva remesa de libros. Cuida de ellos hasta que podamos reencontrarnos. Va una joyita de un autor que acabo de descubrir que se llama Stefan Zweig y que escribe como los ángeles.

Amigo, me temo que debo huir de nuevo, y esta vez a la desesperada.

Elsa Braumann vino a reencontrarse con la ciudad, más bulliciosa a medida que iba acercándose al centro, pero todavía vagaba sin rumbo.

Fue incapaz de saber cuánto tiempo había caminado, pero cuando se detuvo estaba ante la marquesina del cine Callao. Un gran letrero anunciaba a bombo y platillo el próximo estreno.

Maxi, no encuentro a mis compañeros, hace días que no sé nada de la rubiales ni de los otros. Me temo lo peor, no están en sus casas, sus familiares no saben de ellos. Ha tenido que pasarles algo horrible, seguramente han sido descubiertos y apresados. Es espantoso.

Ni siquiera le importó qué película estaría hoy en cartel. Compró una entrada, a pesar de que la sesión ya había empezado, pues su única intención era esconderse, desaparecer. Cruzó el vestíbulo del cine; el acomodador dormitaba sentado a una silla a la entrada del patio de butacas. Elsa entró de puntillas para no molestarlo.

Tomó asiento en la última fila. La sala estaba medio vacía.

Cuando sonó el picaporte, Beaufort se puso en pie.

Se reflejó en el espejo la imagen del joven abogado Povedilla, detenido en la puerta y ruborizado; tenía los ojos entornados como un gato. El suyo era un perfil de rubio muy poco español: si se dejaba barba le crecía escasa, y pelirroja en las puntas.

Beaufort se giró desde el otro lado de la habitación y le enfrentó, pero ni uno ni otro se saludaron.

El joven cerró tras sí y evitó cruzar la mirada con él; la paseó por la habitación, mientras se adentraba en ella sacando un cigarrillo.

Beaufort ofreció su mechero, pero el abogado Povedilla prefirió sacar el suyo.

Se sumergieron ambos en un silencio incómodo que rompió Beaufort.

—He traído algo de beber.

Povedilla encendió el pitillo, dio una calada larga. Beaufort miró en derredor.

—No tenemos vasos —dijo riéndose—. A lo mejor hay alguno en el baño. —Y acudió hasta allí, a buscarlos—. ¿Qué te ha parecido la traductora?

El joven se desabrochó los botones del abrigo.

—Una infeliz. Dudo mucho que esté a la altura.

Descubrió la flor en el jarrón.

—Lo de la rosa es cosa tuya, no me digas más.

—La vi al pasar por un parque —respondió el Relojero desde el baño, buscando en un armarito— y me pareció que no desentonaría. ¿Te parezco un cursi? No pienso alegar nada en mi defensa, abogado.

El muchacho miró en derredor, desabrido.

—Aquí desentonaría cualquier cosa que fuera bonita.

—*Au contraire, mon ami*. A mí esta habitación me parece de una decadencia perfectamente hermosa. ¿Has visto qué cortinajes?, ¿las cornucopias?

—Las he visto, sí —replicó el joven, aplastando el cigarrillo en el cenicero.

La figura del Relojero se dibujó en el dintel del baño.

—No hay vasos —dijo riéndose—; beberemos a morro, como los americanos. —Y resuelto a que no le amargaran la fiesta, añadió—: La belleza, muchacho, es quizás la última de nuestras tablas de salvación.

—Tu idea de la belleza te hace muy peligroso —le dijo. Y añadió—: Tenemos que hablar.

Fue como un latigazo. Beaufort quedó detenido y el muchacho evitó encontrar su mirada. A lo largo del último año ya había habido otras ocasiones en que el joven había pronunciado esa frase.

—Claro, lo que quieras. Pero antes aclárame lo que has querido decir.

—Para ti la vida es una fiesta. Como un juego, un baile de máscaras. El mundo es un lugar horrible, aunque tú te hayas empeñado en ver el terciopelo, y no las polillas que se lo comen. Te ciega una supuesta belleza que solo eres capaz de ver tú.

—¿Y por eso soy peligroso?

—Eres peligroso porque nos envías a un campo embarrado, lleno de espinos, hostia, mientras tú ves amapolas y pajaritos.

En la pantalla de cine reconoció a Jack Oakie, un cómico de segunda fila, cantando una hermosa canción y sentado a la batería de una banda de música. Tocaban *Moon face* en un decorado que simulaba ser un local de copas, también de segunda, vestidos todos de traje y pajarita. El vapuleado espíritu de Elsa agradeció que se tratara de un musical, a pesar de que la canción le parecía algo melancólica.

Aquí las cosas se han puesto muy feas, Maxi, cada vez que los nacionales hacen algún avance por la península la presión se hace insoportable, aumentan los controles de carretera, las detenciones, los paseos nocturnos. No es solo ya

145

la policía o el ejército, lo peor es la vigilancia feroz que ejercen los propios vecinos, que te denuncian a la mínima sospecha.

Elsa Braumann identificó la película, *El mundo a sus pies.* Recordó la promoción que anunciaba el film, y que había visto a lo largo de esos días en un cartel de la calle: *Grandiosa producción musical. Artistas en constante peregrinación por esos mundos en pos de la gloria. Multitud de bellos motivos musicales en un argumento de gran sugestión sentimental al par que muy divertido.*

Se sonrió el Relojero.

—Para ti —le dijo con dulzura, acercándose— es fácil hablar así, querido amigo: parece que te hayan esculpido, eres joven y disfrutas de un cuerpo perfecto.

Al joven abogado no le hizo gracia, se puso como la grana.

Añadió Beaufort:

—Me hablas de la belleza. Tú no tienes que buscarla fuera.

—Jamás había pensado así de mí… hasta que te conocí.

—¿No habías pensado en tu cuerpo?

Le observaban los ojos oscuros del muchacho, pero también sus labios finos, su porte delgado y huidizo, de muchacho delicado. Era quizás esa calidad tan sensible de la piel, propensa al sarpullido con un mero roce, como la de aquella princesa del cuento que notaba un guisante bajo veinte colchones.

—¿No habías pensado en tu cuerpo?

Se lanzaron uno sobre el otro como si fueran a abrazarse, pero al tomar contacto se besaron. Se besaron en la boca, aferrándose, en el cuello y en la cara. Raspaba la piel afeitada, y en la pasión de los besos chocaban los dientes, se entrecruzaban las dos respiraciones, entre jadeos.

—Esto no puede ser —protestó el joven abogado comiéndoselo a besos—. Yo no soy un invertido.

146

—Claro que no —respondió el Relojero y le quitó la chaqueta; buscaba oler aquella sangre que sabía oculta bajo la piel blanca; oler aquel rojo que teñía al joven de rubor.

Abrió la camisa y besó su pecho. Reconocieron sus olores y también el sonido del pálpito, tal como lo recordaban de otras veces. El recuerdo lo encendió todo y lo invadió de lenguas espantadas, violentas.

—Soy abogado —decía el chico dejándose desnudar a trompicones furiosos—, ¡soy un hombre de bien!

—De mucho bien.

—Mi madre es una señora, una mujer decente.

—Y tan cristiana…

—Si un día alguien le dice algo… Pobrecita mía, más le valdría morir que oír eso de su hijo.

Luego abandonarían el burdel cada uno por su lado y en momentos diferentes, para no despertar sospechas. Y la *madame*, vieja amiga de Beaufort, tan respetuosa siempre, le preguntaría si todo se había resuelto a su entera satisfacción. Y así aguantarían una, dos semanas, Povedilla y Beaufort, hasta que de nuevo se pusieran en contacto para concretar una nueva cita.

Pero ahora se arrojaban sobre la colcha como dos lobos; un lobo viejo y otro joven, resolviendo el encuentro furtivo a zarpazos, devorándose; y, mientras en cierto momento, Eduardo Beaufort miraba el quinqué y los cortinajes rojos, pensó cuánto amaba, sí, todo aquello que era hermoso.

En la pantalla, al ritmo de aquella música ensoñadora, hizo acto de presencia una jovencísima Lucille Ball, teatral y exagerada, enfundada en un precioso vestido de tules que Elsa imaginó azul, a pesar de que el blanco y negro impedía ver el color.

Interpretaba a una bailarina, de lo más payasa, que al son de la música terminaba cayendo de culo una vez y otra vez, incapaz de sostenerse sobre los tacones.

Me pregunto, Maxi, si vamos a perder esta guerra. Los nazis apoyan con suministros al ejército de Franco, ¿pero quién apoya al Gobierno republicano? Y, mientras, Europa comienza a arder. Tengo mucho miedo, amigo mío, estoy aterrado. Me pregunto qué va a ser de mí. Qué va a ser de nosotros.
Recibe un cariñoso abrazo de tu amigo que te quiere:
Matías
Navidades de 1938

El escaso público del cine Callao rompió a reír mientras, perdida en una butaca de la última fila, Elsa Braumann se llevaba las manos a la boca para ahogar un grito y rompía a llorar.

13

La despertaron los golpes. ¡Bom! ¡Bom!

Melita Braumann entreabrió los ojos; sentía la cabeza dolorida y pesada. A varios metros de distancia encontró al hombre que la había secuestrado, dando patadas a unos bancos de madera que se hallaban amontonados en una esquina. ¡Bom! ¡Bom! Los estaba convirtiendo en puras astillas.

Melita miró hacia arriba y encontró un viejo artesonado, a bastante altura. La mitad de las paredes acusaban manchas negras, como si hace años hubieran sido lamidas por el fuego; las que se habían salvado de las llamas, encaladas, parecían tan viejas como el resto de la iglesia. ¡Bom! ¡Bom! ¡Bom! Sobre el viejo suelo de baldosas se amontonaba una buena capa de tierra y polvo; también restos de otros bancos, que acabaron despedazados mucho antes que aquellos.

La chica trató de incorporarse, pero estaba maniatada todavía.

Para atraer la atención del bruto gruñó bajo el pañuelo que tenía metido en la boca.

Miquel Arnau se detuvo y la miró; estaba jadeando por las patadas, medio asfixiado, y nada dijo de momento. Se agachó para recoger las maderas.

Amelia se descubrió muerta de sed, tenía la garganta seca y rasposa. Gruñó otra vez, rabiosa a pesar del terror.

El hombre se acercó, trayendo consigo varios pedazos del banco, que dejó caer a los pies de Amelia. Allí mismo, en mitad del pasillo central de la iglesia, ardía una pequeña hoguera. Arnau, desganado, avivó el fuego con algunos pedazos.

—Puedes gritar todo lo que quieras, no hay nadie en kilómetros.

Melita gruñó, gimió, silabeó algunas palabras ininteligibles.

Arnau acabó por acudir hasta ella, refunfuñando, y con malos modos le sacó el pañuelo de la boca.

—¡Qué!

—¡Tengo sed! —replicó ella con la voz rota.

Arnau agarró una mochila que había dejado junto al fuego y rebuscó en ella hasta sacar una cantimplora. La hizo incorporarse tomándola por la nuca. La chica bebió con desesperación.

—Despacio —le dijo el bruto— o te sentará mal.

Amelia apartó la cara; le cayó el agua sobre el pecho, antes de que él retirara la cantimplora, y apretando los dientes le espetó:

—Mucho te preocupo ahora, coño, para haberme traído atada y amordazada.

—Menuda lengua —replicó Arnau riéndose. Y se levantó para volver al fuego.

Amelia se arrastró empujándose con los pies atados, de manera que pudo alejarse un tanto de él. Temblaba. Parecía que el corazón le fuera a romper el pecho hacia afuera.

Contempló al hombre avivando el fuego con los pedazos de banco, a lo suyo. Algo en ella se resistía a mostrarse asustada, a pesar de que tenía un miedo terrible.

—Qué quieres de mí. ¿Te ha pagado él para que me hagas esto?

—Quién.

—Valentino. ¿Te ha pagado él?, hace falta ser canalla.

Arnau, entregado a su tarea con el fuego, tosió por lo bajo.

—No sé de quién me hablas, chica.

Allá al fondo, en el ábside de la iglesia, había desaparecido el retablo que antes la adornaba; robado seguramente. Del Cristo que presidía el templo desde lo alto quedaba la figura crucificada, pero le faltaba la cabeza.

Amelia Braumann rompió a llorar, de miedo sobre todo, pero también de rabia.

—Hala —le dijo Arnau—, ya está bien.

—¡Qué quieres de mí!

—No quiero nada. Nos estaremos aquí un par de días sin hacer otra cosa que esperar. Después te dejaremos ir.

A Melita le sorprendió que hablara en plural, como si allí hubiera varios con él. «Quizás —se dijo espantada—, haya más, fuera de la iglesia».

—Esperar a qué —replicó.

—¿Qué?

—Eso has dicho —insistió ella, temblando—: *esperar aquí un par de días*. Esperar a qué.

Arnau suspiró, pensativo. Se puso en pie y echó a caminar hacia el otro lado del templo. Iba limpiándose el sudor de la nuca con el pañuelo que ella había tenido en la boca.

Al llegar al fondo se aseguró de que el candado cerraba el viejo portalón. Sobre la puerta se levantaba una estructura de madera que amenazaba derrumbe: los restos en donde, hace años, se colocaba el coro. Amelia advirtió que, bajo esta estructura, se amontonaba una pila de sacos; llenaban la pared hasta media altura, cubiertos de polvo.

La voz de Amelia resonó en el interior vacío.

—Por favor... —dijo, sollozando todavía—. Por favor te lo pido: déjame ir. Tengo mucho miedo.

—No hay que tenerlo —respondió él volviendo.

—¡Tengo mucho miedo!

—Calla, me tienes hasta las narices. No te voy a hacer nada.

—¡Por favor!

151

—¡Calla de una vez, coño! —dijo él. Volvió a meterle el pañuelo en la boca y Amelia Braumann ya solo pudo gritar bajo la mordaza.

*

Las suelas de los impecables zapatos, como un metrónomo, resonaban en el mármol a ritmo acompasado, tap, tap, tap, tap...

Le habían dicho que el tipo estaba en la primera planta, ultimando detalles de la exposición sobre el libro alemán, que iba a montarse en noviembre. El nombre del edificio se le había antojado pretencioso a Schlösser: Círculo de las Bellas Artes. Atravesó aquel enorme espacio con su espectacular cúpula, luminosa, que presidía la sala como convocando al baile a las altísimas dobles columnas.

Al fondo, tras la columnata que separaba la sala de un segundo saloncito, Lazar estaba dando instrucciones a un pequeño equipo de rodaje de la UFA, que había viajado desde Alemania a registrar el evento.

Schlösser se acercó a él a traición.

—¿Josef Hans Lazar?

Iba a rezongar Lazar contra quien le molestaba cuando al volverse y reconocer el uniforme reculó como lo haría un perro ante otro de mayor tamaño.

—¿Me dedica un momento? —preguntó el coronel Schlösser.

—Con mucho gusto —respondió Lazar fijándose en su rango—, coronel.

El consejero de prensa de la embajada alemana y hombre fuerte de Goebbels era todo un personaje en Madrid. No había ni un solo cotilleo o asunto de negocios que escapase al control de Lazar. Sus contactos abarcaban desde los dueños de los periódicos, a los que acostumbraba a invitar a las fiestas de su mansión, hasta el último de los plumillas. Si un empresario se echaba una amante, Lazar lo sabía mucho antes que la esposa, y puede que antes incluso que el propio interesado.

—Josef Lazar, encantado. ¿En qué puedo ayudarle?

El coronel no aceptó la mano que le tendía. Si a Schlösser ya le resultaba aberrante que su propio jefe, Himmler, hubiera llegado a ser oficial sin tener lo que se dice un *apellido*, escapaba a su comprensión que la embajada depositase asuntos de confianza en un hombre con semejante origen, hijo de un oscuro funcionario de Estambul. En Berlín, Schlösser se había visto obligado a ver cómo los nuevos arribistas crecían al amparo del Reich, gente salida de la nada que *se creía alguien*. Y España sin duda era una ciénaga todavía mayor, el patio de atrás donde se va acumulando la basura.

Con todo, aquella cuna asquerosa de la que provenía Lazar no era lo peor: Schlösser sabía que este consejero de prensa de la embajada alemana era judío.

—Soy el coronel Schlösser, ayudante del *reichsfüher*. Busco información sobre dos personas.

—¿Información? Estaré encantado de compartir con usted todo aquello que no sea confidencial, coronel.

—No hay confidencialidad para las *Schutzstaffel*, Lazar, ¿se lo tengo que recordar? Necesito saber de un tal Braumann, de Köln, y su esposa española, que volvieron a España en el 30.

—¿Braumann?

Lazar anduvo pensativo unos instantes.

—Me parece recordar a un Braumann de unos informes de la Abwehr. ¿De oficio traductor?

—Ese es.

—Un escritorzuelo, si no recuerdo mal, un inútil. Pero déjeme pensar... La que llamó bastante la atención fue su esposa. En el 31 hubo mucho revuelo aquí con una tal Campoamor, por lo del voto femenino. La esposa de Braumann se hizo sufragista y llegó a escribir discursos para la ANME, una asociación de mujeres que quería presentarse como partido político. Lo que pasa es que no le dio tiempo a despuntar más; se murió de... ¿sífilis?

—Tuberculosis. ¿Entonces no eran perseguidos en Alemania?

—Según recuerdo no. Él era un artista. Pero de los malos, un hombre mediocre. Me imagino que el cambio de ambiente allí le parecería poco favorecedor a sus aspiraciones *artísticas*.

Vio alguien que le llamó la atención y lo saludó con la mano.

—¡Ah, amigo Palacios!

Un caballero cruzaba la sala, meditabundo. Al verse llamado, se acercó hasta Schlösser y Lazar, y este le tendió la mano.

—Coronel, le presento a Antonio Palacios, el arquitecto de este edificio y de otros de los más hermosos de Madrid. Un genio, amigo mío. ¡Diseñador del anagrama del Metro de Madrid!, ¿verdad, don Antonio?

*

El hombre le quitó importancia, sin asomo de falsa modestia.

—Tengo un equipo de colaboradores buenísimo.

—Le presento al coronel Schlösser, alto cargo y mano derecha de Heinrich Himmler. Mire usted por dónde, nosotros hablando de arte y aparece usted, don Antonio.

Se miraron el arquitecto y el coronel como si se midieran, sin evidenciar ninguna simpatía el uno por el otro. A Schlösser le recordó a un pintor, más que a un arquitecto; encontró que al caballero le brillaba en los ojos una cierta ingenuidad.

El coronel señaló al techo.

—El espacio es imponente, pero quizá sea porque nunca he sido un hombre sensible al arte; debo decirle, arquitecto, que hay algo que me desagrada en toda esta *decadencia*.

Al arquitecto le hizo gracia.

—Bueno, no tomaré en consideración su crítica, coronel, ya que usted mismo reconoce que es insensible. Pero me llama la atención, se lo reconozco. ¿Le desagradan las cosas hermosas?

—Me desagradan los *artistas*. Son tiempos de guerra, arquitecto. Necesitamos soldados y balas, no pintores, ni cuadros. Ni cúpulas.

—Bueno… Ninguno de nosotros, los *artistas*, como usted nos llama, si me permite el honor de incluirme, ha supuesto jamás un

154

obstáculo para el avance del mundo. Al contrario, lo que ofrecemos es ligereza.

—Con ligereza —replicó el coronel— querrá usted decir inutilidad.

—Es posible, si lo que se considera útil es, como usted dice, una bala. Verdad es que ningún artista le ofrecerá respuestas; somos más bien gente de preguntas.

—Preguntas… Nuestro *führer*, en cambio, tiene respuestas muy claras. Simples.

El arquitecto agachó la cara.

—Sin duda.

Su voz adquirió un tono melancólico.

—Los tiempos no acompañan a mi sentir, se lo reconozco. Hoy todo es más frío, más enfocado a lo pragmático, la tecnología ha triunfado sobre el corazón. Yo mismo, coronel, no sé en dónde resguardar mi espíritu de tanta inclemencia; pero día tras día me aferro a una cosa, que me trae paz y en la que sigo encontrando la razón de mi existencia.

Alzó la barbilla Schlösser aguardando la respuesta.

El arquitecto Antonio Palacios sonrió.

—Me da verdadera pena, se lo digo de corazón, que sea usted incapaz de apreciarla, coronel: la belleza, claro está. La belleza.

*

Había pasado las últimas veinticuatro horas encerrada en casa, llorando y envuelta en una suerte de nube negra. En todo ese tiempo no pudo trabajar en el manuscrito, que seguía a medio terminar: allá, sobre la mesa, la esperaron sin éxito los diccionarios; el ejemplar de *Cuentos escogidos de los hermanos Grimm*, de Viedma, en su edición de 1900; los dos volúmenes del *Deutsche Mythologie*. Elsa apenas comió y lo poco que durmió vino acompañado de unas pesadillas terribles, en las que corría, perseguida por una amenaza invisible.

Su cabeza se había empeñado en no creer lo que había ocurrido:

cuando de pronto le asaltaba el pensamiento de que Melita había sido secuestrada, algo en Elsa se resistía a aceptarlo, como si el hecho fuera inabarcable; y buscaba a su hermana en el baño, en el salón, creyendo todavía que estaría allí como si nada, porque todo había sido un sueño. «No es posible —se decía la traductora—, esto no está pasando, no puede ser real». Pero atestiguaba lo contrario la cama de Melita sin deshacer, aquella falta de noticias de ella, el vacío que su desaparición había dejado en Elsa. Qué difícil, haber pasado la noche sin ella a su lado, en la habitación, sin escucharla respirar; no haberla encontrado por la mañana en la cocina, no escuchar su voz ni sus pasos, enredando en algún sitio. A Elsa la exasperaba aquella calma pastosa, terrorífica, en la que había quedado sumida la casa. Y cuando, tras un rato llorando sentada al sillón, iba de nuevo calmándose, como olvidando, la sobrecogía de nuevo el recuerdo: Melita había sido secuestrada.

A media mañana llamaron a la puerta. Elsa corrió a abrir con la esperanza de que fuera Melita, que volvía como por ensalmo, liberada por sus captores.

Era el coronel Bernal, sin embargo, cuya sonrisa vino a rendirse ante la expresión de ella, empalidecida.

—Elsa, pero… ¿qué le pasa?

La traductora farfulló alguna excusa: que estaba indispuesta, que no se encontraba bien… Tuvo que morderse la lengua para no contárselo todo allí mismo. Le resultaba imposible mirarle; se le clavaban en las pupilas la guerrera militar y las estrellas, la gorra que sostenía bajo el brazo.

—Tiene los ojos rojos —repuso él, preocupado—. ¿Ha estado llorando?

Elsa, incapaz de argumentar una mentira elaborada, no supo qué contestar.

—En qué puedo ayudarle, coronel.

—Solo pasaba a interesarme por ver cómo estaba. Y ya veo que no muy bien.

Advirtió que Elsa ocupaba con su cuerpo el hueco de la puerta, como si, en el interior del piso, escondiera algo que pretendiera hurtarle.

—Su hermana —dijo Bernal—, ¿ha empeorado?

—Está… medio mala —respondió ella, nerviosa—. A lo mejor es algo que comimos.

Temía que Bernal le preguntara, informado ya de su comportamiento sospechoso en el metro, donde despistó al policía que la perseguía, pero el coronel omitió cualquier alusión al incidente. Quizás, pensó ella, el mismo policía se lo hubiera ocultado al coronel, por no quedar como un inútil, cosa que ella agradeció infinito.

Elsa tomó una rebeca que colgaba detrás de la puerta y, saliendo al rellano, se la puso.

—¿Le importa que paseemos un rato? Me vendría bien un poco de aire.

—Claro —dijo Bernal, intrigado.

*

A ella le había tocado el piso de la plaza de Santiago; a él las tierras de Toledo. La hermana de Eduardo Beaufort le dio un beso en la mejilla que el Relojero encontró algo frío.

—Mucho tiempo sin verte, Edu —dijo la señorona.

—Le he traído un regalo a la niña.

—Tiene que estar a punto de llegar del colegio. Siéntate.

La doncella, con cofia y vestido negro, permanecía en la puerta de la sala.

—¿El señorito va a querer tomar algo?

—No, gracias —respondió él. Y tomó asiento en el sofá que había pertenecido a sus padres y que su hermana había retapizado.

Se retiró la doncella y la hermana de Eduardo Beaufort repasó los remitentes de algunas cartas que se hallaban sobre la mesa.

—Hacía mucho que no venías —dijo de nuevo, como distraída, pero con toda la intención.

—He estado liado.

—A saber —replicó ella.

—No quiero discutir, me paso un rato solo, a ver a Doro, y me marcho.

—No, si yo tampoco quiero discutir. Solo digo que me extraña verte porque hace meses que no das señales de vida y el local de Preciados sigue sin alquilarse.

Eduardo Beaufort hinchó los pulmones de aire, por no contestar, y sonrió.

—Tu marido dijo que se iba a encargar él de alquilar el local y yo me quité de en medio por no incordiar.

La hermana de Beaufort dejó las cartas sobre la mesa.

—El local es tuyo y mío; Eugenio no tiene por qué alquilarnos a nosotros las propiedades de papá; y tú no das palo al agua y él está hasta arriba con el despacho. —Entonces, llena de reproche, lanzó la andanada—: Me han dicho que te vieron salir del lupanar ese, de la calle Ballesta.

Beaufort se rio.

—Acabáramos; ¿es por eso por lo que estás tan enfadada?

—Si papá te viera saliendo de ahí se moría otra vez, del disgusto.

—Papá iba a *lupanares* de esos, como tú lo llamas, y peores.

—No es verdad, y no faltes a su memoria o me enfado de verdad.

El Relojero escuchó que llamaban al timbre de la calle y que acudía a abrir la doncella.

—¿Pero tú —insistió su hermana— no piensas sentar nunca la cabeza?

—La tengo sentada y más que sentada.

—Tienes que casarte, Eduardo, y tener hijos, formar una familia como Dios manda y dejarte de zascandilear por ahí.

Al Relojero se le fueron los ojos hacia el retrato de Alfonso XIII que presidía la estancia junto al de su difunto padre, que era menor en tamaño y con menos presencia.

Allí había olvidado todo el mundo desde cuándo era monárquica la familia. La burguesía catalana había sido siempre muy amante del orden y el concierto; pero monárquicos los había habido toda la vida, sobre todo en la tercera guerra carlista, donde se derramó sangre catalana para proteger los fueros. Los Beaufort, sin embargo, apoyaban a los Borbones desde los tiempos de Isabel II, en que se favorecieron de las prebendas de la reina, y también de sus negocios y chanchullos. Nada que ver entonces con ideales trasnochados, los negocios son los negocios. Fueron los Beaufort los que prestaron el dinero al conde Del Fierro para que se apropiara del monopolio de la sal, que luego daría tantos beneficios. De aquellos polvos estos lodos, y de aquellas inversiones estos intereses.

*

El Relojero tuvo que hacer un esfuerzo para no ver, sobreimpresionado en el retrato del rey, el rostro aterrado de Elsa Braumann recibiendo la noticia de que habían secuestrado a su hermana.

—Yo no zascandileo —dijo malhumorado—. Y ya me casaré, coño.

La doncella abrió la puerta de la calle y dijo unas palabras a alguien que entraba. Enseguida se acercaron los pasos por la galería, a la carrera.

—¡Tito! —dijo la niña al descubrirle en el salón.

Beaufort la acogió en sus brazos, apretándola contra el pecho.

—¡Por fin ha llegado la emperatriz del Japón!, reina del trono del Crisantemo y señora del Lejano Oriente. ¿Estabas recorriendo tus vastas tierras montada en un caballo blanco?

—Qué va, estaba en el cole. ¿Me has traído un regalo?

—Solo me quieres por mis regalos. Siéntate aquí conmigo y cuéntame qué es de tu vida. ¿Te has echado novio?

—Varios —replicó la pequeña tomando asiento junto a él, y los dos se rieron.

Acababa de cumplir siete años; era regordeta y lista, de mejillas sonrosadas. Cuando Beaufort la miraba encontraba en ella toda la inocencia que había desaparecido de la faz de la Tierra. A su lado se reconciliaba con el ser humano, pues recuperaba la impresión de que para cualquier cosa cabía una esperanza todavía.

—Yo os dejo, que tengo cosas que hacer —dijo la madre, y el Relojero y la niña quedaron en la sala.

Solo entonces se sacó él de la chaqueta un pedrusquito de chocolate, que entregó a la pequeña en secreto.

—No le digas a tu madre que te lo he dado que me regaña.

Se rio su sobrina por lo bajo, enseñando dos dientecillos y tomó la golosina para devorarla enseguida. Le sobraban varios kilos y su madre le hacía pasar un hambre atroz.

—Despacio, chiquilla, que te vas a atragantar.

Eran tal para cual, quizás porque su sobrina Doro vivía aún en un mundo infantil, de dragones y princesas, donde todo era posible; Doro creía en los Reyes Magos, en el ratón Pérez y en hadas y duendes, pero por encima de todo creía en él, en su tío preferido, que le traía golosinas furtivas y le contaba historias de héroes míticos rescatando a doncellas desvalidas, historias de besos mágicos que resucitaban. Junto a su sobrina Doro, Eduardo Beaufort, por su parte, rescataba un ideal de belleza de aquel desván polvoriento en que se había convertido su corazón. En la mirada de su sobrina encontraba algo inaudito que no le devolvían los ojos de nadie: admiración.

—Te he traído un regalo.

Sonrió la niña, boquiabierta y expectante, palmeando. El Relojero echó mano al paquete que había ocultado junto al sillón, envuelto en papel de colorines. La pequeña lo abrió como deben abrirse los regalos: sin reparos, destrozando el envoltorio.

Al descubrir la muñeca hizo Oooh, mirándola y remirándola. Había sido construida en cartón piedra, era articulada y la melena estaba hecha de pelo real; por encima de aquellos ojos enormes, los párpados se cerraban.

—Es francesa —dijo Beaufort—; no hay otra como esta en España.

Por un momento, la muñeca le recordó a Amelia Braumann, recluida en algún sitio; la imaginó así, articulada y con pelo real, tirada en el suelo, a merced del animal de Arnau, y volvió a plantearse qué harían con ella cuando todo acabara. ¿Estaba dispuesto a dejar sana y salva a Amelia Braumann para que ella o su hermana acudieran a la policía y los delataran?

Qué bien le había aleccionado la reciente guerra. «Por supuesto que los matamos —diría en una entrevista el general Yagüe, cuando le preguntaron si había ejecutado a cuatro mil prisioneros en Badajoz—. No iba a llevar a cuatro mil rojos conmigo, teniendo mi columna que avanzar contrarreloj. ¿O iba a soltarlos en la retaguardia y dejar que Badajoz fuera roja otra vez?». Un bárbaro, el general Yagüe, pero tan cargado de razón... ¿O acaso no era irreprochable el argumento? ¿No estaba investido de la razón fría y descarnada con que se mueve el mundo?

—Me gusta mucho, tito.

La niña descubrió el cordel que la muñeca llevaba en la espalda. Tiró de él y, gracias a un mecanismo similar al de las cajitas de música, salió una voz del juguete: *«Je t'aime!»*, dijo la muñeca.

La pequeña Doro la abrazó con todas sus fuerzas y, con los ojos cerrados, le respondió:

—*Moi aussi je t'aime.*

Cuando Eduardo Beaufort acarició el cabello de la niña y besó su cabeza ya había resuelto que habrían de matar a Amelia Braumann. Luego, matarían a su hermana Elsa.

*

Bajaron paseando por la calle Preciados y, antes de llegar a Sol, torcieron hacia la de Tetuán. Elsa y Bernal vinieron a salir al mercado de la plaza del Carmen, que estaba de lo más animado, a pesar de que faltaba género y abundaban los harapientos vendiendo artículos usados. Todo se aprovechaba: desde paraguas rotos a viejas lámparas de mesa pasando por zapatos usados; nada se tiraba, eran susceptibles de reparación todas las radios, todos los coches, los calcetines y las libretas, las estilográficas, las cámaras de fotos.

De alguna radio en un piso alto llegaba la voz de la tonadillera Conchita Martínez:

> *Mi jaca*
> *galopa y corta el viento*
> *cuando pasa por el puerto*
> *camini-*
> *to de Jerez.*

Bernal llevaba un rato hablando, haciendo referencia a los escritores que habían marcado su vida.

—Emilio Salgari, con sus caballeros y piratas recorriendo los cinco continentes, apenas salió de su casa, ¿lo sabía usted? No viajó jamás. Por cierto que murió solo y arruinado, sus editores ganaron mucho dinero con sus obras, pero él apenas vio un real. Se suicidó destripándose con la misma espada que usaba su personaje, Sandokán.

Al coronel le dio la impresión de que, detenida ante uno de los puestos, Elsa le oía distraída.

—Me rehúye usted —dijo al fin Bernal.

—¿Yo? ¿Por qué dice eso?

—Evita mirarme. Qué pasa, dígame.

—No pasa nada —respondió Elsa observando el marquito que sostenía entre las manos, sin foto—. Estoy nerviosa. Es normal, ¿no le parece?

Agachó Bernal la cara, en dirección al marco sin fotografía que ella depositó entre el resto de cachivaches, y se quedó pensativo.

Estaba Elsa dándose la vuelta en dirección al puesto donde se amontonaba ropa de segunda mano cuando sonó de nuevo la voz del coronel.

—Tengo noticias sobre el antiguo dueño de la casa que usted ocupa ahora.

Elsa lo encontró sombrío, incapaz de levantar los ojos, como si fuera él quien ahora la rehuía.

—¿Noticias? —preguntó la Braumann.

—Escapó de Madrid antes de terminar la guerra, justo antes de que el ejército de Franco entrara en la capital. Lo dábamos por desaparecido.

Elsa tragó saliva.

—Pero ha aparecido —dijo.

—Ha aparecido, sí. No estaba yo seguro de que fuera pertinente contárselo, Elsa, pero me pareció que usted querría saberlo.

—Y es verdad que quiero, se lo agradezco.

Bernal recogió el marquito sin foto. Al darle la vuelta encontró rasgada la madera. Para sacar la foto que había dentro lo habían destrozado.

—Estaba en Francia —dijo—, autoexiliado y escondido: fue un alto cargo republicano. Lo encontraron los nazis.

Aquí la miró por fin.

—Lo han traído de nuevo. Está aquí, en Madrid, esperando juicio. Le caerán veinte años de trabajos forzados, con suerte. Y si no, garrote vil, pena de muerte.

Elsa se llevó la mano al pecho como si quisiera protegerlo del frío que se le agarraba por dentro.

—¿Puedo verle? —preguntó.

Y entonces fue el coronel Bernal quien sintió un escalofrío.

*

Querido Maxi:

Te escribo desde Barcelona y sin demasiado tiempo. Los nacionales de Franco han tomado ya la ciudad; esto se acaba, amigo mío. Si no me matan antes intentaré escapar de España, ya no me quedan sitios a donde huir. Estoy a punto de tomar un barco que me saque de este infierno. Seguramente acabe en el norte de África, o quizás en Grecia. Poco me importa, la verdad, con tal de salvar el pellejo.

Me preocupa lo que me cuentas en tu carta. No insistas en que no tienes por qué huir ya que eres un hombre de letras y no de acción; a estos animales les dará lo mismo que hayas o no empuñado un arma, no te arriesgues a quedarte ahí, escapa de Madrid cuanto antes. Cuando ganen, que ganarán, Maxi, créeme, cuando ganen van a pasarnos a todos por el paredón. No te perdonarán haber sido un gerifalte republicano. Pero aunque no lo hubieras sido, amigo, castigarán nuestras ideas, por mucho que no las hayamos acompañado de ninguna bala.

Al recibo de la presente te habrá llegado ya, o estará a punto, de mano de alguno de mis compañeros, una caja con más libros de los que pude rescatar. Hace unos días hubo aquí una quema frenética, entraban en las casas y lanzaban los libros por las ventanas, para que fueran devorados por las llamas. Se cuenta que más de 6000 ejemplares. 72 toneladas, Maxi, ¡fueron quemadas 72 toneladas de libros!

Te dejo, estoy oyendo disparos muy cerca. Te pido por lo que más quieras que abandones Madrid. Confías demasiado en la bondad del alma humana. La piedad, amigo mío, nunca fue la cualidad de los vencedores.

Hazme caso: vete a Francia. Espero que podamos volver a reunirnos allí, cuando todo esto no sea más que una pesadilla terrible. Podemos quedar en la iglesia de Sainte-Chapelle a primera hora de cada martes. Yo me acercaré a París en cuanto pueda; un día, cuando el mundo nos lo permita, estaré allí, esperándote. Me niego a creer que la vida pueda ser tan injusta como para que ya no volvamos a vernos.

Tu amigo que te quiere,
Matías
Marzo de 1939

P. D.: Acabo de terminar una novelita deliciosa publicada hace un par de años y que me he visto obligado a leer en inglés, que te recomiendo: se llama The hobbit, *de un tal J. R. R. Tolkien.*

*

El despacho apestaba a lejía. Elsa tuvo la impresión de que si permanecían allí mucho más se les agarraría el hedor a la ropa y ya no podrían quitarse de encima la peste a cárcel. Bernal la observaba, sentado ante la mesa del funcionario que acababa de salir; ella daba vueltas, nerviosa. Le había pedido un cigarrillo que ahora extinguía a largos sorbos, casi temblando. Le caía un tajo de luz encima, desde el ventanuco enrejado que se alzaba a tres metros por encima del suelo.

—¿Por qué tarda tanto en volver? No será tan difícil hacer una consulta, ¿no?

—Les habrá parecido raro. Y si lo tienen en consideración es porque soy yo quien lo solicita, Elsa, perdóneme usted la inmodestia.

Ella esbozó una sonrisa.

—Gracias, coronel. Me imagino que no le será fácil haberme ayudado en esto. Le aseguro que no es un capricho mío, es importante para mí.

Bernal sonrió también, sin mirarla, y exhaló un largo suspiro.

—Me doy cuenta, señorita.

Ella, alzado el mentón y sosteniendo el cigarrito a la altura de la mejilla, miraba hacia el ventanuco.

—Usted dijo que era un alto cargo republicano. Pero sin delitos de sangre no lo condenarán a muerte, ¿verdad?

Bernal se encogió de hombros, apesadumbrado.

—Depende de quién le toque en el tribunal. Manejaba el dinero, asumió responsabilidades que incluían el pago de varias operaciones contra los nacionales.

La traductora aspiró una calada y luego dejó caer el cigarrillo, lo pisó mirando al coronel.

—No me puedo creer que lo condenen a muerte sin haber disparado un tiro.

Bernal se levantó, recogió la colilla del suelo y la tiró en la pequeña papelera que había junto a la mesa.

—Los que le van a juzgar, Elsa, son militares: que ese hombre manejara dinero sin arriesgar el pellejo les joderá más que si hubiera agarrado un fusil, porque en ese caso, al menos, lo considerarían un valiente.

Se abrió la puerta y asomó el oficial, que regresaba de consultar con su superior, acompañado de un soldado muy joven con bigote.

—Me han dicho que no hay problema, mi coronel, pero que solo podrán verle cinco minutos. Este soldado los conducirá hasta el reo.

*

Elsa y Bernal siguieron al soldado del bigote sin cruzar palabra, a través de pasillos con las paredes pintadas de marrón y desconchadas, llenas de humedades que corrían paño abajo desde el techo. Se cruzaron con un reo que, a gatas, les pasaba el trapo con lejía a los suelos embaldosados, pero uno y otros evitaron mirarse. El hombre estaba delgado, le caían las gafitas de metal hasta media nariz y sudaba frotando con la gamuza.

Llegaron por fin ante una puerta de metal que a la altura de los ojos tenía una portezuela que se podía abrir para atisbar el interior. El soldado sacó unas llaves, buscó una entre el manojo.

—Me han dicho que solo cinco minutos.

—Sí, lo sabemos —respondió Bernal.

Mientras el soldado introducía la llave en la cerradura y abría la puerta, el coronel se acercó a Elsa para susurrarle:

—No hable con él de nada relacionado con política, ¿me com-

166

prende? No le cuente nada, no le pase información de ningún tipo. Limítese a tener una conversación de carácter personal.

—Sí —dijo Elsa en un hilo de voz. Le temblaban las manos.

—Ya pueden pasar —indicó el soldado ante la puerta abierta.

—Pasará solo la señorita.

El soldado puso cara de extrañado; Bernal se apoyó en la pared y le ofreció la cajetilla de tabaco.

—No te inquietes, muchacho, estamos aquí tú y yo por si pasa algo, ¿no es suficiente con eso? Toma un pitillo.

Así lo hizo el soldado, observando cómo la mujer se acercaba hasta la puerta pasito a pasito, muy tensa.

El interior estaba oscuro. Había que levantar un poco el pie para salvar un desnivel que había al entrar y así lo hizo la traductora. Asomó hacia la oscuridad.

*

—¿Maximiliano? —preguntó.

Las pupilas iban aclimatándose a la penumbra, rota solo por el tajo de luz que llegaba desde la puerta abierta, a su espalda. Al fondo de la celda le pareció distinguir un bulto que se movía al escuchar el nombre.

—¿Quién es…? —preguntó una voz masculina, temerosa.

Elsa se detuvo en medio de la oscuridad.

—Me llamo Elsa Braumann —dijo—, soy traductora. No nos conocemos.

La figura se quedó observándola en silencio, llena seguramente de preguntas, y ella prosiguió.

—Por… motivos que no puedo explicar ahora, ha llegado hasta mis manos su colección de libros.

Advirtió cómo el hombre se llevaba las manos a la cara, para tapársela.

—Madre mía… Los libros…

Elsa tuvo la impresión de que sollozaba por lo bajo.

—¿Está… usted bien?

—Me han pegado —dijo—. Me duele mucho todo el cuerpo. Van a matarme a golpes. Y si no me matan las palizas lo harán luego, con el garrote. ¿Verdad?

Elsa tragó saliva.

—He… He leído las cartas.

—¿Las cartas?

—Las cartas de su amigo Matías. Perdóneme, no lo hice por ser indiscreta, las encontré entre uno de los libros. —También a ella le temblaba la voz de emoción—. Son… Son unas cartas preciosas.

La figura se adelantó unos centímetros y Elsa distinguió en la negrura las facciones del hombre, machacadas a golpes, tiznadas de sangre seca.

—¿Qué quiere usted de mí, señorita? Ya les he dicho a ellos que no voy a traicionar a nadie, no les voy a dar ningún nombre.

Elsa tuvo que contener las lágrimas.

—No quiero eso en absoluto, señor. Yo… No he venido aquí a eso.

El bulto la observó en silencio, aguardando, y ella al fin prosiguió.

—Solo quería decirle… Solo quería tranquilizarle.

—¿Tranquilizarme?

—Los libros. He venido a decirle eso. Los libros estarán a salvo conmigo.

Hubo un silencio. Luego, se escuchó el llanto apagado del hombre, apenas audible. Aquel era el lamento de un espectro.

Elsa retrocedió, incapaz de mantener la compostura; creyó que se desplomaría allí mismo. Le temblaba la barbilla.

—No dejaré que les pase nada —añadió.

Y abandonó el cuartucho, salió al pasillo. Elsa Braumann evitó mirar al coronel, echó a correr pasillo afuera, huyendo del espanto y la pena que había sentido dentro de aquella celda, y no se detuvo a pesar de que escuchaba los pasos de él persiguiéndola. No se detuvo hasta que él la tomó por el brazo y la hizo parar. Y ella se abrazó a él llorando, pegándose a su pecho.

—No puedo volver… —dijo—. No puedo volver a esa casa, no puedo.

—Lo sé. Lo sé, Elsa, no llore.

—No puedo volver…

El coronel Bernal la aferró contra sí, estremecido, y tras unos instantes, a bocajarro, como hacía siempre que soltaba estas fatalidades, dijo:

—Saldremos hoy a mediodía.

La información dejó a Elsa descompuesta. Se separó de él poco a poco, mirándole con los ojos húmedos.

—A mediodía… ¿Hoy?, ¿ya?

Y Bernal asintió.

*

Salió del coche para rodearlo y abrirle la puerta a ella. Al bajar, Elsa Braumann estaba cabizbaja y pálida.

—Iremos varios coches y por distintos caminos —le dijo Bernal—. He dispuesto que viaje usted conmigo, en el número uno; pero si lo prefiere la puedo acomodar en el del barón de las Torres. Quizás quieran hablar de asuntos de la traducción. O incluso puedo disponer un coche para usted sola, si prefiere no vernos a ninguno.

Elsa, pensativa, respondió tras un momento.

—No, con usted está bien. ¿Dónde vamos?, ¿lo puedo saber?

—De momento mejor que no.

—Razones de seguridad —dijo Elsa asintiendo—. ¿Especificó usted eso en su protocolo?

—Lo especifiqué todo, sí.

La traductora le miró por fin, muy fijo. Había un miedo terrible en sus ojos.

—¿Están todos tan nerviosos como yo?

—No le digo más que esta mañana han hecho firmar al caudillo un documento estableciendo un gobierno de tres cabezas por si a él le pasa *algo*.

Flaqueaban las piernas de la mujer.

—¿Temen que pase algo?

Bernal sacó la pitillera y, como si contara algo gracioso, dijo:

—Hay quien cree que la reunión es una estratagema de Hitler para secuestrar a Franco.

Le ofreció un cigarrillo, pero ella negó con la cabeza.

Elsa Braumann estaba a punto de contárselo; iba a decirle a Bernal, punto por punto, los detalles de la operación que estaba organizándose en la sombra y de la que le habían hecho partícipe a ella. Estaba segura de que alguna de aquellas personas odiosas la espiaban, no obstante; y antes de hablar miró en derredor, buscando una mirada aviesa, alguien escondido tras una esquina.

—Coronel, hay una cosa que tengo que decirle.

Bernal advirtió la seriedad del asunto y, fumando una calada, aguardó en silencio para dejarla hablar.

Elsa no dejaba de mirar aquí y allá, sobrecogida. Le parecía un espía aquel caballero asomado al escaparate, el limpiabotas de la esquina de Jacometrezo, el joven que aguardaba bajo una farola. En cada mirada encontraba elementos para recelar o algo sospechoso. Estaba a punto de decírselo: «Coronel, un grupo de rebeldes ha secuestrado a mi hermana para que robe unos documentos que viajan en el tren. Si no obedezco la matarán». Lo diría todo: están implicados este y aquel, y aquella, y este otro y aquella sastrería… Todo.

—Coronel… —dijo.

Pasó de pronto un hombre y la miró directamente a los ojos; a ella le pareció reconocer al de la cara de oficinista que la había ayudado en el metro. Elsa Braumann se preguntó si no estaría advirtiéndola de que no dijera nada. Y enseguida sobrevino la cadena de pensamientos aterrados, aquel hombre avisando a sus compinches: «Elsa Braumann se lo ha contado todo a los militares»; y estos a los otros, hasta que finalmente llegaba la voz de alarma a la pelirroja.

Elsa había reconocido en ella los ojos de un asesino; no dudó que aquella mujer se encargaría de estrangular a su hermana. Y Elsa vio a Melita en la oscuridad de un sótano, aguardando la liberación que nunca llegaría ya, contemplando cómo la inglesa entraba en la habitación con una cuerda en las manos.

—¿Se encuentra bien, Elsa?

—Sí.

—¿Qué es eso que tiene que decirme?

Pocas veces había visto el coronel Bernal una sonrisa tan desvaída como aquella.

—Nada —dijo la traductora—. ¿Pasarán a recogerme o me acerco yo por la Capitanía?

14

Se filtraba la luz naranja a través de los rosetones vacíos, a los que el tiempo y la guerra habían robado sus vidrieras. Por entre la atmósfera de la iglesia, visibles solo allá donde cortaban los tajos de luz, flotaban pequeñas partículas de polvo que hipnotizaban la mirada de Amelia Braumann. Allí se había quedado, recostada sobre la tierra del suelo de baldosas, quieta y en silencio. Se escuchaba desde hacía rato un ulular continuado: el viento que se agitaba fuera, entre los pinos, se colaba a través de las grietas de la iglesia. Había algo casi humano en aquel sonido, que los del pueblo apodaban *el kexu* y del que se decía que envenenaba a los hombres de melancolía. Melita apretó los dientes.

Arnau, que la observaba con disimulo, atendía las llamas, resuelto a que el fuego estuviera siempre encendido. Le llamaba la atención el brillo que la chica tenía en los ojos. El Payés, en la guerra, había visto muchas veces esa característica mirada de las mujeres, cuando ellos entraban en el pueblo que habían tomado a sangre y fuego: el odio latía allí debajo, tras las pupilas, pero, por encima, siempre, siempre, sobresalía el miedo.

No con Amelia Braumann, se decía el Payés. Esta chica le desafiaba, a pesar de que ella misma le había reconocido estar aterrada. Sus ojos no engañaban: era odio lo que sentía, y desprecio.

Amelia no rehuyó su mirada, se mantuvo clavada en él; en la barba de tres días y la gorra, en el rostro formado por líneas duras.

—Voy a avivar el fuego.

Arnau se acercó tosiendo a la pila de sacos amontonados. Metió la mano hasta el codo en el agujero que había en uno de ellos, y rebuscó.

Sacó un puñado de papeles arrugados.

No fue hasta que el Payés vino de nuevo hasta la hoguera que Melita advirtió que se trataba de billetes. Dinero republicano, salvado un día de las manos del enemigo y que ahora había perdido todo su valor. Los billetes de diez pesetas, con la efigie de la República, sirvieron para que Arnau reviviera el fuego con ellos.

—¿Si te quito el pañuelo estarás callada?

Melita no respondió y él dio por bueno el gesto. Se incorporó y pasó al otro lado de la hoguera para acuclillarse junto a ella.

—Tienes un carácter de tres pares de cojones —dijo el Payés, y le sacó el pañuelo de la boca.

Amelia escupió repugnada, abrió y cerró la boca varias veces, dibujando una O con los labios para desentumecerla.

—Tres pares de cojones me importa lo que tú opines —dijo.

Arnau se rio entre dientes y volvió a levantarse.

Es verdad que brillaban los ojos de Amelia.

—Me muero de hambre, ¿es que no piensas darme nada?

—Claro que sí; ¿la señora prefiere pavo capón a la pera o filete *mignon*?

Rebufó la chica, apretando los dientes, y se revolvió toda ella. De haber tenido las manos libres le habría sacado los ojos.

Arnau agarró la escopeta que había dejado apoyada contra la pared.

—Ahora vuelvo. Si gritas o si intentas escaparte… —dijo enarbolando el arma—, será esto lo que te meta en la boca.

Arnau caminó hacia la puerta con pasos largos y pesados, despacio. Abrió el candado y salió al exterior.

173

A solas ya, rabiaba Melita Braumann, preguntándose las razones de este secuestro. Por su vida habían pasado muchos hombres. O quizás no tantos, pero sí bastantes. Y muchos de ellos, ya se lo había advertido Elsa en su día, eran unos sinvergüenzas. Acaso alguno de ellos reaparecía de entre las nieblas del pasado para cobrarse una venganza. «Te lo dije», decía Elsa, mientras Melita rastreaba en su cabeza loca las posibles trastadas que hubiera hecho aquí y allá, a este y aquel, que pudieran explicar esta situación; a quién hubiera podido hacerle daño, quién podía haberse sentido traicionado.

Su hermana se lo había advertido, desde luego. Le molestaba a Melita tener que darle la razón: ahora se arrepentía de casi todas aquellas relaciones; aquellos a los que entonces consideró *el hombre de su vida* no pasaban hoy de la categoría de «errores», «tropiezos» o, estos abundaban, «completos desastres».

La primera vez que Elsa se lo dijo no tenía ella ni quince años; Melita aprovechó que sus padres dormían la siesta para vestirse. Había quedado con un soldadito de sonrisa encantadora y patas de pulpo. «Fuera las manos, soldado —le decía ella con una cachetada cuando le tocaba el culo—, que van al pan». Mientras se vestía con el traje azul pastel acechaba detrás su hermana Elsa con las gafas, sentada a la mesa y delante de alguno de sus libros. «No deberías ir, Meli; papá se va a poner hecho una furia». «Eso será si se entera; pienso volver antes de la cena. Tú no digas nada». Elsa la observaba como si Melita estuviera a punto de malograr su vida saltando por un precipicio. «Me ha dicho que está enamorado de mí, que me quiere mucho y que sea la madre de sus hijos». «¡Pero si tienes quince años, Meli!». «Hija, ya creceré, menudo problema». «Y ese chico —le decía la hermana mayor—, ¿de qué lo conoces?». «Del parque». «¡Del parque! —replicaba Elsa escandalizada—. ¿Y tú crees que ese es un sitio para conocer de verdad a un hombre?». «¿Y dónde quieres que conozca a mis novios, Elsa?, ¿en el Museo Naval?». Elsa se lo dijo mientras ella se anudaba aquel lacito sobre el pelo y se echaba una gotita de perfume detrás de la oreja: «No te puedes fiar del supuesto amor de un chico de buenas a primeras, Melita; la cosa no funciona así». Pero ella, como siempre, no hizo caso. «Haz lo que quieras, yo te lo he advertido ya; luego, cuando te rompan el corazón, no vengas quejándote».

Antes justo de salir por la puerta, se miraron las dos, Melita lo recordaba bien, y al observar los ojos tristes de su hermana mayor, comprendió que cuando Elsa estaba diciéndole «No vayas» quería decir «Ojalá pudiera ir yo».

Meli no hizo referencia alguna a aquella mirada, le dio un beso a su hermana, llena de cariño sincero, y le dijo: «Te preocupas demasiado por todo».

Aquella tarde, desde luego, se arrepentiría de haber quedado con el mamarracho.

*

Arnau encontró que todo en derredor eran puras ruinas; lo que un día había sido la plaza del pueblo se hallaba asolado por las malas hierbas. De las casas colindantes apenas quedaban una pared allí, otra allá. No había tejados, no había muebles, solo habitáculos derruidos, abandonados hacía años. Habían sobrevivido los restos de un cartel de turismo de antes de la guerra, destrozado: VIAJES IBERIA S. A. EL VIAJE QUE USTED DESEA EMPRENDER. VIAJE-ESTUDIO A RUSIA DEL 9 AL 31 DE MARZO. 1520 PESETAS. TELÉF. 22017. Más allá del pueblo fantasma, sobre el campo abierto, silbaba una brisa fría que anunciaba noche desapacible. Arnau dio cuatro, cinco toses; lamentó no haber traído una manta.

Encaminó los pasos hacia los matorrales. A medida que iba acercándose fue iluminándole la cara una sonrisa. En la trampa que había dejado preparada había caído un conejo, al que un lazo sujetaba por el cuello. Se le hizo la boca agua.

Arnau se puso en cuclillas, lo agarró para liberarlo y luego, con un movimiento rápido, le retorció el pescuezo, igual que había hecho tantas veces de niño, allá en el pueblo.

Un sonido le llamó la atención, se puso en pie y miró en derredor, como un búho.

—Que me lleve el diablo —musitó.

Allá al fondo, bajando por el camino que conducía hasta el pueblo, advirtió la figura de dos guardias civiles que se acercaban charlando distraídos.

*

Entró en la iglesia a toda prisa, tosiendo con la boca cerrada para no hacer ruido. Recorrió el espacio con los ojos en un segundo, dos. Amelia le observaba desde el suelo sin comprender nada. Arnau recogió su mochila, apagó el fuego con un par de patadas.

—Qué haces, qué pasa… —dijo ella.

Arnau se arrodilló a su lado, recogió el pañuelo del suelo terroso y volvió a metérselo en la boca.

—¡Ssssh! —le chistó él por lo bajo—. Si haces ruido, por Dios vivo que te corto el cuello.

Nada hizo ella, nada dijo, ni un gemido, cuando él la levantó en peso y se la cargó al hombro. Amelia por fin comprendió: se escuchaban las voces de dos hombres acercándose. Tuvo la tentación de gritar bajo la mordaza, pero estaba paralizada; el más primario de sus instintos le impedía hacer nada, por no violentar al bruto.

Con ella encima, el Payés echó a caminar a zancadas hacia el ábside de la iglesia, allí se vislumbraba una puerta con el dintel derruido. Arnau salvó las piedras que había en el suelo y, bufando, cruzó al otro lado, donde encontró una pequeña sacristía, sin muebles, y que daba acceso a otra puerta; conducía a unas escaleras que bajaban en la oscuridad. Las catacumbas.

Las voces de los guardias civiles estaban ya muy cerca.

—¿Ves que sale humo de ahí dentro? —decía uno.

—Coño, pues tienes razón —respondió el otro.

Arnau se dio cuenta de algo, maldijo a Dios y regresó sobre sus pasos. Con un pie se puso a barrer las pisadas que evidenciaban su camino, y fue retrocediendo hasta la puerta de la sacristía. Se le habían humedecido los ojos, a causa del esfuerzo que hacía para toser por lo bajo. Así avanzó de espaldas, paso a paso, borrando sus huellas, y acabó internándose en la oscuridad. Cargaba escaleras abajo a Melita Braumann sobre el hombro, la mochila, la escopeta, entre resoplidos, cuando por escapar de los dos guardias civiles se adentró en las catacumbas.

*

Al pie de las escaleras, la depositó en el suelo sin hacer ruido y se apoyaron uno frente a otro en la pared de piedra, cobijados por la oscuridad. Llegaban las voces de los dos guardias civiles arriba, en la iglesia.

—Aquí ha dormido alguien, tú.

—Se ha ido hace poco: las ascuas todavía arden, ¿ves?

Amelia fue a moverse y Arnau la agarró del cuello, acercó la boca al oído de la chica y, apretando los dientes, susurró:

—Te lo juro, que si haces ruido te parto el cuello.

Se miraban, muy cerca los dos rostros, petrificados; silbaba la respiración de Arnau desde el fondo de su pecho mientras les llegaban los sonidos de arriba: los dos guardias civiles recorrían la iglesia, se detenían aquí, allá.

—Mira en esa puerta —dijo uno.

Parecía que los ojos de Amelia fueran a desorbitarse, y Arnau sacó un cuchillo y lo apretó contra el cuello de la chica. Escucharon cómo, arriba, entraba uno de los guardias en la pequeña sacristía; resonaron sus pasos recelosos sobre la tierra que cubría el suelo.

—Aquí hay unas escaleras que bajan, tú.

Arnau miró a su espalda, hacia el interior de las catacumbas: cualquier paso que diera ahora se escucharía arriba; por lo demás, aquello era la boca de un lobo, no se veía nada un metro más allá. Resolvió quedarse, los esperaría en la oscuridad si bajaban y los destriparía a los dos, primero a uno, luego al otro. Eso fue lo que leyeron los ojos

177

de Amelia Braumann, que, para disuadirlo, negó varias veces con la cabeza.

Entraron arriba, en la sacristía, las pisadas del segundo guardia.

—¿Bajamos? —preguntó el primero.

—Ahí no ha bajado nadie.

—¿Cómo lo sabes?

—¿No ves que no hay pisadas en el suelo, coño?

Melita alongó la cabeza hacia las escaleras, emitió un ligero murmullo y Arnau apretó la garra que le rodeaba el cuello. Tuvo que morderse el labio de abajo para no toser; creyó que se haría sangre.

—Vámonos —dijo la voz del segundo guardia civil—, me cago de frío y todavía nos queda media hora para llegar al pueblo; me quiero meter algo caliente en el cuerpo.

—Yo voy a bajar.

Al pie de las escaleras, Arnau y Melita miraron hacia arriba desde la oscuridad: en el dintel se dibujó la silueta del guardia aferrando su rifle.

—Joder —dijo—, qué oscuro está.

Su compañero le tiraba del brazo.

—Eso está lleno de muertos, Juan, ¿qué esperas encontrar ahí? Vamos.

Todavía tardó un momento el otro en asumirlo. Suspiró y retrocedió hacia la sacristía.

—Sí que hace frío aquí, carajo.

—En el pueblo nos tomaremos un caldo caliente.

Arnau apretaba todavía el cuello de Amelia cuando escucharon que los pasos de los guardias salían de la sacristía y volvían a la iglesia. El Payés relajó los músculos, le dolía todo el cuerpo por culpa de la tensión. Ella permanecía rígida, sin embargo, asistiendo a cómo se marchaban las únicas personas que la podían liberar de aquel maníaco.

No la soltó el Payés hasta que los pasos salieron de la iglesia y las voces comenzaron a alejarse.

Arnau echó un resoplido y retrocedió para sentarse contra la pared de piedra, tan exhausto como si hubiera peleado durante horas. Se tapaba la boca con el antebrazo y tosía, tosía, tosía.

Amelia Braumann le miraba fijo. Una lágrima le cayó por la cara y dibujó sobre toda aquella tierra un surco en su mejilla.

Él tardó un segundo o dos en decir algo.

—Si te saco el pañuelo, ¿te estarás callada?

Amelia asintió.

Arnau le liberó la boca. Amelia escupió en el suelo.

—¿Qué clase de malnacido —murmuró— habría matado a una mujer solo por verse atrapado, aun sabiendo que eso ya no le salvaría?

Arnau tragó saliva y se puso en pie. La agarró de un brazo y tiró de ella para volver a subir las escaleras.

—Un malnacido de la peor clase —respondió.

*

Al llegar a la hoguera apagada la dejó caer de malos modos. A pesar del golpe Melita aguantó el tipo, apenas emitió un gruñido de protesta.

Arnau acudió al portalón y, entreabriéndolo, asomó la nariz para otear el exterior.

—Se han ido —dijo.

—¿Me tiene que alegrar eso?

—Dios, qué recontrajodida eres —refunfuñó él mientras volvía a cerrar el candado—. No tengo nada contra ti, *maca*; ni tiene por qué pasar nada si te portas bien y estás calladita. Ya te dije que solo tenemos que esperar, y que cuando esto acabe volverás a casa como si nada.

—*Como si nada* —repuso Amelia.

Arnau se acordó del conejo que acababa de matar. Se llevó la mano al zurrón y, volviendo a la hoguera, lo sacó para enseñárselo a la chica.

179

—No soy un hombre malvado, ¿entiendes? Mira —dijo por animarla—, voy a rehacer la hoguera y preparo este conejo. Esta noche cenarás caliente. Al menos eso te pondrá contenta, ¿no?

Amelia Braumann levantó los ojos; tenía la boca abierta, incrédula, igual que si acabara de descubrir algo terrorífico.

—No me lo puedo creer... —murmuró.

Arnau reparó en que, como si hubiera roto aguas, bajaba la sangre por entre los muslos de la chica.

15

Burgos iba a ser la primera parada en aquel trayecto que a Elsa se le hacía insufrible. A su lado en el coche viajaba el coronel Bernal. No parecía nervioso, pero recordaba a un lince, con los ojillos vivos que no perdían detalle de cuanto ocurría a su alrededor, y en tensión.

De cuando en cuando se volvía para observar la comitiva de coches que los seguía.

Abrían camino cuatro motos de la policía; otras cuatro cerraban la caravana. El coche de los periodistas había recogido en la puerta del *ABC* a plumas insignes, como Vicente Gallego, pero estos iban por diferente camino. Por miedo a un atentado, el jefe del operativo de seguridad, Bernal, estableció que partieran varias comitivas a la vez, en diferentes direcciones. *Señuelos*, escuchó la traductora que los había llamado.

Se dirigían a El Pardo para recoger al caudillo.

Había llovido y los campos de los alrededores de Madrid brillaban en mil reflejos cristalinos. A la mirada afilada del coronel no se le escaparon los nervios de Elsa Braumann, que se perdía allá en los secarrales.

—Usted —dijo Elsa— me contó que me necesitarían después de

la reunión con Hitler, para que tradujera un documento que Franco le haría llegar a los nazis.

—Un comunicado —reconoció Bernal— estableciendo las condiciones de España.

—¿Las condiciones?

—Para que España participe en la guerra, claro. Apoyando a los nazis.

Nada dijo la traductora, sobrecogida por la noticia y con la vista puesta en la carretera. Allá, al fondo, un campesino labraba un terreno baldío tirando él mismo del arado.

—No sabía que íbamos a entrar en la guerra —dijo.

—Mañana por la noche, cuando traduzca al alemán el documento de Franco, se enterará de los detalles, pero me temo que no podrá contárselos a nadie.

Bernal la observó, dibujada contra la ventanilla por la luz anaranjada, con aquel gesto grave tan de ella, siempre pensativa.

—¿Cómo es Hitler? —preguntó de pronto Elsa.

—¿Cómo es? No lo conozco en persona —respondió Bernal encogiéndose de hombros—, pero dicen que impone.

—Todo ese poder… —musitó la traductora—, tiene que imponer, claro. Tanto poder sobre tanta gente. Es asombroso, la capacidad de decidir sobre nuestras vidas, la de algunas personas tan alejadas de nosotros, que no conocemos; personas que ayer no significaban nada, pero que mañana decidirán nuestra suerte.

Bernal miró por su ventanilla y asintió.

—Durante el tiempo que estuve destinado en la prisión, viendo todos esos fusilamientos, no dejé de plantearme que el futuro de aquellos pobres diablos habría sido muy distinto si la guerra no hubiera pasado por su vida.

Se detuvo un momento, como si buscara las palabras con que corregirse y descubrió el campesino convertido en burro, allá a lo lejos, tirando del arado sobre el suelo reseco. Suspiró.

—Si *nosotros*, el general Franco, Queipo y Mola, yo mismo,

no hubiéramos pasado por su vida. Verdaderamente es sobrecogedor.

Al llegar al Palacio de El Pardo fue deteniéndose la comitiva.

—Vuelvo enseguida —dijo Bernal, y abandonó el coche.

Elsa se quedó mirando por la ventanilla. Dentro del vehículo se había hecho un silencio funesto, escuchaba su propia respiración, algo agitada.

*

Tras volver de la visita en la prisión, Elsa había resuelto esa mañana emplear el tiempo en algo productivo, y estuvo trabajando en su traducción de los Grimm. Hubo más ahínco que acierto, pues le había costado horrores concentrarse.

No había comido nada. Eligió para la ocasión un vestido azul claro: había decidido guardar para la reunión el otro, más sobrio, aquel gris marengo que había usado la noche en que la condujeron a la Capitanía.

Parecían echársele encima los cientos de libros rescatados, que la rodeaban como un bosque, apilados en columnas.

Abrió uno de ellos y aspiró el aroma característico del papel. Descubrió en medio una flor seca y aplanada, que en su momento había servido de marcapáginas. El libro se llamaba *Un cuarto propio* y la autora era una inglesa de la que Elsa jamás había oído hablar: Virginia Woolf. Siempre atenta a estos detalles por motivo de su oficio, la Braumann advirtió que la traducción se adjudicaba a un tal Jorge Luis Borges.

Faltaría tiempo en una vida para leerse aquella cantidad ingente de ejemplares, y lo cierto era que al tenerlos entre sus manos le despertaban justamente eso, la necesidad de leer, de asomarse al interior del libro para sumergirse en las primeras palabras de la primera página y ya perderse. «Equipos de rescate», los había llamado Bernal; las puertas que conducían a sitios a donde una podía escapar.

Se acercaba la hora de marchar a la misión y Elsa Braumann

tuvo el convencimiento de que no regresaría. Fue una certidumbre; era imposible que aquello saliera bien. No sufrió por ella, sin embargo: contempló las altas torres y sintió piedad por aquellos libros; no se le quitaba de la cabeza la imagen del dueño de la casa, esposado en la celda, a oscuras, temiendo por su vida y temiendo por ellos. Elsa no había olvidado su promesa.

Eligió un libro que estaba entre los más escondidos, y con él en la mano agarró una rebeca y salió de casa a toda prisa.

Bajando por Gran Vía iba calculando en su cabeza cómo haría, qué diría, y no fue hasta llegar a la calle Libreros que se detuvo para decidir en cuál de aquellas librerías entraría primero. Fue asomando a los escaparates de una, de otra, y eligió por fin aquella que le pareció más grande.

Al entrar hizo sonar una campanilla que colgaba sobre la puerta. No había nadie atendiendo y Elsa se aproximó hasta el mostrador.

—¿Hola?

Enseguida asomó un hombre gordísimo, bajo cuya camisa abierta asomaba una camiseta amarillenta.

—Diga.

—Buenos días —le dijo Elsa, pero él no respondió—. Resulta… Resulta que tengo unos libros.

El hombre salió de la trastienda; parecía abotargado, entorpecido por aquella inmensa mole, y caminaba como bamboleándose.

—¿Qué quiere?, ¿venderlos? Aquí solo compramos al peso.

Se había quedado Elsa observando ciertos detalles de la tienda. Allá en la esquina, sobre la caja registradora, había un retrato de Franco; y en una pared colgaba un cartelón de la guerra, rescatado de alguna ciudad que había permanecido en bando nacional, donde un soldado barría a unos personajes que flotaban entre las palabras BOLCHEVISMO, MASONES, POLITICASTROS…

—Que si quiere venderlos —insistió el hombre.

Al girarse, la Braumann descubrió sobre la puerta de entrada,

184

cubriendo la pared de lado a lado, la bandera española con el águila imperial.

—Me lo tengo que pensar, gracias. Y perdone.

Al salir de la tiendecita aprovechó para tomar una bocanada de aire. Estaba sudando.

Se preguntó qué estaba haciendo, arriesgándose así a poco de partir hacia la misión, cuando debería estar en la casa, esperando al coche que vendría a recogerla.

Le respondieron *Celia*, de Elena Fortún, y *La Regenta* de Clarín; le respondieron *La Celestina* y *Piel de asno* y *El hombre que acecha*, de Miguel Hernández; gritaban todos aquellos libros prohibidos, de Rousseau y de Freud, de Lamartine, temerosos de la hoguera, que iban a perderse para siempre como si nunca hubieran sido escritos, borrados de la memoria del mundo. A Elsa Braumann le respondieron todos aquellos que ya no podrían leer a Darwin, ni el *Madame Bovary* de Flaubert, ni a Kafka.

De modo que, por acallar todas aquellas voces, aspiró de nuevo y, tragando saliva, se irguió firme.

Le quedaba un rato aún para partir hacia la misión, todavía había tiempo.

Desde donde estaba contempló la puertecita de cristal de una librería pequeña, esquinada.

*

Entró temiendo toparse con banderas y cartelones, pero esta vez no encontró sino libros, apilados en altas columnas como en la casa, tantos que casi llegaban al techo.

Atendía una chiquita delgada, pero de cara regordeta y pecosa.

—Buenos días —dijo Elsa.

—Buenas. ¿Qué se le ofrece?

A la Braumann le sudaban las manos.

—Estoy… Estoy buscando un libro.

—Este es el mejor sitio, entonces —dijo la pecosa sonriendo.

—Es de un autor… ru-ruso.

La chica no dijo nada, esta vez. La observaba con los ojos como achinados.

A la traductora le costaba soltar la palabra.

—D-Dos… Dostoievski. —Y como quien no quiere la cosa, de la manera más inocente, añadió—: ¿Lo conoces?

La chica se quedó mirándola como si anduviera resolviendo algún pensamiento complejo que cruzara su mente. Salió del mostrador, pasó junto a Elsa y cerró con llave la puerta de la librería.

—Mamááá —llamó en alto.

A Elsa le temblaban las piernas, temió que fueran a denunciarla y quiso echar a correr. La chica le dio la vuelta al cartelito que colgaba en la puerta para que desde fuera se leyera CERRADO.

—A lo mejor mi madre lo conoce.

De la trastienda salió una mujer mayor, con un pañuelo anudado a la barbilla, que le cubría el pelo y que pasó sobre Elsa y la chica una mirada expectante.

La pecosa apoyó el hombro y cruzó los brazos.

—La señora dice que busca un libro de Dostoievski.

Nada dijo la mujer, escrutando a Elsa en silencio.

Se hallaba la traductora como ante la cuerda floja, notaba torpe la lengua y hasta la cabeza. Dio un paso al frente, por fin: como quien enseña sus cartas, Elsa Braumann puso el libro sobre el mostrador.

La mujer y la chica se quedaron mirándolo un momento. La vieja librera se puso las gafas y se acercó para contemplar el libro.

—Dostoievski —dijo. Y sonrió—. Me imagino que sabe que no es un libro… para los gustos que corren *en estos tiempos*.

—Lo…, lo sé.

La librera tomó el libro entre sus manos y lo hojeó; parecía haberse reencontrado con un viejo amigo.

—Una vez, hablando con la Pardo Bazán, me dijo que había sido ella quien había traído a España el gusto por el ruso. Leyó uno y enseguida le habló de él a todos sus amigos. Llegó a decir que Dostoievski superaba a Poe.

A Elsa le pareció recuperar el resuello.

—¿Conoció usted a la Pardo Bazán?

—A la Pardo y a Clarín, y a don Benito Pérez Galdós también, que es el escritor más grande de todos los tiempos. Tengo la suerte de ser muy vieja.

La pecosa, desde la puerta y con la mirada clavada en la calle, comenzaba a inquietarse.

—¿Quiere venderlo?

Elsa Braumann se acercó un tanto.

—En casa tengo varios libros como este —dijo—. Bastantes —añadió; y se fue corrigiendo—: Bastantes muchos. Muchísimos.

—Señorita, estos libros tienen muy difícil salida.

—No quiero venderlos. Quiero… esconderlos.

Se miraron la librera y su hija; procuraban todo el rato mantenerse inexpresivas.

Elsa Braumann rebuscó en su bolso.

—Son cientos. Un par de miles, a lo mejor. Han caído en mis manos por casualidad, pero me siento responsable de ellos y esta misma tarde tengo que salir de viaje y temo que pueda pasarme algo. Que ya no vuelva, digo.

La librera y su hija no quisieron preguntar, pero parecieron impresionadas por la revelación.

Elsa sacó un llavín que puso sobre el mostrador, junto al libro.

—Me gustaría que en estos días en que voy a estar fuera pasara alguien por mi casa y se ocupara de esos libros; que no se queden allí esperando a que pase la policía y se los lleve para quemarlos. Hay que esconderlos. Y tiene que ocuparse alguien… a quien le importen.

Brillaban sus ojos, de miedo y de premura.

—Tiene que ser alguien a quien le importen los libros.

La librera se adelantó. Puso sobre el libro una de sus manos, áspera y añosa, como si aquel fuera un animalillo de compañía, y dijo:

—En esta casa, señorita, los libros son nuestra vida.

*

Tras el cristal del vehículo se extendía en el exterior una alargada mancha verde: habían plantado ya el trigo de invierno y los primeros brotes teñían la tierra de un color joven, que, junto al azul del cielo, parecía coloreado en flamante Technicolor. Las grandes extensiones castellanas, su horizonte inacabable, le recordaron a Elsa el mar, igual de hipnótico, igual de indiferente.

Bernal regresó al vehículo.

—Ya estamos todos —anunció aliviado. Acababan de recoger al general Franco y podían partir por fin.

Se puso en marcha la comitiva, como una larga serpiente; rugían los motores de los coches negros a medida que se iban incorporando a la carretera general, uno tras otro y guardando siempre la misma estricta distancia.

—No ha terminado —dijo la Braumann, seca.

—¿Perdón?

La traductora no quería ni imaginarse, después de todo lo que habían pasado, lo que supondría otra guerra ahora, cuando apenas empezaban a sacar la cabeza desde la última.

—Solo van a quedar escombros —musitó para sí—. Si entramos en guerra con los nazis no va a quedar de este país más que un erial.

Habían cesado sus dudas. Si de algo estaba segura ahora es de que no podía contarle nada al coronel acerca de su misión secreta. No se trataba solo de salvaguardar a su hermana; fue entonces la primera vez que Elsa Braumann comprendió la trascendencia de aquel encargo.

Como no quería seguir mintiendo a Bernal, apoyó la sien contra la ventanilla y procuró echar una cabezada antes de llegar a Burgos.

Y él, que se daba perfecta cuenta de que ella le evitaba, la dejó en paz.

*

Amelia Braumann llevaba inconsciente unas cuantas horas, cuando Arnau decidió por fin acercarse al pueblo. El camión iba traqueteando mientras él cavilaba cómo hacer, al volante del camión y mordiéndose las uñas.

Sabía él de lo que hablaba: más de uno y de dos habían muerto en sus brazos, durante la guerra, vaciándose como una botella de espumoso al que le han quitado el corcho. La hermana de la traductora estaba perdiendo mucha sangre. Mucha.

Detuvo el camión a la entrada del pueblo y se bajó para internarse en la negrura de la noche, rodeando las primeras casas, por ser tan discreto como fuera posible. El plan original era acudir al bar y llamar por teléfono al Relojero, pero eso había cambiado ahora; Arnau se movía con prisa por las callejuelas empinadas.

Se acercó hasta la puerta de la casita y llamó con los nudillos, procurando no hacer ruido. Tosió por lo bajo; la calle estaba desierta y silenciosa.

Una voz extrañada sonó al otro lado.

—¿Quién?

—¡Doctor! —dijo el Payés en susurros—. ¡Abra usted, haga el favor, se trata de una emergencia! Ha habido un accidente.

Se abrió la puerta de inmediato y asomó un hombre delgado y con buenos bigotes, en mangas de camisa, con una servilleta anudada al cuello.

—Disculpe si le interrumpo la cena, doctor —dijo Arnau—. Mi mujer se ha puesto muy mala.

—¿Su mujer? —replicó el caballero mirando por encima del hombro del Payés, hacia la negrura—. Hágala pasar.

—No ha venido, está indispuesta. Necesito que me dé usted algo para ella. Vendas o algo. En fin, lo que sea. Está sangrando… por *ahí*.

—Pero hombre de Dios, qué dice —dijo el médico quitándose la servilleta del cuello. Agarró el abrigo de detrás de la puerta y se dispuso a salir—. Vamos, lléveme con ella.

Arnau le puso la mano en el pecho para detenerlo. Algo leyó en sus ojos el médico, un aviso, un atisbo de locura, que se quedó parado en el sitio.

—Se lo llevaré yo —repuso Arnau hablando muy despacio—. Démelo usted a mí.

—Pero… si ni siquiera sé lo que le pasa.

Arnau avanzó hasta meterse dentro de la casita, el doctor retrocedió.

—Perdió a su bebé hace poco, la pobrecita —dijo el Payés cerrando tras de sí—. Se ha puesto a sangrar. Deme lo que sea a mí, doctor, y yo se lo daré a ella; no quiero molestarle más.

La luz de una chimenea cercana iluminaba a los dos hombres desde abajo. Al médico le brillaba el pelo, repeinado hacia un lado. Tragó saliva.

—Es muy irregular. Debería ir…

Arnau avanzó otro paso, estaba ya muy cerca del doctor. Le tembló la voz mientras apretaba los dientes.

—No tengo mucho tiempo.

Asintió el médico y acudió a la habitación contigua, donde pasaba consulta. Rebuscó en una vitrina y fue cogiendo cosas. Abrió un cajón y lo mismo.

Arnau echó un ojo por allí. El recibidor comunicaba con un saloncito pequeño pero acogedor; crepitaba el fuego de la chimenea. En medio de la habitación había una mesa en donde una sopa humeaba junto a un libro abierto y un quinqué encendido.

Por un momento tuvo Arnau la fantasía de que esta hubiera podido ser su casa. Nunca había disfrutado de nada como aquello, lo que se llama un hogar. Y creyó que, de haber tenido uno, bien hubiera podido ser como la casita del doctor.

El caballero de los bigotes volvió trayendo consigo medicinas y vendas, un par de frascos; todo cuanto la imaginación le dictó para que aquel energúmeno pudiera socorrer a esa pobre chica.

Arnau agarró una bolsa de tela que colgaba junto a la puerta, para el pan, y se sirvió de ella para ir dejando dentro las medicinas. El médico miraba cómo le temblaban las manos.

—Pero, hombre —dijo—, ¿está usted seguro de lo que está haciendo?

—Si alguien le preguntara por mí, doctor... —respondió Arnau entre toses, acomodando los frascos de cristal.

—¿Alguien? ¿A qué se refiere?

Arnau le clavó la mirada.

—Si *cualquiera* le pregunta, usted no diga nada de mí, ¿estamos? Haga como si esta noche yo no hubiera venido.

Quedó el médico intimidado por aquellos dos carbones.

—¿Estamos o no, doctor?

—Lo que usted diga.

Arnau se giró para abrir la puerta, asomó la cara y no salió hasta asegurarse de que la calle estaba desierta.

—Gracias —dijo.

Y por fin salió, llevándose la bolsa de tela llena de medicinas.

*

Arnau bajaba por la callejuela, en dirección a la plaza. Se llevó la mano al vientre, atenazado por un retortijón.

Había estado allí días atrás, para asegurarse de que conocía bien el pueblo; si tenía o no comandancia de la Guardia Civil, si había médico y taberna; cuántos habitantes vivían. Conocía el condenado pueblo como si ya fuera uno más de los vecinos.

En la plaza se acercó hasta el bar, de cuyo interior salía una luz anaranjada. Se adivinaba el ambiente cálido del interior; ya se escuchaban las voces de los parroquianos dentro. Antes de entrar asomó la nariz para asegurarse de que no estaban los guardias.

Cuando Arnau se detuvo en la puerta callaron todos, se le quedaron mirando. Venía empapado en sudor, por culpa de los nervios.

—*Egun on* —dijo. Y al escucharle saludar en euskera parecieron calmarse.

Le contestaron por lo bajo, sin quitarle ojo de encima mientras Arnau llegaba hasta la barra. Posó en ella la bolsa de tela y se dirigió al camarero, un hombre fornido, de ojos rasgados al modo vasco.

—Un tinto. ¿Hay servicio?

—Al fondo a la derecha.

Hasta allí se acercó Arnau, agarrándose la barriga. Se encerró en un habitáculo no más grande que un armario y en cuyo suelo había una letrina.

Con una mano se apoyó en la pared mientras se retorcía por culpa de unas fuertes diarreas. Le pasaba siempre. Decían de él que era un hombre atemperado, pero lo cierto era que la procesión iba por dentro. Su cuerpo protestaba en las situaciones límite y terminaba desmoronándose.

Allí dentro, medio en cuclillas, le llegaba la voz de un vecino del pueblo, que en la barra le espetaba a otro:

—Vamos a ver, tú: ¿qué puedes decir del papel de España en el Eje? Nada, ¿a que no? ¿Y qué opinas de la política del *duce*? Nada tampoco, ¿verdad? No opinas nada porque eres un burro y los burros no tienen opinión…

Arnau echó en falta de pronto la bolsa con las medicinas y maldijo por lo bajo.

De un gancho que colgaba del techo agarró unos pedazos de papel de estraza y se limpió apresurado. Tras toser un par de veces, escupió en el suelo.

Abandonó la letrina abrochándose el pantalón y acudió con prisa hasta la barra.

No estaba la bolsa con las medicinas.

—Oiga, dejé aquí una…

El camarero sacó la bolsa de debajo de la barra.

—Aquí está, amigo, no se sulfure. Nadie puede decir que en este pueblo haya un solo ladrón.

Arnau tragó saliva, aliviado, y agarró la bolsa. Le esperaba el vasito de tinto que había pedido. Al tomarlo con tres dedos no pudo evitar el temblor.

El vecino, enchaquetado de buen paño, persistía en su perorata ante el resto de parroquianos.

—¿Votaciones? Zarandajas. Me diréis si conviene consultarle al pueblo llano las decisiones importantes. ¿República? Un carajo. La mayor parte de la gente no sabe nada de estos asuntos. ¿Cómo va a valer el voto de un campesino ignorante lo mismo que el de un médico o el de un abogado?

Arnau gruñó para sí. No hacía mucho que él, ferviente defensor de la monarquía, habría firmado palabra por palabra valiéndose del mismo argumento que aquel cretino usaba para defender a Franco. Hoy, sin embargo, después de conocer Arnau el mundo y al hombre, al poder y la guerra, poca confianza le quedaba ya en la *autoritas* del rey, en la *maiestas*. Se había diluido mucho su fe en la figura de un monarca todopoderoso, capaz de traer orden, sacrosanta palabra, y regir los destinos de los infelices, de los ignorantes. A día de hoy, si alguien le preguntaba a Arnau, ya no estaba seguro acerca de cuál de los regímenes era mejor o peor que el otro.

—Por quién cojones se supone que estoy luchando —dijo por lo bajo. Y bebió.

Se dirigió al camarero.

—¿Puedo usar el teléfono? Es conferencia, pero le pago lo que usted me diga.

El camarero acordó con él un precio y Arnau se acercó hasta la esquina del local. Allá donde terminaba la barra encontró el único teléfono del pueblo. Localizar a la operadora no resultó fácil, ni comunicarse con San Sebastián, a pesar de que no estaba lejos. Por fin, después de algunos intentos infructuosos, dio con Beaufort.

*

—¿Diga? —respondió la voz del Relojero, con un timbre metálico.

—Soy yo —dijo Arnau—. Iba a llamarte para decirte que todo bien, pero… la carne que compramos… se ha puesto mala.

—¿Mala?

Arnau musitó con la boca muy pegada al teléfono.

—Tiene sangre.

Se hizo el silencio al otro lado del hilo. Arnau agachaba la cabeza entre los hombros, buscando que nadie escuchara la conversación; le miraba de reojo alguno de los parroquianos, entre vaso y vaso.

—¿Oye?

—Sí —respondió Beaufort—. Estaba pensando. Parece que el universo conspira para que las cosas se coloquen solas: pensaba decirte una cosa cuando llamaras y mira.

—No te entiendo.

—Que había pensado que esa carne no la vamos a poder vender.

Un nuevo retortijón hizo doblarse a Arnau.

—Explícate bien.

—Que no la podemos aprovechar —insistió el Relojero—. Si está mala no hagas nada. Que se estropee.

Un sudor frío mojó la espalda del Payés, aferrado al teléfono.

—¿Tú has…? ¿Has pensado bien eso?

—Lo he pensado mucho, desde luego. Haz como te digo. Vamos, que no hagas nada.

—¿No hago nada?

—Deja que se estropee. Pero te tienes que acercar al matadero el día que dijimos, eso sí; para recoger la segunda remesa. Oye…

—Dime —dijo Arnau. Y la voz de Beaufort tardó unos instantes.

—Esa otra carne, la que tienes que recoger dentro de poco… Te tienes que deshacer de ella porque también está mala.

Arnau colgó el teléfono. Un nuevo retortijón le obligó a apoyarse en la barra. Estaba pálido.

*

La vuelta hasta la iglesia resultó un condenado suplicio, entre nervios y dolor de tripa. El camión traqueteaba por el camino como un carro de mulas.

Arnau dejó la máquina escondida entre la maleza y se acercó caminando los últimos cien metros. Refulgía, allá al fondo, una lucecita que se colaba por las ventanas del templo abandonado: la hoguera que Arnau había dejado encendida, a pesar de que temía la vuelta de los dos guardias; referencia clarísima en la negrura de la noche.

—Coño…

Echó a correr cuando descubrió que Amelia, atada y todo, había conseguido arrastrarse hasta fuera de la iglesia. Arnau no había querido dejarla encerrada con candado, no fuera a pasar algo y la pobre se viera dentro de aquellas cuatro paredes sin poder escapar.

La recogió junto a la fuente, en medio de la plaza en ruinas.

—Por el amor de Dios, muchacha, adónde vas en plena noche.

La chica, amordazada, le espetó entre gruñidos para que la dejara.

No se percató Arnau de que las manos de Melita, atadas a la espalda, habían estado luchando para manejar una esquirla con la que se había cortado en el suelo, y con ella trataba de romper la cuerda que aprisionaba sus muñecas.

—Vamos para dentro —dijo el Payés—, vas a coger una pulmonía.

Ella negaba y negaba con la cabeza.

Volvió a cargarla. Ella apenas ofreció resistencia, de tan débil, pero en su espalda, escondido de la mirada de Arnau, su puño se cerraba sobre la esquirla, bien sujeta.

No bien traspasó el dintel, el Payés cerró el candado, tosiendo ruidosamente. Acudió hasta la hoguera y, con cuidado, depositó a la chica en el suelo.

Le sacó el pañuelo de la boca tirando despacito. El rostro de Amelia era una mancha blanca, incapaz de abrir los ojos.

—Te lo pido por favor —dijo ella en un hilo de voz—. Si tienes que volver a amordazarme, no lo hagas con ese recontrajodido, puto pañuelo.

Arnau la rodeó con su brazo como si fuera un bebé y, sujetándole la cabeza, le dio de beber de la cantimplora. Un hilo de agua resbaló por el cuello de la chica y fue a perderse en su pecho. Mientras Amelia bebía, los ojos de Arnau se pasearon por la entrepierna de la muchacha. Al no disponer de vendas antes y, por contener algo la hemorragia, le había colocado su zamarra entre las piernas; ahora la prenda estaba ensangrentada. Si la chica seguía así no llegaría a mañana.

Retiró la cantimplora. Los labios de Amelia brillaron húmedos. Abrió por fin los ojos y le miró.

—Si estás tú aquí —le dijo al Payés— no puede ser el cielo. O sea que sigo viva.

—Has estado muy jodida.

—He estado y estoy, condenado —replicó ella exhausta—. Llévame a un médico.

—No puedo hacer eso.

La recostó contra la pared y acudió a avivar los rescoldos de la hoguera. Los ojos de Melita se giraron para mirar al otro lado de la iglesia, allá donde colgaba la escultura del Cristo, a varios metros del suelo y sin cabeza.

La muchacha murmuró como si estuviera sola.

—Dios me está castigando.

La sola idea indignó a Arnau.

—Chiquilla, con lo joven que eres. Si fueras yo, todavía. Tú no has hecho nada para que Dios te castigue.

Amelia giró el rostro hacia él. En sus ojos se reflejaban las llamitas de la hoguera.

—La pérdida —respondió ella.

Arnau no dijo nada. Y como si las palabras le arrancaran de dentro un enorme peso, Amelia añadió:

—La pérdida. No fue natural. Le pedí a mi casera, condenada de ella, que me arrancara el niño.

*

Al llegar a Burgos, Bernal le dijo que había apostado policías de paisano por todas partes y ordenado que se multiplicaran los controles de carretera: la ciudad estaba tomada. El coronel estaba obsesionado con que en cualquier momento los rojos aprovecharan para intentar matar al caudillo.

—Pasaremos aquí la noche.

La comitiva fue aproximándose a un hotel que hacía esquina, con entrada principal en la calle de la Victoria, que decidieron evitar; de modo que accedieron al complejo por la parte trasera, que daba a los aparcamientos, en la avenida del General Sanjurjo. Allí fueron entrando discretamente, recibidos por un buen número de botones y señoritas del servicio, que, enseguida, ante la siempre atenta mirada de Bernal, tomaron sus maletas.

No tuvieron que registrarse.

A Elsa le sorprendió que los integrantes de la comitiva hablaran tan poco unos con otros, sumidos en una calma tensa, resueltos a esconderse en sus habitaciones sin dirigirse la palabra.

Solo ahora caía en la cuenta la traductora de que los acompañaba el oficial nazi, Gunter Schlösser. Elsa simuló estar ocupada con una carrera en su media solo por evitar saludarle.

Cruzaron el *hall* de entrada, una sala elegantísima flanqueada por otra donde se disponían aquí y allá mullidos sillones, en torno a mesitas bajas, sobre una alfombra adornada con motivos florales. Al fondo se divisaba el comedor, coronado por una barra de bar. El hotel

197

había sido tomado también, con militares apostados aquí y allá, por todas partes, en la entrada, en los pasillos. No había una esquina que escapara a su control.

Al día siguiente el propio Bernal la informaría de quiénes iban a formar parte del séquito del caudillo, sin contar con el oficial nazi, Schlösser: el comandante González Peral, ayudante de Franco; el general Moscardó, desde luego, jefe de la Casa Militar; Julio Muñoz, jefe de la Casa Civil; Serrano Suñer, ministro de Asuntos Exteriores; Luis Álvarez Estrada, barón de las Torres, jefe de Protocolo del Ministerio de Asuntos Exteriores, a quien ella ya conocía; Antonio Tovar, filólogo; Enrique Giménez-Arnau, director de Prensa; y varios periodistas, entre los que destacaban Vicente Gallego, así como ayudantes del generalísimo y personal de seguridad. Gente muy escogida, bien considerados todos por Franco. «Y yo... —le diría Elsa con una sonrisa apagada—. La mosca entre las mariposas», a lo que Bernal replicaría, corrigiéndola: «¡La abeja! La abeja, señorita».

Los de la comitiva fueron ocupando sus respectivas *suites*. Solo Bernal se despidió de ella, tras acompañarla hasta la puerta de su habitación.

—El hotel ha preparado una cena para los de la comitiva; está poco menos que cerrado al público. Pero si lo prefiere puedo ordenar que se la suban a su cuarto.

Ella había visto el comedor, al pasar de camino; un hermosísimo salón con ventanales dispuestos en dos niveles, sobre el que pendía una enorme lámpara de araña con lágrimas, que Elsa juzgó de lo más señorial.

Asintió la traductora, con ganas de perderse.

—Cenaré aquí, sí.

Le dio las gracias, cerró aparentando calma y por fin quedó sola en su habitación.

Temblaba. Se puso a dar vueltas.

El botones había dispuesto su maleta sobre la mesa auxiliar, pero pensar que tendría que deshacerla le produjo una inmensa inquietud: todas las labores cotidianas, hasta las más nimias, le parecían ridículas, fuera de sentido.

*

Llevaba largo rato observando al Cristo. Arnau la miraba a ella, a su vez, preguntándose en qué pensaría una muchacha como esa, tan joven, sabiendo que iba a morir en pocas horas.

Qué cabrona que es la vida, se dijo; la forma que tiene de enredarlo todo para que al final las cosas salgan siempre mal.

—¿En qué piensas —le preguntó, señalando al Cristo con la barbilla—, que no dejas de mirarlo al pobre?

Amelia estaba febril, muy débil.

—Pensaba en que ese Cristo sin cabeza se corresponde mejor con la imagen que debe tener el verdadero —respondió—. Todo el poder del universo en sus manos, pero sin nada encima de los hombros: nosotros rezando, suplicando, y él ciego y sordo.

Arnau dio dos toses y se limpió la boca con la mano. De haber tenido seso y cultura como para expresar esas palabras, el Payés las habría firmado sin dudarlo.

Pensó en la bolsa de tela, donde guardaba todas aquellas medicinas que no había usado todavía y que, por orden del Relojero, ya no usaría.

Por dentro no hacía sino reprochárselo: cómo rogarle a Dios que salvara a aquella muchacha si él, que tenía la posibilidad de curarla ahora, la dejaba morir poco a poco.

Quizás era fácil para Beaufort, tan lejos y sin verla, ordenarle que la dejara morir sin más.

—Pero, *collons* —murmuró—, no es fácil para mí.

Amelia se volvió hacia él sin comprender a qué se refería. Le resultaba un misterio la cabeza de aquel bruto, pero le pareció que, en él, tanto daba que tuviera cabeza como si no: de poco le servía. Era evidente que aquel hombre, guiado siempre de sus instintos, era todo corazón y tripas.

Amelia volvía a dirigir los ojos hacia la imagen.

Imaginó que una noche se habían presentado allí unos desalmados, antes de empezar la guerra, o recién empezada. La habían emprendido con los bancos, con las figuras de la Virgen y los santos, con el Cristo, al que molieron a palos hasta arrancarle la cabeza. Luego le habían pegado fuego, pero quizás… —pensó observando que solo estaba ennegrecida la mitad del templo—, quizá se puso a llover, y algo se salvó de la pobre iglesia; y aquellos desalmados salieron corriendo, temiendo que, en el fondo, a lo mejor sí existía Dios.

—Mi hermana —musitó— cree que soy una cabra loca. Siempre dice que no tengo cabeza.

Sabiendo que se refería a la traductora, Arnau se revolvió junto a la hoguera, incómodo.

Melita, ardiendo en fiebre, parecía estar hablando sola.

—Elsa es más como mi madre, que fue siempre más seria, más estricta. Yo en cambio salí a mi padre, que era un espíritu libre; a él solo le importaban sus poemas, aquellas novelas que corregía y corregía, y que nunca interesaron a ninguna editorial. Por las noches se sentaba junto a nuestras camas y nos leía cuentos de aventuras o nos hacía trucos de magia, a saber dónde los había aprendido. Era incapaz de ocuparse de las cosas cotidianas, de pagar el alquiler o al carbonero; siempre tenía la cabeza en otra parte. Cuando mi madre murió fue el fin del mundo para él, creyó que se volvería loco, y no solo por faltarle ella, porque la adoraba, sino por verse obligado a responsabilizarse de nosotras, de las mil obligaciones del día a día. Nunca fue capaz, la verdad. Fue Elsa la que, a trancas y barrancas, tuvo que asumir aquel papel.

Arnau rio por lo bajo como un perro pachón y con toda la retranca replicó:

—No saliste a tu padre y ella a tu madre, muchacha. Lo que te pasó es que te fue más fácil dejarle a tu hermana la parte dura.

Melita se mantuvo unos instantes callada, acaso pensando en aquello, pero con la mirada perdida. Asintió.

—Lleva media vida cuidando de mí —dijo—. Elsa se piensa que no me doy cuenta, que no soy consciente y que nunca se lo he agradecido, pero no es verdad. Soy muy consciente y sé muy bien lo mucho que me ha protegido siempre.

Arnau se incorporó para avivar las llamas y, de paso, echó una ojeada a la entrepierna de la muchacha. Parecía que había dejado de sangrar.

—Un día —proseguía Melita, ensimismada—, tenía ella quince años, estábamos en el campo, jugando solas bajo un árbol y a mí me dio por subirme a lo alto. Elsa, la responsable Elsa, me insistía en que era peligroso, ¿pero a Melita le importó? No, allá que fue la condenada, encaramándose para arriba, saltando de rama en rama.

Arnau volvió a reírse por lo bajo.

Ella se apartó un poco el pelo, como si quisiera enseñar algo.

—Todavía tengo la cicatriz, del golpe que me di en la cabeza. ¿Crees que la pequeña Elsa se quedó petrificada de miedo? Me agarró por debajo de los brazos y me arrastró durante media hora hasta el merendero donde estaban nuestros padres. Seguramente me salvó la vida.

Arnau volvió a sentarse.

—¿Por qué decidiste deshacerte del niño? —preguntó de pronto.

Amelia tomó aire hasta hincharse los pulmones. Lo expulsó despacio; Arnau advirtió que tiritaba.

—No lo sé. ¿Para llamar la atención? —Lo pensó mejor y se encogió de hombros—. Para vengarme de aquel miserable que ya no respondía a mis cartas, que había desaparecido y al que amaba con todo mi corazón. O para ver si de paso me mataba yo también. Mira qué cosas —dijo con un brillo en los ojos—, al final lo he conseguido.

Un par de tosidos sacudieron los hombros de Arnau, que permaneció unos segundos mirando el fuego, hasta que la voz salió sola desde el fondo de su pecho:

—Te secuestramos porque así obligamos a tu hermana… a hacer algo por nosotros.

Amelia le miró fijo.

—¿Hacer por vosotros, mi hermana Elsa?

—La idea no se me ocurrió a mí —dijo Arnau en su descargo—, pero aquí estoy.

Amelia se incorporó con esfuerzo, para apoyar la espalda en la pared. Quedó sentada, mirando al hombretón.

—¿Qué es lo que se supone que tiene que hacer?

—Da igual —respondió Arnau—. Te lo he contado porque me pareció curioso que, después de tantos años, tu hermana esté luchando todavía para salvarte la vida.

Una lágrima brotó de pronto en el ojo de Amelia Braumann, y ella enseguida se pasó el dorso de la mano, para hacerla desaparecer.

—Estoy salvada entonces —dijo sonriendo.

Arnau la miró, estremecido. Y la chica añadió:

—Si dependo de mi hermana puedo quedarme tranquila: ya estoy salvada.

Arnau permaneció quieto, ensimismado en las sombras que hacía el fuego en el suelo polvoriento. Tenía sangre reseca en las manos, de haber tomado a Amelia en sus brazos hacía unas horas. Se las restregó por los pantalones, nervioso; pero al volver a mirarlas descubrió que la sangre se había convertido en una costra hasta convertirse en una segunda piel.

Le pareció que se ahogaba y respiró por la boca, atragantado. Respiró, apretando los dientes.

Luego, se levantó y fue a por la bolsa de tela con las medicinas.

—Ven —le dijo—. Voy a curarte.

*

Esa noche, Elsa Braumann cenó a solas en la habitación; le resultaba imposible compartir mesa con los figurones y departir como si no pasara nada, como si el destino de su hermana no estuviera en juego y su propia vida no pendiera de un hilo.

Disponía de teléfono en una de las mesillas de noche, cosa inaudita; y deseó haber podido llamar a Melita; preguntarle primero cómo estaba, y luego compartir con ella tantos miedos, tanto nerviosismo. Lamentó que todo hubiera salido así, semejante mala suerte; haber mezclado a su hermana en aquel espanto. Se preguntó si la pobre estaría pasando hambre o frío, si la estarían amenazando o, incluso peor, si…

Por escapar de la realidad echó las cortinas y apagó las luces de la habitación, se acostó en la cama sin deshacerla, sobre la colcha. Creyó que con la oscuridad se irían los pensamientos sombríos, pero fue peor, se acrecentaron los miedos e imaginó que Melita estaría sufriendo los peores tormentos.

Entonces llamaron a la puerta.

Elsa se incorporó en la cama. La habitación se había enfriado de pronto.

—¿Quién es?

Y una voz dulzona respondió desde el pasillo.

—Soy el coronel Schlösser.

La traductora se levantó, acudió descalza hasta la puerta; el corazón bombeaba fuerte en su pecho.

Entreabrió y asomó la cara.

—¿Sí?

Schlösser amagó un taconazo y agachó la barbilla; sonreía.

—*Disculpe que la moleste, señorita* —dijo en alemán—, *pero me pareció que sería buen momento para que habláramos.*

Elsa tragó saliva.

—¿Ahora? Es tarde, coronel, y estoy cansada. —Señaló con la cabeza hacia la intimidad del dormitorio—: No me parece apropiado, además…

La hizo detenerse aquella sonrisa fría, los ojos clavados sobre ella. Schlösser no le estaba pidiendo permiso.

Elsa le franqueó la entrada; no se había desvestido, por fortuna. Le sudaban las manos.

—Pase. —No hacía sino preguntarse de qué manera se había enterado Schlösser; pero él lo sabía, estaba segura, había descubierto aquella conspiración endiablada en la que se había visto metida.

—*Sie gestatten?* —dijo el coronel nazi. Y entró en el dormitorio.

*

—Apenas hemos hablado, usted y yo —dijo mirando en derredor; las manos a la espalda sujetaban la gorra de plato de las SS—. Sobre este asunto del encuentro, quiero decir.

Elsa Braumann se cerró la camisa sobre el pecho, cerca todavía de la puerta; no se había movido de allí.

—Estas cosas… Yo solo me ocupo de la traducción del documento; es Bernal quien…

—Diga —la interrumpió el oficial nazi—, lleva usted en España muchos años, ¿no es verdad?

—Así es, sí.

—Su familia se trasladó a Madrid en el 30.

Elsa asintió. Temía que llegara la pregunta fatídica, en que la conspiración saliera por fin a la luz.

Schlösser le dio la vuelta a una silla y tomó asiento junto a la cama, frente al escritorio, en donde dejó la gorra. Daba la sensación de estar de lo más tranquilo; cruzó las piernas.

—¿Puedo saber por qué escaparon de Alemania?

—No escapamos —replicó ella haciéndose la extrañada—. A mis padres les pareció que en Madrid tendrían más oportunidades profesionales.

—Comprendo. Su padre era traductor.

—Sí.

Schlösser se alongó hacia la cama y con la mano barrió de la colcha unas motitas.

—Pero aquí esas… *oportunidades* no terminaron de materializarse, ¿me equivoco?

—Falleció mi madre; aquello trastocó la vida de todos. Mi padre ya nunca volvió a ser el mismo. No fue fácil para ninguno. Y luego, bastante pronto, contrajo la tuberculosis.

—Ah —añadió Schlösser con aire afectado—, qué lamentable es, desde luego, la muerte de un ser querido.

—Yo me tuve que poner enseguida con las traducciones, para sacar algún…

Schlösser la interrumpió.

—¿Qué opina usted del nacionalsocialismo?

—¿Yo? —Acudió hasta la ventana y abrió la cortina, como si quisiera recuperar el contacto con el mundo. Le parecía que el cuarto estaba congelado y se aseguró de que estaba cerrada—. No le puedo responder, coronel, no entiendo de esas cosas.

—¿Esas *cosas*?

—De política, quiero decir. Nunca me he querido…

—Significar —dijo él.

—No «significar». Meterme en política, simplemente. Son cosas que se me escapan, no las entiendo.

Se levantó el coronel; parecía muy divertido, le negaba con el dedo como quien reprende a una niñita.

—Ah, no juegue conmigo, usted trata de aparentar ser una mujer simple, pero no lo es. No lo es en absoluto.

—Bueno, yo… —Elsa sonrió ruborizada, pero era el miedo lo que la ponía colorada.

—¿No opina usted, Elsa —preguntó el nazi mientras iba acercándose—, que Alemania fue vilipendiada en la Gran Guerra?, ¿que sufrimos una humillación y que ha sido el *führer* quien nos ha redimido de esa vergüenza?, ¿que Alemania tiene derecho a ser grande de nuevo? ¿Cómo lo llaman en España? Sí —dijo en español—: «Una, grande y libre».

—Por supuesto —respondió ella, pero habría respondido que sí a cualquier cosa que le preguntara; le fallaban las piernas.

—¿No opina que la raza aria tiene todo el derecho a liderar los destinos de Europa? Y por qué no, del mundo. —Apenas los separaban unos pasos y él continuaba acercándose, las manos a la espalda—. Lo hablamos el otro día, si mal no recuerdo. Que hay diferentes clases de hombres, unas razas más puras que otras. Que estamos nosotros, pero también criaturas inferiores, como los gitanos, los negros o los judíos, que no merecen sino ser erradicados de la faz de la Tierra. ¿No opina lo mismo, *fräulein*?, ¿que el mundo sería un sitio mucho más limpio sin esas degeneraciones sueltas por ahí?

Lo tenía frente a ella, tan cerca que podía advertir su aliento.

—Por supuesto —respondió Elsa. Le pareció que su madre estaría revolviéndose en la tumba, solo de escucharla decir eso, y tuvo que ahogar una arcada.

—Entonces —dijo Schlösser muy satisfecho, sonriendo—. Usted es tan nacionalsocialista como yo.

—Supongo —respondió estremecida—. Sí, tiene razón, coronel. Lo soy.

El corazón se le iba a salir por la boca, estaba congelada, de frío y de miedo, ante los ojos color *himmelblau*.

El coronel se puso serio de pronto; parecía furioso.

—Dígalo —dijo entre dientes.

—¿Qué?

—Dígalo. —Silabeó Schlösser—: Diga «Soy tan nacionalsocialista como usted, coronel».

—Soy… tan nacionalsocialista como usted.

Hasta a ella misma le pareció imposible que hubiera podido repetirlo amagando una sonrisa.

—No comprendo, coronel, por qué lo duda —añadió.

Quién sabe lo que habría respondido el desalmado, pero llamaron a la puerta.

*

Acudió ella a abrir como una exhalación, solo por escapar de la proximidad de aquella presencia oscura. Encontró al coronel Bernal.

—Señorita…

A él no le pasó desapercibida la expresión pálida en el rostro de la traductora. Descubrió a Schlösser al fondo de la habitación y Bernal pasó al interior, muy serio.

—¿Coronel?

—Elsa y yo —dijo Schlösser recogiendo su gorra del escritorio— hablábamos de los viejos tiempos, en Alemania, pero ya me iba.

Bernal estaba tan rígido que parecía que fuera a romperse.

—Mejor —dijo—. No deberíamos cansar a la señorita, es muy tarde.

—Desde luego. Yo también necesito echarme, el viaje hasta Burgos ha sido insoportable; odio las carreteras españolas.

Al pasar junto a ella se puso la gorra y volvió a sonreírle.

—Ha sido una charla muy agradable, *fräulein*, confío en que podamos repetirla.

—Seguro que sí.

Schlösser se le acercó al oído como si fuera a contarle un secreto, Elsa permaneció quieta, clavada en el sitio.

—*Si quiere* —le susurró el coronel nazi, en alemán— *puedo hablar con el servicio del hotel. ¿No lo nota? Huele a podrido.*

Luego recuperó la sonrisa para despedirse de Bernal y, levantando la mano con la palma hacia arriba hasta la altura del hombro, dijo mientras abandonaba la habitación:

—*Heil* Hitler.

Quedaron a solas Elsa y Bernal. Ella fue incapaz de disimular la expresión de asco. Se apoyó en la pared, estremecida.

—Es un cerdo —protestó entre dientes, repugnada—. Es un cerdo asqueroso.

Bernal cerró la puerta.

—¿Está usted bien? ¿Le ha dicho algo inconveniente?

Elsa rebufaba de impotencia y de asco.

—*Dios* —dijo en alemán, para sí—, *hay que tener estómago.*

Bernal acudió a un armarito bajo, lo abrió y sacó de él un vaso y una botella pequeña de coñac, que abrió enseguida.

—Está pálida. Tómese esto.

Ella recogió el vaso con la mano temblorosa y bebió hasta apurarlo.

—Sorbito a sorbito también valía —dijo él para hacerla reír.

Y Elsa sonrió.

Bernal contempló la boca de la traductora e hizo el amago de acercarse a ella, pero se detuvo.

Retrocedió hasta la puerta.

—Venía… solo para desearle buenas noches.

—Me alegro de que haya venido —respondió ella enternecida.

Había bastado un instante para que la habitación recobrara la temperatura, con él dentro. Acaso estaba haciendo efecto el coñac, pero Elsa tuvo la impresión de que, de pronto, frente a Bernal, todo pareció estar en calma.

La noche entera la pasaría sin desvestirse, acostada sobre la cama, dando vueltas pensando en Melita y llorando mientras se aferraba a aquella colcha que tan bien olía. Olía como las sábanas de su infancia, cuando el mundo entero estaba limpio y todo parecía nuevo.

Al día siguiente partieron otra vez.

En el coche, mientras abandonaban Burgos, la informó Bernal:

—Vamos a San Sebastián. De allí es de donde saldrá el tren hacia Hendaya.

16

Elsa lo observó de reojo: el soldado con turbante miraba al infinito con ceño inescrutable; quizás pensara en su mujer e hijos, tan lejos, en los desabridos poblados de Ifni.

Ella jamás los había visto en persona; resultaba magnífico y amenazante el porte de la formación de pretorianos de la Guardia Mora. Se decía de ellos que comían carne humana. Las sanguinarias cohortes africanas habían regresado al protectorado de Marruecos tras la guerra, pero unos pocos habían sido escogidos para quedarse en España como guardia personal de Franco; su presencia a las puertas del Palacio de Aiete subrayaba la oficialidad de la ocasión: recibían al caudillo con todos los honores.

Mientras atravesaba las filas de turbantes a paso lento, a Elsa le pareció ver cómo se extendía un rumor, siguiéndola entre la Guardia Mora, pasando de boca en boca entre los soldados y oficiales: este era su miedo, que alguien hubiera confesado en alguna oscura celda de Gobernación, en Madrid, que ella, Elsa Braumann, era una traidora. Pronto aquellos soldados la apresarían, la expondrían con el pelo rapado, se la llevarían a alguna celda oscura.

Tuvo que hacer un esfuerzo y sobreponerse a esta fantasía, disimulando, forzando una sonrisa. «Si no te calmas, pedazo de pánfila —se dijo—, verás como tú misma haces saltar la liebre».

El personal del servicio doméstico del palacio había salido a recibir al caudillo, cuya espalda divisaba Elsa varios metros por delante, entre el séquito que lo acompañaba y cruzando ya la puerta principal. Por no caminar junto a Gunter Schlösser, la traductora fue ralentizando sus pasos en el jardín hasta quedar algo relegada. Al fondo, sobre la hierba húmeda, se dibujaba la airosa estampa de la mansión, en blanco y piedra.

Se detuvo el barón de las Torres al ver que ella se quedaba atrás, a fin de esperarla.

—Fíjese en esos perros —comentó a la traductora.

—¿Perdón?

—Perros de guerra, de la raza de los molosos —dijo el barón refiriéndose a dos estatuas de piedra que presidían la escalinata—. Los egipcios equipaban con pinchos a los molosos y los lanzaban a devorar al enemigo. También Alejandro Magno y Aníbal los usaron como armas.

Los cuellos de las bestias de piedra se retorcían.

—El escultor los copió de un antiguo perro romano de la Galería de los Uffizi, pero solo uno de ellos es copia directa del original. Su compañero cánido no pasa de ser una invención, un mero espejo. ¿Adivina usted cuál es el bueno?

Elsa no supo qué decir.

—El de la derecha, por supuesto. —Rio el barón—. Siempre el de la derecha.

Al poner el pie en el escalón y toparse con las fauces abiertas, Elsa fue muy consciente de que se estaba metiendo en la boca del lobo.

*

Como eran unos neuróticos no dejaron pasar ni una hora para recorrer ese mismo día el camino que haría el tren. Sus ayudantes respectivos y los dos coroneles, español y alemán, compartían coche, un despampanante Mercedes traído de Alemania, y cada poco paraban para bajarse del vehículo y comparar la realidad con sus notas y planos.

Los dos militares se hallaban junto a la vía y observaban el terreno.

—Allí, ¿ve? —decía Bernal señalando—. Ahí está el nido de ametralladoras.

A cierta distancia asomaban los cascos del ejército franquista, los bultos de sus hombres, que aguardaban. Restaban todavía veinticuatro horas para que se hiciera efectivo el viaje en tren, pero las tropas españolas habían tomado ya posiciones.

Schlösser daba por buena la situación de las patrullas, pero algunas veces apuntaba una sugerencia.

—Quizá si se pusieran un poco más al este... Allí, mire. Cerca de esos árboles, ¿no tendrían más campo de visión?

Bernal no consideraba decisiva ninguna de las aportaciones de Schlösser, pero mal tampoco les haría, de manera que satisfacía al nazi por cortesía.

Schlösser estaba obsesionado con incluir tropas alemanas dentro de las posiciones españolas, cosa a la que se había negado el propio caudillo.

—El generalísimo prefiere no arriesgar vidas alemanas —aducía Bernal por salir del paso. Nada les gustaba menos que mezclar las dos banderas en una misión como aquella, y que los gallitos españoles anduvieran distraídos midiéndose con los gallitos nazis.

—Arriesgar la vida es el trabajo de mis hombres, coronel —replicó Schlösser, confuso y un tanto airado—; son soldados.

Regresaban al coche para desplazarse hasta al siguiente punto estratégico, donde de nuevo harían parada y vuelta a empezar.

Subiendo aquella loma de tierra, Schlösser se daba golpecitos en una mano con los guantes.

—A no ser que crea que los soldados alemanes no están igual de cualificados que los españoles.

—En absoluto, desde luego —replicó Bernal, que todavía tomaba la cosa con una sonrisa.

Schlösser señaló a uno de sus hombres, un sargento ario, rubio como el cobre y que pasaba del metro ochenta de estatura.

—No hay más que compararlos.

Se había referido a un soldado español, paticorto y bajito, que caminaba junto al alemán.

Esto a Bernal ya no le hizo ninguna gracia y se detuvo.

—En España tenemos un dicho: «Es pequeñito, pero matón».

Schlösser se rio con ganas.

—Sí, ya veo. Ah, el orgullo español, que tantas veces puede confundirse con la soberbia —añadió picajoso—. Pero la superioridad física de los arios… Me hablaba el otro día un compatriota suyo acerca de *la belleza*. ¿No lo ve, coronel? La perfección de las formas, el color de la piel y de los ojos, tan puros que recuerdan a dioses eslavos. Hay belleza en la perfección física de mis soldados. Ustedes, por desgracia, son rehenes de los siglos pasados, de la sangre mora y judía, que ensucia sus venas.

Bernal echaba un vistazo a esos ayudantes suyos que los estaban acompañando, más bajitos todos ellos que los alemanes y menos musculosos; alguno había pasado hambre en la guerra y todavía estaba algo famélico. Bernal confiaría su vida, sin embargo, a aquellos hombres que recordaban a bandoleros de otros tiempos, a mercenarios y piratas, pero tan valientes como para lanzarse al fuego si él lo ordenaba.

—Sí, comprendo lo que quiere decir, Schlösser —dijo Bernal de lo más conciliador; pero añadió—: Lo que me sorprende es que ustedes los nazis perdieran en los últimos juegos olímpicos, y en Múnich, nada menos, en su propia casa, ante un deportista que les arrebató todas las medallas y que demostró que era superior físicamente a ustedes. Owens, se llamaba, si no recuerdo mal, ¿verdad? Un hombre negro.

*

Sonaban los cubiertos, al rozar la porcelana, pero nadie habló hasta bien entrada la cena. A través de las ventanas, Elsa había vislumbrado a algunos agentes del equipo de seguridad de Bernal, que en la oscuridad recorrían los jardines acompañados de perros y siempre en parejas. Patrullaban también el interior del palacio y podías encontrártelos en cualquier esquina, ojo avizor. Flotaba sobre el palacio una atmósfera pesada, como si se hubiera condensado la inquietud. Elsa Braumann tuvo la sensación de que si, por accidente, alguien dejara caer un cubierto se dispararían varias armas aquí y allá en una explosión de violencia desatada.

Sorprendería el lujo del palacete incluso a quien no hubiera pasado los últimos tiempos bajo las miserias de una guerra. Elsa sabía que había sido residencia de los reyes de España desde Isabel II hasta Alfonso XIII; y que el caudillo había veraneado allí aquel mismo mes de agosto. La traductora pensó en lo mucho que le hubieran indignado a su madre estos salones ostentosos, con sus mármoles y lámparas de araña, librerías y terciopelos.

A su lado, el coronel, pensativo, cortó su filete en líneas muy rectas, a fin de dividirlo en trocitos iguales. Al llevarse uno a la boca advirtió que Elsa no probaba bocado.

—¿No le gusta?

—Está muy buena —respondió ella lamentando llamar la atención, y trinchó su entrecot. De la carne manó un agüilla roja que la hizo ponerse pálida.

Intentando aparentar calma, dirigió los ojos hacia el asiento vacío que presidía la mesa.

—¿No baja a cenar el caudillo?

—Va a cenar arriba —respondió Bernal—, en su habitación, con Serrano Suñer.

—Lo lamento —comentó el periodista Vicente Gallego, unos puestos más allá—, porque el caudillo es un hombre de gran conversación.

Dos camareros no pudieron evitar sonreír con cierta maldad y, sin hablar pero con una mirada cómplice, se dijeron el uno al otro: «Hombre, Franco, gran conversación…».

Asistían a la cena buena parte de los que al día siguiente acompañarían al caudillo en el tren a Hendaya. También Schlösser, que se relacionaba poco con el resto de comensales y que, si levantaba la cara, era para dirigirles una mirada de desprecio.

El intérprete, Luis Álvarez Estrada y Luque, barón de las Torres, acabó de masticar un bocado y, limpiándose la boca con la servilleta de lino, se dispuso a hablar; todos creyeron que diría una ocurrencia de las suyas, en referencia a alguna curiosidad más o menos estúpida.

—¿Ha llegado ya el tren? —preguntó.

—En un rato —contestó Bernal sin levantar la mirada de su filete.

—¿A qué hora está previsto salir mañana?

Nada contestó Bernal, pues evitaba a toda costa compartir detalles de la operación. Ninguno de los integrantes de la mesa, que conocían bien su celo profesional, insistieron en el tema.

Giménez-Arnau hizo un gesto a uno de los mayordomos para que le sirviera más vino.

—El caudillo lo tiene complicado mañana: tengo entendido que Hitler es un mamarracho mal educa…

Se detuvo antes de acabar la frase, petrificado por la mirada de Gunter Schlösser. Se hizo tan denso el silencio que hubieran podido abrirse paso a través de él con aquellos cuchillos.

Por salvar la situación intervino Ulibarri, presidente del Tribunal Especial para la Represión de la Masonería y el Comunismo:

—Amigo Schlösser, ¿es cierto lo que se cuenta? Parece que Himmler ha viajado hasta Montserrat, en busca del Santo Grial.

—Al *reichsführer* le apasionan estos temas —respondió el nazi pidiendo más vino a un camarero—. Si los monjes tienen allí escondido el cáliz de Cristo harían mejor en compartirlo con sus amigos alemanes. Alemania sabría ser generosa.

Elsa, mirando la carne, tomó su servilleta y se tapó la boca con ella.

Le habló Bernal, por lo bajo.

—¿Quiere que le pasen más la carne?

—No, no —respondió ella procurando sonreír. Se puso en pie y dejó la servilleta sobre el plato—. Si no les importa me voy a retirar, estoy un poco mareada. El viaje… Les ruego que sigan cenando. Buenas noches.

Se marchó enseguida. Y no bien los hubo dejado solos, mientras volvían a sentarse, comentó la voz burlona de Miguel Ganuza, gobernador civil de Vizcaya:

—Caballeros, hemos espantado a la única moza que teníamos.

Rio la gracia el coro de gallitos. Y por encima de las risas sonó la voz de Gunter Schlösser:

—Tampoco es que la chica valga mucho.

Bernal, muy serio, ya no volvió a tomar asiento. Miró al capitán Castrillo.

—Nos vemos dentro de una hora —dijo, lacónico.

Asintió su ayudante, pálido como el lino de su servilleta.

—A sus órdenes.

Schlösser advirtió que el capitán no había probado bocado.

Viendo que se marchaba Bernal, el barón de las Torres no pudo reprimirse y preguntó:

—¿Va a llegar el tren ahora?

*

Avanzaba el coronel por el largo pasillo del segundo piso, en pos de la traductora, que caminaba delante, como si escapara.

—Señorita.

Elsa apretó el paso, en dirección a su cuarto.

—¡Señorita, por favor!

Elsa metió la llave en la cerradura; parecía a punto de romper a llorar, le temblaba la voz.

—No sé qué pinto aquí, rodeada de… esos hombres; no tenía que haber venido. Se lo dije.

215

—Elsa… —dijo Bernal tomándole la mano, cuando ella abría ya la puerta.

—No me diga nada. Quiero estar sola, acabar con esta historia en la que me han metido. Dígame, ¿qué hago yo aquí? —preguntó, y no se refería solo a él, a la reunión secreta con Hitler, sino a todo aquello que no podía confesarle para no poner en peligro a su hermana. A medida que hablaba iba encendiéndose más—. Me traen, me llevan, me dicen que debo hacer esta cosa, la otra, así, asá, me preguntan, respondo… Y durante todo el tiempo me planteo por qué tengo que acabar mezclada en esto, si yo no quería sino vivir tranquila. Yo solo quería vivir tranquila, sin que nadie me metiera en sus problemas, dedicada a mis traducciones, a mis libros y a mis películas en el cine, a mi vida normal, que no tiene nada que ver con toda esta podredumbre, ni con políticas ni con nazis ni con nada. ¡Yo no quería venir!

Fue la única respuesta que supo darle él para acallar toda aquella furia. Pero lo cierto era que el cuerpo de Bernal, abrazado a ella, era una estufa a la que se agarró de pronto el espíritu aterido de Elsa Braumann.

—Está todo bien, señorita. No le va a pasar nada.

Advirtió ella el olor en su ropa recién planchada, a espliego.

—Por favor —replicó ella, pegada a su pecho—, dígamelo otra vez.

—¿Que no le va a pasar nada?

—Por favor, dígamelo.

—No le va a pasar nada, Elsa.

Se aferró a él, para devorarse en un beso prolongado a cuyo final se negaban los dos cuerpos. No supo Elsa explicarse cómo habían retrocedido, juntas las bocas, las manos, hasta entrar en el dormitorio; cuándo había cerrado la puerta.

En el silencio de la noche, en la penumbra de aquel dormitorio que había pertenecido a los viejos reyes españoles, Elsa Braumann y el coronel Bernal terminaron en el suelo enmoquetado, enroscándose uno en el otro, como si temieran que, de separarse, pudieran venirles la muerte.

Bernal subió su falda a empellones y rompió sus medias y ella mordió sus labios, su cuello, y tomó sus manos para guiarlas.

—Fuerte —le dijo en un susurro. Y él apretó, loco de deseo.

Quiso perderse Elsa Braumann, perderse y confesar todos sus secretos; no solo lo de su hermana, lo de la operación de los ingleses, lo de los documentos secretos, sino todo, todo lo que en algún momento de su vida hubiera pertenecido a su esfera más íntima; abrirse a él y perderse, de par en par el corazón, mientras él respiraba muy cerca, y se le refugiaba dentro.

—Dímelo —decía ella por lo bajo, entre suspiros—. Prométeme que no me va a pasar nada.

Y él se lo prometió. Varias veces. Y ella, agarrándose con las uñas en la espalda del hombre, como quien resbala hacia la negrura, volvió a pedírselo.

Ocurrió todo como en un sueño neblinoso, no sabría ella decir cuánto tiempo estuvieron rugiendo en aquel suelo, revolviéndose para sentirle más dentro, más dentro, más dentro.

—Fuerte. Fuerte.

Su mente dejó de existir y ella, llevada por aquel placer que no parecía terminarse nunca, dejó de existir también, derrotada por aquel deseo que solo pedía tragárselo entero, tragarse el mundo.

*

Luego, quedaron detenidos, jadeando exhaustos.

Nada se dijeron, apenas podían verse el uno al otro en la penumbra. El silencio que se hizo entre ellos pareció quedar impregnado en los objetos de la habitación, en la vainica de la colcha, en la lámpara con pie de bronce.

Bernal se retiró temblando.

Solo esto escuchó ella que murmuraba el coronel:

—Elsa... Elsa, qué hemos hecho...

Iba la traductora a agarrar su mano, deseosa todavía de tenerle, cuando él, trastabillando, se puso en pie.

—Perdón —le dijo Bernal evitando mirarla.

—¿Qué?

—Por favor, perdóneme.

Alcanzó la puerta en dos zancadas; al entreabrirla se iluminó la habitación con el filo de la luz del pasillo. Temblaba el coronel Bernal todavía, mientras se aseguraba de que no había nadie que pudiera verle salir.

—Coronel —musitó ella.

Pero Bernal escapó de allí, con la cabeza gacha, y cerró tras él.

Cómo, se preguntaría Elsa un rato después, tras darse una ducha caliente; cómo le pedía perdón aquel hombre que le había dado tanto, que la había hecho temblar así.

No sería hasta más tarde, pues, al pasar la mano sobre el vaho y mirar su reflejo en el cristal empañado del espejo, que Elsa Braumann se preguntaría qué veía Bernal cuando la miraba.

Todavía ahora, que estaba detenida ante el espejo, recién duchada, todavía ahora, rodeada por el vapor de la ducha en aquel cuarto de baño de un palacio, se estremeció recordando lo que había ocurrido y Elsa sintió por segunda vez esa noche la sed ansiosa que volvía a pedir el cuerpo de él.

A diferencia de lo que hacía siempre, y luchando contra el espejo, que era su peor enemigo, se detuvo a contemplarse.

Se peinó hacia atrás para verse mejor, y encontró la misma nariz, algo chata, la boca demasiado grande. Pero se planteó por primera vez en su vida que quizás debiera pasar menos tiempo reprochándose no haber sido hermosa como Melita, pidiéndole perdón al mundo por no haber encontrado marido, por no haber tenido hijos.

Sonrió.

Cómo, se preguntó, cómo era que él le pedía perdón, si por primera vez en su vida el espejo del cuarto de baño le devolvía el reflejo de una mujer hermosa.

17

Se le había enganchado el bajo del pantalón en un tojo y Eduardo Beaufort rezongó por lo bajo, llenos los zapatos de barro.

—Se nota que es usted de ciudad —le dijo el manco.

Era esmirriado y de rostro curtido. Le faltaba un brazo, de modo que con el otro sujetaba un candil, con el que apenas alumbraba la vereda.

—Vamos, no queda nada.

Olía a resina y a musgo. A su alrededor no había más que oscuridad, pero se podían apreciar los bultos que hacían los árboles y arbustos. En el silencio de la noche solo se escuchaban las pisadas sobre la tierra húmeda y los resoplidos del Relojero, poco acostumbrado, en efecto, a caminar por el monte.

Desde detrás de un pino les salió al paso una mujer, apuntándolos con una escopeta de caza, y Beaufort dio un respingo.

—¡Coñíño, Casia! —dijo el manco—, ¡qué susto me has dado!

—Pues imagínate el susto si hubiera sido la Guardia Civil.

Casia tenía los ojos saltones y, debajo del pañuelo que le cubría la cabeza, el pelo corto; se lo habían rapado los nacionales de Franco al terminar la guerra y por fin comenzaba a tomar cierta forma. Vestía como un hombre, con pantalones de pana, mil veces remendados.

Amartilló los dos gatillos de la escopeta, claclac, y apuntó a Beaufort, dispuesta a disparar.

—¡Oye que no —gritó el manco—, que me han dado permiso de arriba para traerlo; que viene a ver al Comandante!

—¿Permiso? —repuso la tal Casia y, mirando de arriba abajo a Beaufort, dijo—: ¿Cuánto has pagado por estar aquí, bujarrón?

Eduardo Beaufort aguantó el tipo con la barbilla alta. En silencio le entregó una carta, que ella tomó para mirarla y remirarla, pero no la leyó.

Levantó la escopeta y se la apoyó en el hombro.

—Como si supiera leer —le dijo.

Se dio la vuelta y echó a caminar monte arriba, sin candil que la alumbrara, y cuando salió del ámbito de la luz del manco desapareció en la negrura.

El manco le hizo al Relojero un gesto para que la siguieran, y así lo hizo Beaufort, tragándose el orgullo.

*

Pocos minutos después de atravesar los arbustos de la arboleda frondosa, acabaron por llegar a la entrada de una cueva, de cuyo interior les llegó la voz de un hombre que preguntó por lo bajo:

—¡Quién va!

—¡Buenaventura era el segundo de ocho! —respondió enseguida Casia.

Apareció un tipo con la cara y las manos manchadas de negro, apestaba a queroseno. Llevaba puestas unas gafas de tan gruesos cristales que parecían el culo de un vaso.

—Casia —dijo saludando.

—Queroseno —respondió ella, y le entregó la carta que le había dado Beaufort—. Avisa, que traigo compañía.

El tal Queroseno examinó con la mirada a Beaufort, sorprendido.

—Qué percha, amigo —dijo. Y luego se dirigió a Casia—. Esperad aquí.

Volvió a introducirse en la cueva.

220

La mujer hizo un gesto con la barbilla al manco.

—Tú no entras, vuélvete para el pueblo.

—Prefiero que se quede —repuso Beaufort—. Si no es molestia. Me tendrá que acompañar luego…, cuando me vaya.

La Casia torció la boca en una sonrisa burlona.

—Eso si te vas, bujarrón.

E hizo el gesto de darle una patada en el culo al manco.

—¡Aire!

Eduardo Beaufort contempló cómo el esmirriado se marchaba monte abajo, llevándose con él el candil.

El Relojero llevaba un rato lamentando haber acudido hasta aquella manada de palurdos, pero fue cuando la mujer y él quedaron a oscuras que comenzó realmente a temer por su vida.

Se echó la mano al bolsillo y, como activada por un resorte, Casia le encañonó a la garganta. Beaufort se quedó lívido.

—¿Puedo…, puedo fumar? —dijo sacando la cajetilla despacito.

Advirtió que a la mujer se le hacía la boca agua nada más ver los cigarrillos y le ofreció del paquete.

—Coja uno, si quiere.

Al abrir la cajetilla azul, metálica y de cantos dorados, la deslumbró la fila impoluta de cigarrillos ingleses Waverley, perfumados como bebés recién nacidos. Y ella, que se había acostado con más de dos y de tres gañanes a cambio de una colilla, sintió que las lágrimas le humedecían los ojos.

El Queroseno volvió a salir de la cueva.

—Podéis pasar.

—Hala —le dijo Casia al Relojero—. Delante, tú primero. ¡Y no te caigas, que caminas como un zambo!

Después le arrebató la cajetilla de tabaco.

*

La cueva resultó ser una mina abandonada. Descendían a través de un angosto pasillo al que, de tanto en tanto, iluminaban unas simples velas en el suelo. Como muchas de ellas se habían apagado, el Relojero dio más de un traspié en aquella penumbra, y la mujer y el hombre, con una risita, celebraban por lo bajo sus torpezas.

Se cruzaron con dos que subían. Uno de ellos se levantó la gorra con dos dedos para ver mejor al Relojero, y este advirtió que llevaban las caras tan negras como el llamado Queroseno.

—*Me-cagüen*, qué traes ahí, Casia… —dijeron burlones.

—Una *madam* —respondió la Casia; y apretó la escopeta contra la espalda de Beaufort—. Sigue, hostia, no te pares.

Llegaron finalmente a una cueva; olía a rancio y las paredes estaban cubiertas de talameras, donde se almacenaban quesos envueltos en hojas. Sobre una pared resistía el paso del tiempo un viejo cartel de la guerra: EUZCADI EN ARMAS, rezaba.

En el centro del habitáculo se estaba reparando una moto, entre piezas sueltas y herramientas; dos hombres les daban la espalda, vueltos hacia una mesa donde consultaban unos mapas. Al escucharlos entrar, se giraron para encarar a Beaufort.

—Casia —dijo el más maduro, y al que el Relojero encontró apuesto. Sostenía la carta que había traído desde Madrid.

—Comandante —saludó Casia; y metiendo en el bolsillo del Comandante la cajetilla de Waverley, preguntó—: ¿Has leído lo que pone?

—Acabo de leerla, sí —dijo él—; viene muy recomendado, amigo. —Extendió la mano para estrechar la de Beaufort—. Usted perdonará las precauciones, pero con la Benemérita nunca se sabe, ¿comprende?

Lo apodaban Comandante, acaso porque lo fue en la guerra, pero allí nadie llevaba ni uniforme ni distintivos. Resultó ser un hombre amigable, de rostro triste; daba toda la impresión de ansiar un relevo. A su lado, callado, parecía más receloso el lugarteniente, un tipo bajito y anchísimo de hombros al que llamaban Miura, porque decían que su mujer le había puesto los cuernos con un faccioso.

El Comandante le devolvió la carta a Beaufort y, cruzando los brazos, apoyó el culo en la mesa.

—Bueno, pues usted dirá; somos todo oídos.

*

A las cinco de la mañana de ese 23 de octubre, el ayudante de maquinista Salvador Domínguez aguardaba junto a la locomotora en Pasajes, fumándose un pitillo, los ojos como platos, a pesar de que no había dormido en toda la noche. Por todas partes había militares con perros. La madrugada estaba fresca para ser octubre, pero Domínguez miró el cielo y pronosticó que al día siguiente haría bueno.

Se acercaba el coronel Bernal, acompañado de su ayudante, que iba dando saltitos para no tropezar con las vías. Les salió al encuentro el teniente coronel Martínez Maza y se saludaron con la mano en la sien.

—A las órdenes de usía, mi coronel.

—Descanse, Pepe. Le presento a mi ayudante, el capitán Castrillo.

—Mucho gusto.

—Comentaba yo a mi ayudante —añadió Bernal— que Martínez Maza no iba a retrasar el viaje ni dos minutos, y veo que no me equivocaba. Qué alegrón verle ya aquí.

Se dieron un apretón de manos.

—Gracias, Bernal. ¿Y el caudillo? —preguntó nervioso mirando sobre el hombro del coronel—, ¿ha venido?

—Está descansando. ¿Qué tal el viaje?

—De lujo. Hicimos parada anoche en Miranda de Ebro y aquí estamos. Despacito y con buena letra, pero aquí estamos, por fin. Qué momento, Bernal, ¿eh? No me jodas, qué momento.

Bernal se rio.

—Sí, hombre, sí.

A Martínez Maza, que había hecho de maquinista, le habían acompañado en el viaje desde Madrid el militar falangista José María

Aibar; también el ayudante Domínguez y un fogonero, que desconocían adónde se dirigían. La locomotora respondía bien, en opinión del teniente coronel; una Norte 7209 de librea azul, que arrastraba el coche Break de Obras Públicas, donde se instalaría a la comitiva especial, y dos vagones más.

—Seis motores —dijo Martínez Maza señalando al monstruo— y una potencia de 2100 kW. Le han puesto debajo del morro tres ejes motores, no veas cómo se adapta a las curvas.

La información la conocía Bernal más que de sobra, se había estudiado el manual de la locomotora de pe a pa; a las de este modelo las llamaban «cocodrilo», por su forma.

El coronel se congratuló de que todo estuviera saliendo sin incidencias. En apenas diez horas partirían para Hendaya, pero esta información se la reservó todavía, y Martínez Maza y su equipo quedaron en el tren, a la espera.

Cuando Bernal abandonó la operación, su ayudante lo encontró pesaroso. Imposible saber que todavía se debatía el coronel por esconder en su cabeza lo que había ocurrido con Elsa Braumann.

*

Nada más explicarles la misión quedaron en silencio un rato, sobrecogidos.

Superada la sorpresa primera, y algo temerosos, los maquis le hicieron mil preguntas que Beaufort les respondió con la precisión propia de su oficio. Repasaron diez veces el plan que les había expuesto, y todavía volvieron a preguntar por las mismas inquietudes, los detalles que les parecían más delicados, porque allí de lo que se trataba era de arriesgar su pellejo.

—Tal como yo lo veo —aventuró el Queroseno—, vendrían bien unas bombas de mano, tipo Gaumont.

El lugarteniente se rio por lo bajo.

—Que te gusta un petardo, jodío.

Eduardo Beaufort tomó una de las velas y acercó a la llamita la carta que había traído. La carta prendió enseguida, pero la sostuvo mientras iba consumiéndose.

—En el pueblo hemos dejado un camión con… *material,* a disposición de su compañero, al que le falta un brazo. Allí tienen de todo, desde pistolas hasta metralletas.

Se miraron los maquis como niños que hubieran escuchado de un cargamento de golosinas.

—¿Y tenemos que montar la emboscada en el punto ese?

—En ese exacto, sí.

—¿Pues?

—Se trata de un punto ciego que tendrá menos vigilancia que el resto de la vía. Más allá de eso ustedes tienen absoluta libertad, organizan la cosa como quieran, con cuidado, eso sí, de que no los vean llegar entre un puesto de vigilancia y el siguiente. Montan el Cristo y, una vez detenido el tren, se mantienen en la posición durante tres minutos. Tres minutos, esto es importante. No más, pero tampoco menos. Tenemos que darle tiempo a nuestro agente, que viaja dentro del tren, para que se haga con los documentos ingleses.

Los tres maquis miraban y remiraban el mapa donde aparecía la vía y una equis dibujada sobre ella. Rezongaban, llenos de preocupación.

—¿Tú qué dices, Casia?

—¿Una emboscada al tren donde viaja la Culona? —repuso la mujer, recelosa—. Es demasiado bonito, no me creo aquí al *estirao.*

El Relojero reaccionó sin prestar atención al mote.

—Me lo imagino —replicó sereno, y, dirigiéndose al hombre y no a ella, añadió—: Pero dígame, Comandante, ¿cuándo antes tuvieron una oportunidad real de asestar un golpe importante? Cuándo, piénselo, que no fuera huir monte adentro, organizar escaramuzas, pequeños robos o un escopetazo a un guardia civil. Cuándo.

Evitaron los tres agachar las caras, que era lo que les pedía el cuerpo.

El lugarteniente señaló al Relojero y, dirigiéndose a Casia, le preguntó:

—¿Dice la verdad o no?

La mujer miró al Relojero como si lo radiografiara, y clavándole encima los ojos más oscuros que Beaufort hubiera enfrentado nunca, respondió:

—Sí la dice. Pero no la dice toda.

—Omito algunos detalles por su propia seguridad —repuso el Relojero.

Intervino el Comandante, que en este teatrillo hacía de amable.

—Entiéndanos, señor. Se nos hace difícil creer que un hombre que lucha por restaurar la monarquía nos dé esta información —esto lo dijo con cierta sorna— a unos maquis harapientos y más rojos que los cuernos del diablo.

La respuesta de Beaufort, serena y largamente meditada, acabó con cualquier duda que pudiera quedarles todavía:

—Nuestros objetivos difieren, Comandante. Pero los dos necesitamos saltar el mismo obstáculo: el caudillo. Si ahora ayudamos a los ingleses acabaremos con el régimen del general Franco. ¿Mañana? Mañana lucharemos otra vez unos contra otros, como hemos hecho desde que fue parido este bendito país. Pero hoy es hoy, todavía.

*

Fue la adusta Casia quien le acompañó monte abajo, tras pasarse la noche discutiendo con Beaufort detalles en la mina, delimitando bien quién habría de hacer qué y cuándo.

Amanecía. Al ver la silueta de las primeras casas de San Sebastián, la mujer se detuvo.

—No debo pasar de aquí, no sea que me vean los verdes.

—Comprendo —dijo Beaufort—. Le agradezco que me haya acompañado.

La Casia, de pocas palabras, y todas ellas de pocas sílabas, agachó la cara buscando explicarse.

—Si… Si eso que ha planteado usted sale bien y por fin acabamos con Franco…, se acabará toda esta mierda, ¿verdad? —dijo señalando hacia el monte que quedaba a su espalda—. Dígamelo. Porque esto no es vida.

—Ojalá que sí se acabe —respondió Beaufort—. Por eso lo hacemos.

Ella asintió en silencio, esperanzada por fin, después de tantos meses luchando en el bosque como si fueran fantasmas.

No quiso mirarle para despedirse; le hizo un gesto con la barbilla y se dio la vuelta.

—Va a coger frío, que un señorito como usted no está acostumbrado a este relente; váyase ya.

Aún quedó detenido unos instantes Eduardo Beaufort, contemplando cómo la mujer se alejaba en dirección a la espesura, en donde, en efecto, se perdió como un alma en pena.

El Relojero echó a caminar hacia la ciudad. El sol naciente atravesaba las brumas con la limpieza de un cuchillo.

Enseguida dio con el coche, que le esperaba en el punto convenido.

La inglesa abrió la puerta desde el interior, nada más verlo venir. Dentro apestaba a magnolias. Beaufort entró y la encontró tapándose la boca y echándose vaho, aterida. La pelirroja usaba guantes, de cuero flexible; Beaufort jamás le había visto las manos: siempre tenía frío. «Sobre todo en España —decía ella—, porque aquí me falta el calor del hogar». En el servicio secreto la conocían por el sobrenombre: el Cadáver. No sabía el Relojero si porque estaba congelada o por la frialdad con la que acometía sus misiones, pues nada parecía conmoverla.

—*Well?* —preguntó la mujer.

—Ya está todo dicho —respondió Beaufort.

—¿Lo harán?

—Sí. Acabo de mandar a esos infelices al matadero.

*

Salían de la mina como muertos que caminaran otra vez entre los vivos, aturdidos por la luz del sol. En fila, pasaban de uno en uno por la caja en donde el Manco repartía fusiles, pistolas, bombas de mano. Quizás ahora no fueran más que unos harapientos, pero con aquellas armas, engrasadas y nuevas, volvieron a sentirse capaces de cambiar el mundo.

El comandante de los maquis los observaba con aire preocupado. A su lado, Casia le agarró del brazo discretamente. Apretó y le dijo al oído:

—Todo va a salir bien.

—Tengo que ir con ellos —le dijo él.

—No. Ya vamos con el Miura, tú te quedas. Si la cosa sale mal tienes que reorganizarlo todo aquí, eres demasiado valioso.

El Comandante contempló a la mujer, con aire apesadumbrado.

—Nunca pedí ser el jefe de esto. El cargo me puede, es un peso demasiado grande para mí.

Casia le sonrió. Era solo en su presencia, con él, donde mostraba esa sonrisa enternecida.

—No es verdad, nada es demasiado grande para ti. —Señaló al grupo de maquis que iban armándose antes de partir—. Pero en todo caso ellos no lo saben. Para ellos eres Dios.

—¿Dios? —repuso él, riéndose—. Ni Dios ni amo, carajo.

—Ni Dios ni amo —respondió ella.

Le dio un beso en los labios, furtivo, y se colocó al final de la cola, para pertrecharse de armas ella también.

Estaban a punto de internarse en la espesura del bosque, en dirección al punto en donde emboscarían al tren que transportaba a Franco.

*

Esa noche la había pasado Elsa en duermevela. Temía decir algo en el encuentro con Franco que la delatara: hablar de más, mirar de más, y hasta respirar, por si en cualquiera de sus gestos alguien encontrara un signo de culpabilidad.

Llevaba días esperando que se pusieran en contacto con ella para explicarle los detalles de su misión secreta, pues de esta solo

228

conocía que tendría que robar unos documentos de un escritorio; pero qué documentos y de qué escritorio se le escapaba todavía.

Nada más despertar se dio una buena ducha, otra vez; en el palacio no escaseaba el agua caliente, como en Madrid.

Intuyó que estaría cerca la hora de partir hacia el tren y se peinó de la mejor manera que supo; lo cual significaba poco, a decir verdad. Le había cogido rímel y pintalabios a su hermana, pero a última hora decidió no pintarse mucho, por no llamar la atención; convenía ser discreta y pasar desapercibida, si es que esto pudiera ser posible en un tren lleno de militares y figurones, todos hombres.

Elsa Braumann desayunó sola en el comedor. Si bien estaba nerviosa, también le hervía por dentro un cierto burbujeo, cada vez que recordaba lo ocurrido con Bernal; y uno y otro sentimiento se iban turnando, saltando de la cabeza a su cuerpo, y vuelta.

Estar engañándole, además, la hacía sentir doblemente traidora.

Repitió café un par de veces, y lamentó no tener ánimo para probar bollos y panecillos y embutidos.

En un salón contiguo jugaban a las cartas algunos de los que anoche habían acudido a la cena; el resto aguardaba en sus habitaciones.

—¿Ha dicho el coronel cuándo saldremos? —preguntó Elsa a uno de los mayordomos, pero este respondió que allí nadie sabía nada. Se había dispuesto, eso sí, que a la hora de comer estuviera listo un almuerzo frugal, pero esto le dijo poca cosa, pues, conociendo a Bernal, ya imaginaba que habría ordenado almuerzo y cena solo para despistar.

Desconocía, pues, la hora a la que debían partir y, como no quería pasarse el día encerrada en la habitación, decidió estirar las piernas y despejarse en los jardines del palacete.

Prefirió evitar el acceso principal, no fuera a encontrarse con Bernal, y salió por la puerta posterior. La escalinata de piedra le dio acceso a una vasta explanada; pudo apreciar que más allá continuaba un trazado irregular, adaptado al terreno.

San Sebastián había amanecido claro; daba gusto contemplar el azul del cielo sobre el verdor de los jardines. Paseó, en paz por fin, ajena a los pensamientos oscuros que llevaban días atormentándola, y recorrió senderos que avanzaban en curva, estanques sinuosos por donde cruzaban puentecitos, y hasta un palomar; aquel era el sueño de quien había pasado años sumida en una existencia depauperada.

Se detuvo a la altura de un pequeño obelisco que conmemoraba la visita de la reina Victoria de Inglaterra en 1889, pero no fue esto lo que le llamó la atención. Distinguió la figura de un militar allá al fondo, que con la cabeza le hacía un gesto para que le siguiera. Elsa, recelosa en principio, acabó por obedecer, de lo más intrigada.

*

Como a un faro en la distancia, Elsa Braumann siguió la calva del capitán Castrillo, cubierta por aquellos cuatro pelos. El oficial llegó a un pequeño estanque al que rodeaba una gruta con varias entradas y allí dentro se metió.

Elsa agachó la cabeza para evitar las estalactitas y accedió también al interior. Encontró nervioso a Castrillo, que no dejaba de mirar hacia fuera, preocupado por si alguien la hubiera visto.

—Rápido —susurró el militar—, no tenemos mucho tiempo, es mejor que no nos vean hablar.

—¿Por qué? No entiendo, capitán, ¿ha pasado algo con lo del tren?

—De eso quería hablarle. Tengo que darle las instrucciones para cuando llegue *el momento*.

Quedó Elsa de piedra al descubrir que el capitán, ayudante personal de Bernal, estaba implicado en aquella traición; enseguida le pareció la opción más lógica, sin embargo, teniendo en cuenta que disponía de acceso a todos los planes, lugares y personal implicados.

—Ay, Dios mío —musitó ella, consciente de pronto de lo que se le venía encima.

—No se preocupe, que todo va a salir bien —respondió Castrillo, a pesar de que parecía más nervioso que ella. Al hablar, en un tic, se tocaba todo el rato el bigotito estilo Charlot—. Atienda, señorita. A mitad de viaje el tren sufrirá un contratiempo y acabará deteniéndose.

—¿Un contratiempo?

—Habrá disparos fuera.

Dio Elsa un paso atrás, resuelta a escapar corriendo, pero el capitán la agarró de la muñeca.

—Pero usted no tiene que preocuparse, estará a salvo dentro del tren. Todo será una distracción, precisamente para que usted pueda robar los documentos. Será un buen guirigay, eso sí se lo advierto, pero mientras esté dentro del vagón estará a salvo. No habrá nadie que esté pendiente de usted, los soldados saldrán del vagón y tendrá libertad para moverse. Los hombres que atacarán el tren mantendrán su posición unos minutitos, para darle tiempo, y luego escaparán hasta desaparecer. Liberada la vía, el tren continuará camino.

Elsa Braumann se apretaba las manos una contra otra, frotándolas inquieta.

—Los documentos...

—Usted se meterá en el despacho que hay en medio del tren; no tendrá problema porque yo lo habré dejado abierto. Dentro del escritorio encontrará una carpeta marrón, de cuero.

—¿Y si hay más carpetas?

—No habrá más carpetas —respondió el capitán, impaciente—. Los documentos que hay dentro están en inglés. Los reconocerá enseguida porque tienen escrito en el encabezamiento *For-yur-elles-onli*.

—«Solo para sus ojos».

—¿Qué?

—*For your eyes only*; eso es lo que significa: «Confidencial».

—No sé, yo de inglés..., le repito lo que me han dicho. Usted los doblará y los guardará bajo su ropa.

Llevada por la voz presurosa de Castrillo, la traductora iba componiendo las imágenes en su cabeza, ensayando una y otra vez los movimientos que tendría que repetir en apenas unas horas.

—¿Son muchas páginas?

—Apenas dos folios, tres, poca cosa. Cuando los tenga, atienda, bajará del vagón por el lado contrario a donde esté armándose la marimorena y escapará hacia los arbustos.

—Pero… —repetía ella, viéndose incapaz—. Pero…

—No puede quedarse en el tren. Comprenda que en cuanto descubran que faltan los documentos comenzarán a interrogarnos a todos, no podemos arriesgarnos a que la detecten, ¡y además tiene que hacérselos llegar a Beaufort!

—¿Quién?

Al capitán se le había escapado el nombre, ya no tenía remedio, y continuó, sudoroso.

—Necesitamos que escape del tren.

—No puedo hacer esto —decía Elsa dando vueltas—, pensaba que sí, pero es imposible, no puedo; de verdad que no.

—Claro que puede, se meterá en los arbustos y echará a correr hacia el oeste, en dirección al sol. ¿Entiende?, en dirección al sol. No estará muy lejos: en medio del bosque encontrará un claro donde un coche la estará esperando con su hermana. Dígame, ¿ha comprendido?

Elsa tragó saliva, atragantada; tenía la boca seca.

—¿Mi hermana estará esperándome en ese coche? ¿Adónde iremos?, ¿qué haremos?

—El coche la conducirá por el norte hasta Portugal, con unos salvoconductos que le permitirán continuar sin que nadie la moleste. No tiene que tener miedo, los salvoconductos nos los ha preparado un general afín a nuestra causa.

—*A nuestra causa* —repitió ella, ensimismada, sin saber qué causa sería esa y detenida todavía en la idea de que tendrían que escapar a lo largo de cientos de kilómetros.

Castrillo proseguía la retahíla:

—Si alguien la para en algún control enseñe los salvoconductos y la dejarán seguir sin preguntar nada. En Oporto, ya a salvo, acudan al consulado inglés. Les proveerán de dinero y de ayuda; les será fácil tomar un barco que las saque de la península.

Asomó hacia la entrada de la gruta, por mirar si se acercaba alguien.

—¿Ha comprendido todo?, ¿lo tiene claro?

—Tendremos…, tendremos que dejar España —dijo desconsolada.

—Señorita, será solo momentáneamente. Hitler va a perder Europa, el propio almirante Canaris ha asegurado al generalísimo que Alemania no ganará la guerra. Cuando todo termine y nosotros hayamos traído de vuelta la monarquía habremos acabado con el régimen de Franco. ¿Entiende lo que significa eso?

Elsa Braumann asintió, sobrecogida.

—Mi hermana y yo podremos volver.

—Eso es. Tengo que dejarla ahora, antes de que Bernal se dé cuenta de que no estoy. Por Dios, piense en la responsabilidad de lo que está a punto de hacer. Los ingleses nos ayudarán si recuperamos esos documentos, acabaremos con Franco, Alfonso XIII podrá volver a España. Cabeza fría; calma, ¿sí? Cabeza fría. Me voy, señorita. Estese tranquila, todo saldrá bien.

*

Un pajarillo sobrevoló en rasante el bosque. Vistos desde arriba, aquellos hombres y mujeres parecían una desmejorada versión de la Santa Compaña. Avanzaban con ojos en la espalda, pendientes de un ratón que combaba una hierba, una cogujada que picoteaba larvas entre los brotes.

—*Cagondiós* cómo se te oye el corazón desde aquí, Miura.

—Ssh. A lo tuyo.

Pasado un claro y cerca ya de las vías, los maquis llegaron a una hilera de hayas jóvenes, cuyas hojitas reventaban de verde al contraluz; el lugarteniente los hizo detener: aquellas servirían.

A los pocos minutos los hachazos hendían los troncos.

De Casia se decía que tenía seis sentidos; hoy los llevaba todos encendidos, en alerta roja. No era solo que tuviera un pálpito: todo su cuerpo la advertía de un peligro inminente.

Apartó un reguero de sudor que le resbalaba por detrás de la oreja hasta el cuello y en su hombro notó una sombra. No tenía que volverse para saber que era el lugarteniente, conocía a cada uno de sus compañeros por el olor.

—No ha venido el Queroseno.

—¿Qué? —replicó Casia en un murmullo.

—Que se ha rajado, no ha venido.

Allí en las cuevas, el Queroseno había compartido con Casia vagas confidencias. Le gustaba estallar cosas porque decía que solo quemando este mundo se podía construir uno diferente; quería engendrar un hijo que se llamase Vulcano, pues lo creía un buen nombre para un anarquista. A ella nunca le había gustado demasiado, sin embargo; a la maquis le parecía que el Queroseno andaba siempre escondiendo algo.

—Se habrá cagado de miedo —dijo el Miura—. Y no me extraña.

Casia no respondió. Le sonaba el sexto sentido, machacón, como el timbre de un teléfono que llamaba y llamaba sin que nadie respondiera.

*

Almorzaron a la una, pero la mayor parte de la comitiva pasó ese rato acodado en la barra del restaurante del hotel, entre carajillos y cafés. Schlösser no bajó de su cuarto. Elsa comió sola, en una mesa esquinada del comedor, rehuyéndolos a todos y cabizbaja: le parecía que sería ya demasiado sospechoso si volvía a encerrarse en su habitación. Apenas probó bocado. Se había traído de casa un librito, aquella traducción de Pedro Salinas que su padre le había enseñado a adorar. Elsa abrió *Por el camino de Swann*, para darse el gusto de leer una vez más la apertura: «Mucho tiempo he estado acostándome temprano».

Proust había sido un *bon vivant* en París; iba de fiesta en fiesta hasta que decidió que, si quería escribir la obra que tenía en mente, debía confinarse. Y así lo hizo durante quince años; insonorizó las paredes con corcho, y vivía y escribía solo de noche, alimentado de café y cruasanes. De este parto salieron sus hermosos, perfectos libros, que corregía una y otra vez.

Bernal se acercó, llevaba las manos a la espalda.

—No la vi esta mañana.

—Estuve paseando —respondió ella. Era evidente que ninguno sabía bien cómo comportarse después de lo ocurrido la noche anterior.

—Tengo una cosa para usted —dijo él.

—¿Para mí?

Bernal descubrió lo que escondía en la espalda. Dejó sobre la mesa una revista.

—No hace ni tres días que salió el primer número. Pensé… que le gustaría.

Elsa contempló la portada sin saber qué decir. En ella aparecía Conchita Montenegro bajo el encabezado: PRIMER PLANO. REVISTA ESPAÑOLA DE CINEMATOGRAFÍA.

—Hay artículos muy interesantes —añadió él—; creo que la va a disfrutar mucho.

—Caramba, yo… Gracias.

—¿Le importa si me siento un rato?

Tardó ella un instante en reaccionar, contemplando la tímida sonrisa del coronel. Al cabo cerró el libro, le correspondió a la sonrisa, como si se rindiera a estos intentos, y le indicó la silla.

El coronel tomó asiento. Vino un camarero. Bernal le preguntó a ella si quería tomar algo y Elsa dijo que no. Él pidió café solo sin azúcar.

Parecía calmado, pero lo cierto era que siempre lo parecía; si por dentro estaba histérico sabía disimularlo bien: daba la impresión de que asistía a todo como un espectador distraído, sin implicarse, pero la traductora, que comenzaba a conocerlo, advertía esas mínimas miradas de reojo, ese ladear de cabeza cuando alguien se movía unos metros más allá. Nada escapaba a la atención del militar.

—¿Está nerviosa?

—Me subo por las paredes. ¿Usted?

—También. Pero todo marcha perfectamente.

Elsa señaló con la barbilla hacia los figurones que departían en la barra.

—Me llama la atención lo relajados que parecen todos.

—No se crea nada; por dentro están como flanes. La dignidad militar, imagínese: antes morir que demostrar miedo.

Acudió el camarero y, mientras servía el café, Bernal se puso serio, mirando en derredor como si quisiera asegurarse de que nadie le escuchaba. El camarero se marchó, Bernal se adelantó hacia ella y le dijo en un murmullo:

—Salimos dentro de una hora.

*

Elsa Braumann tragó saliva, pero no respondió; se quedó mirándolo fijo, aunque sin verle. De cada dos pensamientos uno era para infundirse coraje. «Valor —se decía Elsa—. Valor», y la voz de su padre, muy dentro, le respondía lastimera: «Por Dios, hija, cómo has acabado metida en este lío».

—Nunca quise meterme en política —dijo de pronto, esbozando una sonrisa.

Bernal la contempló extrañado mientras se llevaba la taza a los labios, pero dejó que ella siguiera.

—Mi padre siempre me lo decía: «No te metas en cosas de política». Y no porque yo fuera mujer, no; también se lo aplicaba a él mismo. Era una persona informada, desde luego, muy culta, pero le parecía que los políticos eran todos unos miserables, que los ideales eran siempre el pretexto de unos y de otros para someternos.

Bernal se bebió el café en dos buches.

—¿No tiene usted ideales?

—No sé si me los puedo permitir —respondió Elsa Braumann mientras él dejaba la tacita sobre el plato—. Toda mi vida he tenido la sensación de que si asomaba la cabeza por encima del resto de las gallinas, alguien acabaría cortándomela. Mi padre me recalcó siempre la importancia de pasar desapercibida.

Suspiró.

—Todo esto, a usted que es militar, tan acostumbrado a la lucha y a exponerse, le parecerá una sarta de majaderías.

—No crea —respondió Bernal limpiándose con la servilleta el fino bigote.

Se detuvo unos instantes, pensativo, dudando acerca de si contarle cierto secreto. Algo pareció hacerle gracia. Sacó una cajetilla de sus cigarrillos emboquillados; le ofreció uno, que ella rechazó.

—De pequeño fui siempre apocado; de aquello me queda un poco todavía, nunca he sido un hombre expresivo. El caso es que no conocía el cinematógrafo todavía y me pasé media infancia refugiado en los libros. Julio Verne, Robert Stevenson...

—Emilio Salgari —dijo ella.

Bernal sonrió mientras se encendía el cigarrillo.

—Los libros... eran el sitio a donde yo acudía para vivir las aventuras que no me atrevía a experimentar. Era muy cobardón, todo me daba miedo.

—Si en algún momento de su vida fue usted una persona miedosa todo eso acabó ya. No habrá llegado a coronel por ser un hombre cobarde.

Bernal aspiró una calada, sonriendo.

—La guerra es un camino estupendo para ascender rápidamente: los militares valientes son los que mueren primero.

Se adelantó un tanto, como si quisiera confiarle un secreto; le miraba los labios.

—*Sobrevivir* —añadió— no es cosa de broma. A veces es una tarea mucho más dura que luchar.

*

Acudió hasta ellos el capitán Castrillo, procurando evitar cruzar la mirada con Elsa, y susurró unas palabras al coronel, de las que ella solo pudo distinguir: «Deberíamos ir saliendo; ya está todo preparado». Cruzaron instrucciones.

La traductora contemplaba la portada de la revista que había quedado sobre la mesa. La sobrecogía no solo que el coronel hubiera pensado en ella. Era una de las cosas que más la había atormentado: cuando acabara su misión en el tren ella habría de escapar; no volvería a ver nunca a Bernal. Que él dejara de existir así le producía una desasosegante sensación de pérdida.

Cuando su ayudante se marchó, Bernal apagó el cigarrillo en el cenicero de la mesa y le dijo a la traductora:

—Saldremos en una hora, como le he dicho: a las tres en punto partirá el tren. No lleve sino una libreta; no le hará falta más.

—Pensaba llevar una carpeta.

—No hará falta —insistió él.

Elsa Braumann apartó la revista unos centímetros de su lado y se puso en pie.

—No puedo aceptarla —dijo, apabullada por la culpa, por estar ocultándole lo que estaba a punto de hacer.

—¿Qué?

—No puedo aceptarla —repitió atragantada. Y enfiló camino hacia las escalinatas de acceso al palacio.

Bernal se quedó mirando la revista sobre la mesa; un leve rubor le tintaba las mejillas.

La cogió con delicadeza para no arrugarla y se levantó, suspirando.

Acudió hasta la barra del bar, dispuesto a comunicarles a todos que la salida hacia la estación era inminente y que debían prepararse. En poco más de dos horas estarían ante Hitler.

*

Se había quedado traspuesto sin querer y despertó sobresaltado. Todavía tardó unos segundos en asimilar que estaba en la cama del hotel María Cristina.

La luz del mediodía entraba por la ventana y Eduardo Beaufort consultó enseguida la hora, temiendo que todo hubiera acabado mientras él dormía. Las dos de la tarde: quedaba un rato todavía, si Castrillo no los había informado mal.

Le había sentado pesado lo poco que había comido a la una, apenas unas endivias, unas anchoas y dos peras. El Relojero no recordaba nada después de recostarse con un periódico y ahora tenía un regusto amargo en la boca, pero había estado soñando, a pesar de que no recordaba con qué. Hasta a él mismo le sorprendió aquella erección.

Estaba nervioso, tenía calor. Sobre la cama del hotel y vestido, se masturbó apresurado, como satisfaciendo una urgencia.

Al extinguir aquella hoguera se incorporó para sentarse, preso, como le ocurría siempre, de una culpabilidad espantosa. Luchaba por borrar de su mente las imágenes a las que acababa de recurrir, con muchachos de torsos desnudos y labios carnosos.

—Dios mío de mi vida —musitó temblando—, qué horror.

Para olvidar se puso a hacer planes, a pensar en el rey, en los años pasados; en los venideros, con Alfonso sentado de nuevo en el Palacio de Oriente. Las dos y veinte. No le daba el espíritu para seguir allí dentro, esperando, esperando. Resolvió que tenía que salir a estirar las piernas.

Se acicaló en el baño, con agua de colonia sobre el pelo, atusándose el bigote, anudando la pajarita. El caballero que le observaba desde el espejo le pareció un viejales atildado, un maricón de tomo y lomo, pero el muy miserable se permitía reprocharle lo que acababa de hacer.

—Qué horror —dijo otra vez.

Bajó hasta la recepción. Allí encontró a un tipo sentado, leyendo un diario *Marca*, y que, al mirarlo de reojo, Beaufort encontró guapo. En el diario, de lo más sobado, se anunciaba la victoria del Atlético Aviación por cinco goles a cuatro sobre el Celta de Vigo.

Dejó la llave en recepción.

—Buenos días, señor —le dijo el conserje—, ¿a dar un paseíto?

—Eso mismo.

Abandonó el hotel. La playa estaba cerca.

*

Al despertar junto a la hoguera, Amelia Braumann encontró a su lado la zamarra de borrego llena de sangre. Ella estaba limpia, sin embargo; y se encontraba algo mejor. De aquel frío de ayer solo quedaba un recuerdo, alimentado por una ligera fiebre. Se encontraba recostada en el suelo, atadas las manos todavía, pero no amordazada.

Al levantar la cabeza descubrió a Miquel Arnau algo más allá, dando vueltas como un león enjaulado. El hombretón miraba la hora cada dos pasos.

Al descubrir a Amelia despierta vino hasta ella y le puso la mano en la frente.

—Te ha bajado la fiebre.

—Ahora —respondió ella— para que podamos comer perdices ya solo falta que me sueltes las manos y me dejes ir.

Al hombretón le hizo gracia. Revisó los vendajes que le había puesto; idea de medicina tenía poca, la que había aprendido en la guerra, pero le pareció que estaba todo bien allá abajo.

—Tómate la tableta.

Le sacó una del frasco de cristal y se la puso en la boca. Le trajo la cantimplora y para que pudiera tragársela le dio de beber.

Tan cerca de ella, Amelia descubrió la cadenita con el Cristo que le colgaba a Arnau del cuello.

—No me hubiera imaginado nunca que eras un fervoroso católico.

—¿Qué? Ah, la cadena —dijo él envolviéndola en el puño, como si pretendiera ocultarla—. Católico muy poco; creyente más o menos.

—Como yo entonces —dijo Amelia—: más menos que más, ¿verdad? Dame otro poco de agua, no me la he podido tragar.

Así lo hizo el Payés. Mientras ella bebía, todavía pensaba él en la cadenita con el pequeño Cristo de oro.

—Se la quité a un soldado muerto, en el 39, poco antes de que acabara la guerra. No vi la inscripción de la parte de atrás hasta que la limpié de sangre. Dos anillos enlazados y una fecha, *18 julio de 1936*, ponía. Dieciocho del 36, ¿comprendes?

Ella había acabado de beber.

—El día del levantamiento.

Arnau asintió. Se levantó, incómodo, y devolvió la cantimplora a la mochila.

—El hombre que llevaba esta cadena se había casado el mismo día en que empezó la guerra. ¿Te das cuenta qué perra suerte? A lo peor fue llamado a filas enseguida y ni siquiera pudo disfrutar de su matrimonio.

—Qué cosas tiene la vida —replicó Amelia con un deje cínico—: Ahora él está muerto y tú tienes su cadenita.

Arnau encogió la cabeza entre los hombros; no le faltaron ganas ahora, igual que tantas otras veces, de arrancarse la cadena del cuello y deshacerse por fin de ella.

—Mira que le he robado cosas a otros muertos. Pero esta maldita... No consigo quitármela de encima, vaya usted a saber por qué.

El ruido de un motor aproximándose los puso a los dos en alerta. Arnau, amenazador, le hizo un gesto con el dedo sobre los labios para que se mantuviera en silencio.

Se sacó del cinturón la pistola y acudió de puntillas al portalón. El ruido del coche se percibía ya muy cerca. Arnau asomó la nariz aferrando el arma y atisbó, bajando por el camino, un destartalado Citroën del 34 que se aproximaba.

*

Restregaba con la puntita del paño hasta que asomaba el brillo; en la mesa camilla temblaban los marcos, cuadrados, redondos, que esperaban su turno, arrastrados por aquel movimiento rítmico.

—Qué pestazo echa eso, momó. ¿Por qué no le dices a Fuenci que lo haga ella?, que la tienes todo el día mano sobre mano en la cocina.

—Sí hombre —replicó su madre—, la muchacha limpiando la plata; si es torpísima, hijo, tú no sabes. —Le enseñó una de las fotos, como si el joven no la hubiera visto mil veces—. Mira, este marquito es mi preferido, por la piedrecilla verde. Jade chino. Es mi tía Pina, la que no se casó; y eso que era muy simpática y muy piadosa. Pero de los novios que tuvo…

—«… De uno vinieron a decirle que ya tenía novia —replicó Povedilla en una retahíla largamente repetida—; y el otro, cuando iba todo como la seda, se le murió». Se te están poniendo las uñas negras, momó. ¿Ese reloj va bien?

Había una diferencia de diez minutos respecto del suyo de muñeca y esto le puso más nervioso. El abogado Povedilla movía la pierna en un tic. Quedaba ya poco para el momento del tren y pensó en lo inquieto que estaría Eduardo, lo imaginó fumando un pitillo tras otro, con esa rigidez que le asomaba en las aletas de la nariz cuando estaba tenso. Quizás debería haberle acompañado a San Sebastián.

Su mente se disparó sola, montando un complicado argumento de fantasía en que se veían obligados a huir y se refugiaban juntos en alguna casita escondida en el Pirineo francés, con su chimenea rústica y sus paredes de piedra.

De inmediato quiso apartar esta imagen de su cabeza. Povedilla llevaba ya tiempo esforzándose por olvidar al Relojero, los encuentros en el burdel, aquella pasión desenfrenada que primero dominaba su cuerpo y luego, por fin desahogado, atormentaba su espíritu. Se le había metido una culebra dentro; una culebra de fuego que se revolvía por su interior para martirizarle.

Povedilla contempló a su madre y lamentó estar engañándola. Si ella supiera, la pobre, se decía a menudo; se moriría del disgusto. Ella de momento seguía a lo suyo, frota que te frota.

—Tampoco puede decirse que Pina tuviera la culpa. Su madre decía de todos sus pretendientes que eran poco para ella y los espantaba; al final se quedó para vestir santos, la bendita Pina. Aunque a mí me da la impresión de que a ella nunca le interesaron mucho esas cosas.

—Qué cosas.

—Lo de casarse, los pretendientes. No parecían interesarle mucho los hombres, era más de ir a tomar chocolate con las amigas. ¿Te tomaste la leche?

—Me da ardor, momó. No me has dicho, ¿ese reloj va bien?

—Dile a Fuencisla que te prepare una tortilla vuelta, anda. O deja, mejor voy yo. —Se agitaron las faldas de la mesa al levantarse la mujer y volcaron dos marquitos—. Si no me ocupo yo no se hacen las cosas en esta casa. ¿Estás nervioso?, ¿qué te pasa, que te veo intranquilo?

—Nada. Eres de la religión del huevo: se me va a quedar la cara amarilla.

Quedó el abogado solo, de pie, dando vueltas por la habitación como el león que pasea y menea la cola.

Hacía un tiempo que se había arrepentido de meterse en el asunto aquel de la emboscada al tren. Qué podía importarle a él si gobernaba la monarquía o Franco o el puñetero arzobispo de Toledo, mientras su madre le tuviera como un pachá. Si se había apuntado a lo del tren, maldita sea la hora, fue por darse el pisto ante

Eduardo, a quien pretendía impresionar; hacerse pasar por el hombre aventurero que nunca había sido. Qué malas decisiones comete uno, se dijo, cuando le tira el rabo; pero enseguida se arrepintió de sus palabras y, disimulando como si las hubiera pronunciado otro, hizo que no las había oído.

«Ya casi es la hora —decía por lo bajo, carraspeando—. Ya casi es la hora».

Todas aquellas caras le miraban, encuadradas en sus marquitos ovales y rectangulares, como desde un patio de butacas y siguiendo sus movimientos con los ojillos. De vez en cuando se repetía una misma nariz, una misma boca, herencia pertinaz que saltaba de generación en generación, resuelta a perpetuarse. Povedilla se preguntó si alguno de aquellos parientes tendría secretos. Quizás, ¡pudiera ser!, todos tendrían el suyo. El primo Cirilo, allá en Cuba; la tía Pina en su casa, sola; el inútil de Andrés, posando siempre con su eterna raqueta… Acaso alguno escondiera en lo más profundo de su alma un pecado tan inconfesable como el que escondía él. Quizás el mundo estuviera lleno de monstruos, como él mismo, y se movieran a nuestro alrededor impunes, disfrazados de perfectísima humanidad pero desviados por dentro, corrompidos.

¡Corrompidos como Eduardo, en todo caso!, añadió enseguida, corrigiéndose. Él era un muchacho limpio y honesto, no había más que ver a su familia y a sus narices pertinaces. Tenía que hablar con Eduardo. Ponerse firme en su decisión, sí, y no dejar que se le acercara, porque siempre que se le acercaba acababa convenciéndolo, el maldito de él. Esta vez sería firme. Inflexible.

—Aquí tienes, tontín —dijo la madre al regresar de la cocina—. ¿Te has puesto malo?, te he oído carraspear. Luego te vas a tomar el jarabe.

En el platito, junto a la taza de leche amarilleada, traía un tembloroso bartolillo recién frito, espolvoreado de azúcar.

—Me vas a poner como una vaca, momó —dijo el abogado. Se llevó el bollito a la boca y le dio un mordisco.

Estaba decidido. Había llegado el momento de dejar a Eduardo, de relegar todos aquellos gustos inmundos a un pozo oscuro y cerrar la tapa. Se buscaría una esposa como Dios manda. Una mujer buena, sin resquicios ni pecados ni secretos.

Volvió a mirar el reloj, histérico; tenía que salir de allí porque le asfixiaban los ojos escrutadores de su madre. Acercó la mejilla contra la de ella amagando un beso y, masticando, le dijo:

—Momó, me voy a ir un rato al cine.

*

Se había decolorado a conciencia con un tinte que había comprado en París; el polvo L'Oréal Blanc la había transformado en rubia platino, se recordó a sí misma a Jean Harlow; la cara, que de común tenía un aire pálido y como de mujer antigua, parecía enmarcada en dorado. La inglesa se lavó la frente y las orejas para quitarse los restos de tinte y llamó al servicio de habitaciones del hotel para que le subieran el secador de pelo, único en todo el establecimiento. La antigualla, un AEG del año 25 de acero y cinc que pesaba cerca de un kilo, tenía tan poca potencia que la inglesa estuvo cerca de una hora para meter el peinado en vereda. Después se echó unas gotas de magnolia; podía prescindir de su color de pelo, pero no de su perfume.

Consultó el reloj. Restaban diez minutos para las tres.

No recogió la habitación del hotel. Se puso un tres piezas, jaspeado, y los zapatos entelados del mismo *tweed*; siempre procuraba vestir a juego. Para terminar, se cerró el cuello con el broche del alacrán, escamoteando al mundo hasta el mínimo resquicio de su piel pálida.

Mientras se guardaba en el bolso la Browning echó una última mirada al cuarto, como quien se despide, y se admiró del estado del cuchitril en donde había dormido.

—*Fuckin' Spaniards...* —dijo entre dientes, abrochándose los botoncitos de la chaqueta.

Antes de salir, por asegurarse miró su reflejo una última vez: de rubia estaba irreconocible. Salió colgándose el bolso de asas a medio brazo y cerró tras ella.

Bajó las escaleras del hotel, inquieta, pero contenta. Un optimismo natural le susurraba al oído que todo saldría bien; a aquellas horas Elsa Braumann estaría cerca de apoderarse de los documentos.

La inglesa pagó lo que debía, en recepción. Aguardando el cambio contempló la portada del periódico dispuesto sobre el mostrador, en una foto aparecía Himmler admirando la Dama de Elche:

> *El* reichsführer *S. S. Himmler visitó ayer, acompañado del director general de seguridad, conde de Mayalde, y el embajador de Alemania, los museos de la capital.*

Decidió echarse una última copa antes de abandonar San Sebastián y acudió al salón contiguo, donde estaba el restaurante.

—Un *sweet manhattan* —dijo con fuerte acento al camarero que atendía detrás de la barra—. Cargado, por favor.

El chico no sabía lo que le estaba pidiendo.

—Póngale de ese *whisky* —dijo la mujer señalando, en un suspiro— y un chorrito de *vermouth*. ¿Angostura tiene?

—¿El qué? —replicó el chico. La inglesa suspiró.

—Nada. Es importante la guinda; lleva una guinda roja, no verde.

La inglesa se acercó a la ventana, donde daba el sol. Detenida ante el cristal cerró los ojos y se dejó invadir por el calorcito. A pesar de los guantes, tenía las manos tan frías que le daba la impresión de que fueran a partírsele los dedos, crac, crac, crac, igual que carámbanos.

El muchacho regresó de la cocina con un frasco lleno de guindas y abrió la botella de Glenfiddich, que llevaba allí desde principios de los 30. Lo que iba a costar aquella copa compensaría una mañana desprovista de clientes.

246

—¿La señora es inglesa? —preguntó llenando dos dedos del vaso.

—Austriaca —mintió ella mientras volvía a la barra.

Viendo que el chico estaba a punto de darle palique, la mujer le dio la espalda. Se llevó el vaso a los labios e inhaló aquellos vapores celestiales.

Miró la hora en el reloj de pared.

—¿Ese reloj va bien?

*

—Las tres menos ocho —se dijo Beaufort en un suspiro.

Luego elevó la mirada de nuevo, por encima de la orilla y de las olas, y la plantó sobre el horizonte. Le calmaba la ansiedad toda aquella hermosura. Cerró los ojos y disfrutó que la brisa marina acariciara su rostro.

Apenas había nadie en la playa, quitándole a él y a un grupito de jóvenes que, más allá, se reunía en corrillo; uno de ellos tocaba a la guitarra una canción mal vista por el régimen.

> *Bien pagá...*
> *Si tú eres la bien pagá,*
> *porque tus besos compré,*
> *y a mí te supiste dar*
> *por un puñao de parné...*
> *Bien pagá, bien pagá,*
> *Bien pagá fuiste, mujé.*

A la espalda del Relojero se resolvía la ciudad de San Sebastián. Algunos viejos con boina, apoyados en la balaustrada del paseo marítimo, contemplaban el horizonte como él.

Se había quitado los zapatos y metido dentro los calcetines; ahora descansaban junto a su cadera, como si ellos también disfrutaran de la brisa. A Beaufort le gustaba sentir la arena entre los dedos de los pies. Sentado allí, tuvo de pronto la certeza de que todo saldría bien.

Contempló cómo un pescador salía del agua tirando de su barca con mucho esfuerzo. Era un hombre ya mayor, de piel agrietada y morena, con un gorro azul de marinero, que a Beaufort le pareció de lo más propio. Iba descalzo, también.

Entre grandes resoplidos el viejo consiguió por fin sacar la barca y se apoyó en ella para recuperar el aliento.

—¿Cómo se ha dado? —le gritó Beaufort.

—Mal —respondió encogiéndose de hombros—. Los peces están asustados hoy. A veces pasa. Ronda un bicho y se esconden todos.

Eduardo Beaufort tuvo un escalofrío.

Sacó la petaca del bolsillo interior de la chaqueta.

—Por Elsa Braumann —musitó antes de beber.

*

Parecía que le anduviera siguiendo una sombra. El coronel Bernal abrió la puerta de la habitación y advirtió cómo a su alrededor se oscurecía todo. A través de la ventana miró hacia el cielo, empezaban a formarse unos nubarrones allá en lo alto, pero no quiso darle carta de autoridad al augurio: estaba todo más que preparado y poco iba a importar que a última hora se estropeara el día. Aquel tren iba a llegar a Hendaya con Franco sano y salvo en su interior, ya podía ponerse a llover tornillos.

Andaba repasando en el andén los últimos detalles, los tramos y plazos, las personas que estarían en ese puesto, en aquel otro; hacía un rato que el coronel Bernal volvía a sentirse discretamente seguro.

—Mi coronel —le había dicho un soldado, cuadrándose ante él—. Hay un civil en la puerta que dice que tiene que hablarle.

—¿A mí?

—Dice que es importante —respondió el soldado encogiéndose de hombros—. Es un andrajoso, tiene más mierda encima que la manopla de un churrero, pero nos ha llamado la atención el mensaje que nos dio para usted.

—Bueno, ¿y qué mensaje es?

—Dice que «hay un punto ciego en el trayecto del tren».

Lo tenían bajo custodia en una habitacioncita de la estación de tren, que había servido de almacén. Flanqueado por dos soldados con rifle, el hombre, sentado en un taburete con las manos cruzadas bajo los sobacos, aguardaba nervioso.

Cuando Bernal entró fue a ponerse de pie, pero el coronel le hizo un gesto con la mano para que no se moviera.

—Déjennos solos —dijo a los soldados.

Los dos muchachos salieron, cerraron la puerta.

Bernal contempló al individuo de arriba abajo, no le llamaron la atención las gafas de gruesos cristales, sino el apabullante olor a queroseno; estaba tiznado de arriba abajo, lleno de grasa y porquería. El hombre temblaba de nervios.

—Tengo una información muy valiosa, pero a cambio de ella quiero que me den la gracia.

—Qué dices, qué gracia.

—Que me perdonen los delitos. Hace un tiempo que me eché al monte, me persiguen los de la Benemérita y si me agarran me caerán veinte años o el garrote. Si le cuento lo que sé quiero que me den la gracia.

Apenas quedaba tiempo para la salida del tren, pero Bernal, calmoso y frío, sacó un pitillo y se lo colocó en los labios.

—Di lo que sea y luego veremos.

—¿Tengo su palabra?

—Que sí. Habla.

El Queroseno le miró tras los cristales de culo de vaso, las pupilas parecían dos enormes moscones negros. Carraspeó como quien se dispone a cantar una zarzuela.

—Hay un punto ciego en el trayecto del tren de Franco. Mis compañeros le van a tender allí una emboscada.

Bernal se sacó el pitillo de la boca y adelantó un paso para plantarse frente al hombre.

—Sigue —dijo.

*

Tras mantener una conversación con el andrajoso, Bernal salió de nuevo al andén. Se cumplía una de sus peores pesadillas, pero desde fuera nadie advertiría preocupación en aquel coronel sereno y frío que avanzaba en paralelo al tren.

—Dios mío —iba musitando.

Agarró por el brazo a un sargento de su confianza y le susurró las órdenes al oído. Sorprendió al militar la manera en la que Bernal le apretaba, aquel temblor inquieto en la voz. Se le ordenó proveerse de un grupo de sus mejores hombres, armarse hasta los dientes y acudir de inmediato a cierto punto, en mitad del trayecto hacia Hendaya, donde al precio que fuera debía desbaratar la emboscada.

—Vaya cagando hostias.

Mientras el sargento se alejaba corriendo, Bernal consultó el reloj: faltaban ocho minutos para que partiera el tren; en aquel mismo momento Hitler debía estar llegando a Hendaya.

Se dirigió directamente a Serrano Suñer, que departía con otros caballeros a la entrada del vagón. Bernal se lo llevó aparte y le contó lo que estaba ocurriendo. El cuñadísimo se quedó de piedra.

—¿Una emboscada de unos maquis?

—Hay que cancelar el viaje —dijo Bernal. Y Serrano palideció.

—Tú estás loco. Son cuatro paletos con pistolas; manda un jodido pelotón y que los barran de las vías.

—Ya lo he hecho, pero no me fío.

—Bernal, el puto Hitler está esperando por nosotros en Hendaya, con no sé cuántos miles de soldados formados frente a las vías, ¡para decidir la entrada de España en la guerra! ¡El mundo entero está mirando!

Bernal consultó la hora otra vez.

—Pregúntele a él.

—¿Qué?

—Consulte al generalísimo.

Se miraron los dos hombres; aparentando tranquilidad, sudaban de nervios.

Serrano Suñer entró en el tren de una zancada y se perdió en el interior del vagón. Bernal sacó un cigarrillo de su pitillera y sin levantar la mirada lo prendió. Aspiró una calada que le supo amarga, tuvo la impresión de estar fumando veneno y tiró el cigarrillo entre las ruedas de la máquina.

Serrano Suñer asomó por la puerta, estaba pálido.

—Dice que ni por todos los cojones del mundo va a quedar ante Hitler como un cobarde. Que mandes a tus mejores hombres y que salimos a la hora prevista.

*

Para darle cuerda agitó el reloj de su madre. Llevaba un rato contemplándolo, como si, ante una situación de peligro, esperara de la máquina que le respondiera.

Tras haber aguardado más de cuarenta minutos en la estación, a las tres menos cinco la traductora salía por fin al andén. Allí encontró a algunos de los que habían venido desde Madrid; caras nuevas, también, incluido un oficial con el uniforme nazi que recibía indicaciones de Schlösser; muchos soldados vigilando; otros de paisano, inconfundibles por la forma de moverse y de mirar, paseando los ojos de acá para allá, escudriñándolo todo.

Elsa Braumann todavía no se había acostumbrado a estos protocolos: iba escoltada por dos militares. La conducían hasta el vagón central, consignado como SFFV1 y pintado de color verde oliva con franjas amarillas. Elsa advirtió que allá, en el vagón que iba a la cabeza, habían escrito ESPAÑA bien grande en una de las ventanillas.

251

Habría de acceder por una de las puertas laterales, la que estaba más cerca de la locomotora, a pesar de que disponía de un señorial acceso en medio del coche.

Durante el breve recorrido la asaltó la impresión de que, en realidad, aquellos dos soldados la llevaban detenida, sensación que no desapareció hasta que la dejaron en la entrada del «Break» de Obras Públicas y dieron un taconazo. La traductora se vio por fin ante la puerta del vagón, y se detuvo como si la esperara el abismo.

—Señorita —dijo Bernal desde dentro, y le tendió la mano para ayudarla a subir.

Uno, dos escalones, tres, bastaron para que Elsa lo dejara todo atrás, su vida pasada, la seguridad de un mundo que ya no podría recuperar; tres escalones solamente y ya estaba dentro de una pesadilla.

*

Aunque en el reloj de pared que había en el vagón daban las 14:59, Bernal consultó su reloj. A la traductora le pareció más inquieto que de costumbre. Sonó el silbato del tren y Elsa advirtió cómo corrían los periodistas y subían al coche contiguo. Tras ella subió el oficial Schlösser, pero apenas cruzaron la mirada y nada se dijeron.

—Si todo marcha según lo previsto —le dijo Bernal—, llegaremos en veinte minutos. Póngase cómoda.

Hasta que los militares que quedaron en el andén no revisaron la última esquina, Bernal no quedó satisfecho. Le hicieron una seña para confirmar que todo estaba en orden; él, a su vez, lanzó una mirada aprobatoria al capitán Castrillo, que se alongó fuera del vagón y, encarando la locomotora, hizo sonar un silbato. El pitido fue respondido por otro del maquinista, y luego por otro, más largo, como señal convenida. A Elsa Braumann le dio la impresión de que el tren gritaba.

Escuchó la voz de alguien, que, dentro de un corrillo, anunciaba:

—Ya salimos, excelencia.

Elsa tuvo que aferrar una de las agarraderas de cuero: el tren se puso en marcha en un resoplido, con un tirón. Eran las tres en punto de la tarde.

—Muy bien —respondió la voz atiplada del general Franco.

SEGUNDA PARTE

VEINTE MINUTOS
PARA LLEGAR A HENDAYA

1

Tuvo la impresión de que avanzaban despacio; y así era, en efecto: el mal estado de las vías aconsejaba prudencia. Allá delante, en la locomotora, el teniente coronel Martínez Maza sudaba tinta en cada uno de los tramos.

Lo cierto es que durante aquel primer minuto la realidad transcurrió para Elsa Braumann ralentizada y como en una bruma; creyó ir flotando. De reojo no hacía sino buscar el condenado despacho al que habría de acudir cuando se organizara el barullo. Iba cruzándose con caballeros que charlaban; al grupo que ya conocía se había unido el gobernador civil de San Sebastián, Gerardo Caballero, un teniente coronel tuerto que había perdido el ojo en la defensa de Oviedo. Mientras, la mente de Elsa Braumann captaba instantáneas con las que conformaba un mapa del vagón.

El interior estaba compartimentado en varios habitáculos, el primero de ellos un lavabo con retrete. Que estuviera recubierto de maderas nobles no sorprendió a la traductora: alguien le había comentado que había pertenecido a Alfonso XIII. A la izquierda iba el vagón cocina, tras la locomotora, en cuya barra se arremolinaban los periodistas pidiendo cafés; Bernal había prohibido las bebidas alcohólicas a bordo. A la derecha, en el de cola, a Elsa le pareció ver un coche dormitorio.

Como no sabía ni dónde colocarse acabó por dirigirse hacia el saloncito que se hallaba al otro lado del vagón.

En el trayecto, y a medida que iba pasando por las puertas, advirtió que, de los tres habitáculos, uno correspondía al dichoso despacho, que el coronel Bernal en persona había cerrado con llave, y otro a un dormitorio con literas abatibles; el último, a la dependencia personal del caudillo. Le impresionó la cama estrecha, de latón forjado, bajo la que asomaban tres gruesas cañerías de agua caliente; las láminas de marquetería en las paredes, en maderas de distintos tonos; los motivos eran unos jarrones con flores, espantosos. En el propio departamento había un lavabo minúsculo, acompañado de un sobrio espejo cuadrado, sin marco.

Era en el saloncito donde se reunían casi todos los integrantes de la comitiva, a quienes Elsa ya conocía del viaje. Departían en corrillos o sentados. Gunter Schlösser, sentado en una esquina, se hallaba con la mirada perdida en la gruesa alfombra beis, en los reposapiés con cojines de terciopelo. Desde la pared parecía observarlos a todos un espejo, flanqueado por búcaros de cristal tallado. Elsa advirtió que Bernal, mientras hablaba con un militar, se asomaba de cuando en cuando por la ventanilla.

El capitán Castrillo le cortó el paso a la traductora y, tomándola del brazo, dijo en voz alta:

—¡Elsa!, ¿qué tal? ¿Ya conoce al generalísimo? —Era incapaz de disimular los nervios: no se correspondía aquella sonrisa con los ojos muy abiertos.

Mientras la acercaba al corrillo, en un instante le susurró:

—¡No he podido dejarlos en el despacho!, ¡los documentos están en una litera! —Lo que heló la sangre en las venas de la señorita.

Castrillo volvió a sonreír, se giró y, enseñando mucho los dientes, dijo después:

—Excelencia. Le presento a Elsa Braumann.

Y cuando se dio cuenta, la traductora estaba de pie ante el general Franco.

*

A su alrededor silbaba aquel *quejido*; trataba de envenenarle con su susurro, llamándole hacia su tristeza antigua. El Payés conocía esa voz de los árboles, la había escuchado en la cabaña muchas veces, tumbado y fumando, tratando de negarle la entrada a ciertos recuerdos.

El Citroën que bajaba por la colina atravesó la plaza en ruinas; Arnau contuvo el aliento, pero por fortuna el coche pasó junto a la iglesia y continuó camino para alejarse campo a través.

—Por qué poquito —dijo, sonriendo, y se volvió para buscar la complicidad de ella, torpe de él, iluso.

Allá al fondo de la iglesia encontró el rostro áspero de Amelia Braumann, recostada, las manos a la espalda; parecía en tensión.

—Necesito agua —le dijo.

En medio de un refunfuño y tosiendo, el Payés le entregó la cantimplora, a lo que replicó ella:

—No me entiendes, necesito bastante agua.

—¿Quieres que me la invente, hostia?, ¿de dónde saco yo agua?, di.

—Fuera, en la plaza, hay una fuente.

—Eso es una pura ruina. Estará seca.

—Prueba, quizás venga de un manantial. Haz el favor —insistió—, tengo que lavarme, ¿no lo entiendes? Se me puede infectar.

El Payés la señaló con la cantimplora, resoplando.

—No te muevas —dijo con los ojos encendidos.

Melita Braumann nada respondió, pero hacía tiempo que había tomado una decisión: si quería salvar la vida no podía esperar que nadie acudiera en su rescate.

Arnau se encaminó deprisita al exterior, salió a la plaza, consultando el reloj; no veía la hora de ponerse en marcha.

No se consideraba un hombre inteligente; listo, sí, la vida se había encargado de avisparle, pero no inteligente: se aturullaba al hablar y hasta en el pensar debía hacerlo poco a poco y de una cosa en otra. Por eso su mente, entretenida ahora en los acontecimientos terribles que estarían a punto de ocurrir en el tren, fue incapaz de reparar en lo que estaba sucediendo a sus espaldas, en la iglesia. Ni se le pasó por la cabeza que la muchacha estaba ahora cortando sus ataduras con la esquirla que había hurtado del suelo de la placita.

*

Se levantaron Serrano Suñer y el generalísimo, corteses, pero no le dieron la mano.

—Ah, sí —dijo Franco—, la traductora, ¿verdad?

Elsa había escuchado la característica voz del caudillo en los noticieros que echaban en el cine, pero en persona la encontró tan suave que sorprendía.

—Así es, mi general —respondió.

De pronto y silabeando como un niño, dijo el caudillo:

—*An-tel-mi, miss: ¿Jau-du-yu-du?*

—¿Perdón?

Rieron todos la ocurrencia del general e intervino Serrano Suñer:

—El caudillo estuvo aprendiendo inglés en Canarias antes del glorioso levantamiento, y no pierde oportunidad para ensayar un poquito.

—Créame —repuso Franco—, ojalá hubiera aprendido alemán, que es verdaderamente el idioma del futuro.

Asintieron todos, como muñecos activados por el mismo resorte.

—Ah —respondió Elsa por fin—. *I'm fine, thanks. How do you do?*

Como ninguno comprendió una palabra, metió baza el barón de las Torres.

—Una mujer brillante, excelencia —dijo al caudillo en relación a Elsa—; he tenido el placer de leer varios de sus trabajos, y es una cosa notable.

Serrano Suñer repuso, burlón:

—Que haga ella de traductora entonces, ¿no, Paco?

Pero al general no pareció hacerle gracia la broma de su cuñado y se mantuvo serio.

Franco mantenía todo el rato el mismo rictus, con la boquita apretada. Era de natural contenido; prefería escuchar antes que hablar, pues siempre procuraba no expresar sus intenciones verdaderas.

Al dirigirse a Elsa mantenía las manos cruzadas por delante.

—Braumann —dijo en referencia a su apellido—. Pero usted es española, si no he leído mal en su informe que me preparó Bernal.

—Padre alemán y madre española, mi general.

A Franco vino un asistente a entregarle un documento para su consideración, que el general leyó mientras continuaba hablando.

—Ah, muy bien. Cincuenta por ciento española, al menos. Elsa Soledad Braumann, ¿verdad?

—Eso es, mi general, aunque Soledad es un nombre que no uso nunca.

—Pues hace mal, porque es mucho más bonito que Elsa. *Aquella que está sola.*

—¿Perdón? —replicó ella.

—Lo busqué. Eso significa «Soledad».

Volvió a intervenir Serrano Suñer.

—El general es una enciclopedia de grandes saberes.

—De saberes inútiles, más bien —dijo Franco encogiéndose de hombros, y todos lo celebraron mucho.

—E-es el nombre de mi madre —respondió Elsa—. Es verdad que es muy bonito.

Franco devolvió el documento al asistente.

—El menú lleva demasiada carne pero qué se podía esperar, siendo alemanes… —Aquí volvió a dirigirse a ella—: Tengo una cita con el hombre más poderoso del mundo y me lían con el menú de la comida, ya ve usted.

Elsa respondió con una sonrisa; se esforzaba por atisbar un signo en el exterior, a través de las ventanas, una señal de que todo estaba a punto de irse al diablo.

—No los interrumpo más. Ha sido un placer, mi general, encantada de conocerle.

—Lo mismo digo, Soledad.

La traductora se retiró mientras los caballeros volvían a departir, a lo suyo, y elevaban la voz. Franco y Serrano Suñer tomaron asiento para cuchichear mientras en el reloj de pared se cumplían las 15:05.

Por primera vez se encontraron la mirada de Elsa y la de Schlösser, afilada y *himmelblau*. El oficial nazi la escrutaba como si persiguiera adivinar sus pensamientos.

Por escapar de aquellos ojos, Elsa se dirigió hacia el último de los habitáculos del vagón, que resultó ser una cocina, y donde encontró a Bernal dándole órdenes a uno de sus asistentes.

*

—Perdón —dijo la Braumann.

—No, no se vaya, Elsa, ya había terminado —replicó el coronel Bernal, y dio orden al subalterno para que se marchara.

La cocinita era un espacio recoleto con un pequeño fregadero y alacenas de madera; al hornillo de petróleo de dos cuerpos, de la casa Brillant, le habían añadido un modernísimo horno eléctrico.

—¿Quiere algo, señorita?, ¿un café?

—No, por Dios —respondió ella, mirando hacia atrás, allá donde quedaba el despacho—, si me pongo más nerviosa saltaré del tren en marcha.

A Bernal le hizo gracia.

Se había equivocado el destino, al repartir estas cartas; esto la atormentaba. Elsa se preguntó qué hacía ella aquí, y no Melita. Era la hermana menor la que se metía sin miedo en aventuras, en amores, en caminos sin salida. Aquel tren lleno de espías, pensó Elsa; aquel sobresalto continuo, aquel latido en el pecho…, nada de eso era lo suyo. Ella necesitaba tiempo y paz, refugiarse en sus notas y sus libros. Melita, en cambio, habría resuelto todos los contratiempos, habría sido una perfecta espía: a Elsa le era fácil imaginarla en aquel tren, reuniendo en un santiamén el arrojo que el papel requería. Se había equivocado el destino.

—He visto que ya ha conocido al caudillo —dijo el coronel.

—Ahora mismo, sí. Mi primera celebridad.

—La primera de muchas; en menos de media hora le presentarán a Adolfo Hitler.

«Ojalá no llegue ese momento —pensó Elsa—. Ojalá a esa hora todo haya terminado ya y esté de camino a Oporto, en el coche y con mi hermana». Y si lo lamentó en algo fue por perderle a él, al hombre que leía a Salgari, esperanzado en que tenían que existir mundos mejores que este.

A través de la ventanilla le pareció atisbar a alguien en el exterior y tuvo un sobresalto.

El coronel le preguntó:

—¿Ha visto el cuadro?

No supo Elsa a qué se refería y Bernal le hizo una señal.

—Venga conmigo.

A las tres y cinco de la tarde del 23 de octubre de 1940, Eduardo Beaufort se levantó para darse palmadas en el culo y quitarse la arena. No le llegaban los nervios para seguir en la playa y decidió pasear hasta el hotel.

—¿De fuera? —preguntó el marinero allá, junto a la barca.

—Catalán —respondió el Relojero.

El marinero señaló el cielo.

—Si sale hoy de viaje vaya con cuidado en la carretera, esta tarde se pondrá feo, va a llover.

El día estaba claro todavía, sin embargo; había amanecido radiante.

Era dentro de Beaufort donde estaba la nube negra. Lo achacaba a los nervios por la espera, pero desde que habían dado las tres sentía una inquietud... «No seas agorero —se decía—. Todo va a salir bien».

Se ocultaba a sí mismo, igual que quien esconde la porquería bajo la alfombra, el hecho de que Amelia y Elsa Braumann iban a tener que pagar con su vida para que todo se resolviera. Estaba tan nervioso que le enervaba el sonido de las olas rompiendo, machaconas; hasta el rasgueo de la guitarra del joven y sus amigos le pareció de pronto insufrible. Ojalá hubiera podido detener el mundo y disfrutar de un momento de silencio.

A pesar de que se había sacudido bien las plantas de los pies, con los zapatos ya puestos advirtió algo de arenilla dentro de los calcetines, pero caminaba ya hacia la balaustrada, como empujado por los nervios. A su espalda rompieron las olas contra la orilla y Beaufort se giró sobresaltado.

*

Agarrándose a las paredes a causa del bamboleo, pasaron al vagón contiguo, que resultó, en efecto, un coche dormitorio, con varios habitáculos. De allí sobresalía aquel objeto grande y rectangular, tapado con una tela; medía más de dos metros de largo.

—El caudillo se lo va a regalar a Hitler —dijo Bernal—. Pagó a sus dueños más de un millón de pesetas.

Destapó una esquina primero y luego fue corriendo la tela para que ella lo pudiera contemplar.

—Es un Goya.

En la imagen se había representado a una mujer recostada, vestida al modo clásico y sujetando una lira. En la lira aparecía dibujado un símbolo que a Elsa le recordó a la esvástica nazi.

—¿Cómo es posible? —preguntó—, ¿han pintado la cruz nazi sobre la obra original?

Bernal miraba por la ventana del vagón, como esperando encontrar algo en el exterior.

—No, ahí está el detalle; la pintó Goya. Se trata de una cruz celta; de ahí es de donde la sacaron los nazis.

—¿De los celtas? No lo sabía.

—Al caudillo le pareció que le haría gracia a Hitler. ¿No le parece hermoso?

—Es muy bonito —respondió Elsa; no veía la manera de volver al coche central—. ¿Tiene hora, coronel?

Bernal consultó su reloj.

—Todavía queda un poco; casi las tres y diez.

A Elsa Braumann le dio un vuelco el corazón. Si la intuición y la lógica no le fallaban, quedaba poco para que llegaran a la emboscada.

—¿Volvemos? Aquí me siento como una intrusa.

—Un día —replicó él sonriendo— lo encontrará usted.

—¿Qué?

—Su sitio, Elsa. Siempre se encuentra usted fuera de lugar, donde quiera que hayamos estado. Un día estará cómoda por fin, en alguna parte.

*

La inglesa depositó sobre la lengua la guinda empapada en el líquido ambarino y la aplastó contra el paladar para que se deslizara garganta abajo. Cerró los ojos, deleitándose, y por un instante se vio ya en Londres.

Cuando volvió a abrir los párpados descubrió que dos hombres habían entrado en el hotel para detenerse en el *hall* y mirar en derredor, malencarados. Policía española, pensó la inglesa en un escalofrío.

Se volvió de espaldas a la puerta, para quedar frente al joven camarero.

—¿Desea otro *whisky* la señora?

Nada respondió ella. Tenía la barbilla pegada al pecho, los ojos agachados recorrían la madera de la barra, aquí, allá, allí...

—Señora, ¿desea otro *whis*...?

—¿Carol Reed? —preguntó una voz a su espalda.

La mujer se giró lentamente. Los dos hombres sabían quién era, con toda certeza, pues preguntaban por su nombre verdadero, y no por el que había dado en recepción.

—No —respondió ella—. Yo me llamo…

—Haga el favor de acompañarnos.

El más grandote la agarró del brazo y fue como si recibiera corriente: la mujer no dudó en embestirlos para abrirse camino, los hombres trastabillaron hacia atrás y ella echó a correr entre mesas y sillas en dirección a la salida del hotel.

—¡Alto! —gritaron—. ¡Alto a la policía!

Pero la mujer inglesa corría ya escaleras del hotel abajo. Se había dejado atrás el bolso de asas, pero ese sería el último de sus problemas. Corrió y corrió por la calle, presa del más espantoso miedo, mientras la gente se retiraba a su paso. «¡Alto! —escuchó que gritaban atrás—. ¡Detengan a esa mujer!». Un par de viandantes intentaron agarrarla, pero la inglesa se fue zafando entre dribles y a la carrera. Le ardía el aire frío en los pulmones; el *whisky* que acababa de tomarse le bailó en el estómago. «En cualquier momento dispararán —se decía—. Me matarán por la espalda».

Un coche negro le cerró el paso con un frenazo y tuvo que desviarse: le cortaban la retirada los *fuckin' spaniards*. No tuvo más remedio que cruzar la verja que daba acceso al enorme complejo de ladrillos que sostenía la Tabacalera; confió en que allí le sería fácil dar esquinazo a sus perseguidores y escapar por otro lado. El reloj insertado arriba, sobre la espadaña que coronaba el edificio, señalaba las 15:08.

*

Fue un instante y no puede decirse que Casia llegase a verlo, un relámpago tan breve como quitarse una legaña que te pega los párpados. Allá a lo lejos, en el linde de la arboleda, el mediodía fundía las sombras de los troncos en un solo betún.

—¿Habéis visto?

—¿Qué ha sido?

—No sé.

Todavía se pusieron más nerviosos los maquis, no sabían adónde mirar para encontrar algo.

Llevaban apostados un buen rato, ocultos tras la arboleda, muy cerca de las vías del tren, cuyo paso habría de quedar obstaculizado por los árboles que habían dejado en medio.

Casia aferró el fusil.

—Me ha parecido ver a alguien que se movía allí. ¿Alguno habéis visto algo?

Todos negaron con la cabeza.

Casia se plantó.

—¿Y si se han enterado, Miura? ¿Y si vienen a por nosotros antes de que pase el tren?

El lugarteniente se apartó el sudor con el antebrazo, le rechinaban los dientes.

—¿Pero qué has visto?

—Que no lo sé. Una persona. Una sombra.

—¿Soldados?

—A lo mejor.

—A lo mejor un cabrero con sus cabras, Casia, recoño.

Se revolvieron todos, armados hasta los dientes como piratas.

Vino por detrás uno, agachando el lomo y tan sudoroso como el resto, amarillo de miedo.

—¿Qué pasa, carajo?

—Esta, que dice que le ha parecido ver a alguien ahí.

Miró el maquis a la Casia. La mujer plantaba los ojos allá al fondo, donde la arboleda. Por allí sobresalía la vía por la que vendría el tren.

—¿Abandonamos entonces?

El Miura no sabía qué hacer. Se preguntó qué le diría al Comandante. «Nos pareció ver una sombra y temimos que los soldados de

Franco emboscaran a los emboscadores». Le pareció tan ridículo que se puso rojo de vergüenza.

—Miura, que qué hacemos. No estando el Comandante tú decides.

El lugarteniente se quedó mirando aquella Santa Compaña de espectros astrosos y famélicos. Muertos a punto de desvanecerse.

Aspiró una bocanada de aire y dijo:

—Nos quedamos. Vamos pa'lante.

*

Al regresar al vagón no encontró a Schlösser; Elsa imaginó que se habría retirado al restaurante.

Aprovechando que el nazi no estaba, Serrano Suñer comentaba con los otros:

—Los nazis no han inventado nada: la cruz gamada es un símbolo celta y ellos se lo quedaron —Estaban hablando del cuadro también—. ¡Seguro que fue el maricón de Goebbels, que se las sabe todas!

Rieron todos la ocurrencia, excepto Franco, que, con las dos manitas sobre las piernas y la barbilla alta, miraba pensativo hacia la ventana.

Elsa atisbó por encima de las cabezas y calculó cuántos pasos le restarían para llegar a los habitáculos del fondo. De reojo miraba por la ventanilla, atenta a cualquier cosa.

Silbó el tren, de pronto, y al momento entraron en un túnel.

Todos quedaron en silencio, mirándose graves; se detuvo la charla, las voces; nadie se movía mientras, fuera, retronaba el sonido en el interior del tubo. Túneles y puentes eran objeto de especial preocupación por parte de todos, no habría mejor sitio para colocar una bomba al paso de la máquina.

Volvió la luz al salir del túnel y Elsa Braumann advirtió que todos suspiraban aliviados.

Serrano insistía:

—¡Moderne Politische Propaganda! Tienen todo calculado, estos condenados nazis: ¡cartelitos, folletos, afiches…! Lo llaman «mercadotecnia»: venden un programa político igual que venden un coche. Coño, ¿no podríamos tener nosotros un símbolo? Un símbolo que se asocie al Régimen.

—Tenemos el Víctor romano —repuso alguien.

—*Amos* no me jodas, la uve de la victoria hecha de letrajos, que mira que es fea.

A pesar de la voz aflautada y que lo dijo casi musitando, se impuso la voz de Franco sobre las risas de todos.

—El miedo —dijo.

Y guardaron silencio, para escuchar lo que iba a decir el caudillo.

—Queipo creía que era el miedo lo que hacía ganar las guerras; el terror que infundes al enemigo.

Recordaron todos al personaje; sus discursos radiofónicos para desmotivar al enemigo eran temibles: «Por cada uno de orden que caiga, yo mataré a diez extremistas —gritaba desde los micrófonos—, y a los dirigentes que huyan, no crean que se librarán con ello: los sacaré de debajo de la tierra si hace falta, y si están muertos los volveré matar».

Estando Bernal junto a la traductora se les unió Schlösser y, por no interrumpir el discurso del caudillo, murmuró:

—No sabía, señorita Braumann, que el capitán Castrillo y usted eran amigos.

Elsa palideció.

—¿Amigos?

—Los vi esta mañana en el jardín del palacio, entrando juntos a la gruta.

Nada dijeron los ojillos de Bernal, fríos y serenos, pero se mantuvo en silencio, mirando a Elsa.

—No, amigos no, qué va —replicó ella—. Nos encontramos por casualidad en el paseo y me estuvo contando curiosidades del palacio.

El general Franco permanecía absorto en la ventanilla, allá donde el paisaje corría más lento de lo que él hubiera deseado.

—Por eso me propuse salvar el Alcázar de Toledo. Porque era un símbolo.

Acaso con malicia, el oficial Schlösser insistía ante la Braumann y Bernal:

—No sé, *fräulein* —musitó—, me pareció que Castrillo y usted estaban muy serios; no daban la impresión de hablar de arquitectura.

—¿No? —repuso Elsa, tratando de aparentar calma—. ¿De qué podíamos estar hablando?

—Los símbolos —decía Franco— se graban en el corazón de los hombres, de donde ya es imposible sacarlos, y gracias a cosas como esa se ganan las guerras.

Consultó el reloj de pared. Eran las 15:11.

—Bernal, ¿vamos en hora? No quiero que el *führer* diga ni mú de la puntualidad española.

También Bernal miró hacia el exterior, abandonando por un instante las preguntas a las que Schlösser sometía a la traductora.

—Vamos bien, excelencia —dijo.

El nazi enseñó los colmillos en una sonrisa y le dijo a Elsa Braumann:

—Quizás conspiraban, Castrillo y usted.

La mente de Elsa Braumann se quedó en blanco; retrocedió un paso: Bernal fue consciente. Ella trataba de argumentar una respuesta ingeniosa, una evasiva, cualquier cosa menos aquel silencio culpable.

—¿*Fräulein*? —preguntó el nazi, que también se dio cuenta.

Elsa topó con la espalda contra la puerta del último habitáculo, cuando, ¡iiiiiiiiiiiiiiiiiiiiiiiiiiiiiiiiiiiiiii!, sobrevino el silbato de la locomotora, avisando, el chirrido de las ruedas frenando sobre la vía; y trastabillaron todos en el frenazo.

La espía inglesa acabó por salir a un salón de grandes ventanales. Iba a buen paso, silenciados sus tacones bajo el murmullo de las mujeres que liaban cigarros. Hasta dos mil trabajaban en la Tabacalera, a lo largo de mesas y mesas y mesas. La inglesa se resistía a mirar atrás; tenía que avanzar, avanzar solamente, procurando no llamar la atención. Advirtió al fondo una puerta; conduciría a una zona lateral, desde la que le sería fácil ganar la calle. Apretó el ritmo. El sudor le olía a magnolias.

Escuchó pasos apresurados atrás: los gorilas que la perseguían estaban ya allí. También resonaron sus pisadas, mezclándose con las suyas como en un improvisado baile de claqué. Algunas tabaqueras que andaban pendientes de su labor giraron la cara para mirar, y a la inglesa le dio por rezar entre labios, a pesar de que era atea. Avanzar, avanzar, no mirar atrás. Evitarían dispararle aquí; tampoco dispararía ella, por desgracia, la pistola había quedado allá, en el bolso.

—*Damn!*

Avanzó, cada vez más cerca de la puerta. Un señor de edad vestido con mono de trabajo se dirigió hacia ella; toda la sala estaba ya pendiente y la puerta cada vez más cerca; y más cerca también los pasos que la perseguían.

La inglesa cruzó la puerta y creyó que el edificio se le vendría encima: no conducía a ninguna salida, sino a una escalera que ascendía en espiral a lo largo de un eje central. Era demasiado tarde para volver atrás e hizo lo que haría cualquier criatura desesperada, seguir, seguir a toda costa, y echó a correr peldaños arriba, saltándolos de dos en dos.

*

¡Iiiiiiiiiiiiiiiiiih! El tren comenzó a aminorar la marcha y los que estaban sentados se pusieron de pie; alguno hubo que echó mano a la cartuchera, pero el coronel había exigido que no hubiera armas dentro del vagón; solo él y sus hombres iban armados de una Luger, que llevaban oculta, y que allí mismo desenfundaron.

—Quietos todos, por favor —dijo, grave.

271

Miraban por las ventanas, arremolinados; únicamente el caudillo permaneció en su asiento. A Elsa le sorprendió aquella frialdad ante el peligro, como si Franco fuera consciente de que era objeto de atención por parte de la historia y que debía mantener el tipo. Elsa Braumann tuvo la absoluta certidumbre de que solo una cosa obsesionaba a aquel hombrecillo rechoncho: no servir a aquella imagen de bajito pusilánime, no parecer un cobarde.

—¡Coño —gritó alguien—, es una emboscada, me cago en diez!

Y a medida que con grandes esfuerzos frenaba la máquina para no embestir los troncos que impedían el paso, les fueron llegando los disparos: se aproximaban a donde sin duda ya se estaba librando una batalla. Schlösser palideció de golpe, Elsa lo vio arrinconarse contra una pared, buscando hacerse invisible. El coronel Bernal acudió a la puerta del vagón, dispuesto a salir; llamó por el nombre a varios de sus subalternos, que acudieron a su voz igual que piratas al desembarco.

Elsa Braumann, apoyada la espalda contra la puerta del dormitorio de su excelencia, temblaba como si tuviera fiebre, con los ojos clavados en las 15:12 del reloj y petrificada. En el exterior resonaban los tiros de pistolas, rifles y metralletas, pero también los gritos; los gritos horribles de hombres convertidos en bestias, dándose órdenes: «¡Avanzad!», «¡Retroceded!, ¡por ahí!», «¡Aguantad!, ¡aguantad!». «¡Ahora!, ¡ese que no escape!»; aullando de dolor y de furia, entre insultos y peticiones de auxilio, de aquellos que, a buen seguro, se desangraban atravesados por un tiro.

Como si se resistiera a permanecer quieto, el tren arrancó de pronto con un chirrido y un latigazo de vapor, ¡fssssssshhh!; avanzó apenas un metro, dos, y volvió a detenerse, ahogado, con una tos, ¡chfffff! Tronó una explosión cercana y Elsa chilló, pero esto la hizo reaccionar: corrió a refugiarse en dirección al despacho; las luces del vagón centellearon para apagarse después. Mientras avanzaba, iba repitiendo: «Cabeza fría, cabeza fría, cabeza fría»; pero ya no tenía cabeza, era solo un cuerpo aterrado dotado de piernas, que caminaban solas. Al fondo, a través de la ventanilla que comunicaba su vagón con el coche restaurante, Elsa contempló cómo allí se tiraban al suelo los periodistas.

«Viendo que se había comido al resto del rebaño... Viendo... Viendo que se había comido al resto del rebaño, el joven pastorcillo acudió otra vez a donde se escondía el lobo».

Cuando estaba a punto de entrar en el despacho encontró la puerta cerrada con llave y recordó que Castrillo la había advertido del cambio de planes: los documentos estaban escondidos en la litera del primer dormitorio. «El pastorcillo encontró al lobo recostado junto a su árbol, con la barriga a punto de reventar y cubierto de sangre; un hilillo de baba satisfecha le colgaba de la boca, ahíto de tantas ovejas».

Sonaron más tiros en el exterior, y un pensamiento atormentaba su mente: «¿Dónde quedará el oeste? —se preguntaba—. Si consigo los documentos y además consigo salir de este condenado vagón, ¿cómo sabré encontrar el oeste para dirigirme hacia donde se supone que me espera un coche?».

Pasó de largo la segunda puerta, tambaleándose; en el vagón comenzó a penetrar un humo gris, que apestaba a pólvora.

Accedió por fin al habitáculo de las literas y cerró tras ella.

El pilón estaba cubierto de una capa de líquenes, resecos y envejecidos contra la piedra. Aquel manantial llevaba años sin ver una gota.

—Mira que se lo dije —murmuró Arnau—, la fuente está seca.

Le vino la idea a la mente, rápida como un fogonazo. «Algo está tramando la hija de puta; me ha hecho salir de la iglesia». Creyó que se le helarían los pulmones, con aquella bocanada de aire frío.

A la carrera regresó a la iglesia mientras volvía a aferrar la pistola, más seguro a cada paso de que le había engañado, la condenada chica.

—Cabrona… —murmuraba furioso; pero lo cierto era que, en el fondo, sonreía. Qué bien le había engañado.

Algo incomprensible encontró su mente aturullada nada más entrar, como si se negara a darle significado a la imagen. Allí no había rastro de Amelia Braumann, recostada y vigilante, con los ojos espantados de miedo, aguardando su regreso; y, por un instante, Arnau dudó de que no estuviera teniendo un sueño.

El golpe atrás, seco y terrible, le hizo salir de dudas; un golpe que hizo bambolearse el cerebro dentro del cráneo. Arnau se llevó la mano a la cabeza y trastabilló.

No ocurre como en las películas americanas, que le das un culatazo a alguien y cae desmayado. La resistencia del cuerpo humano es sorprendente; esto lo sabía Arnau por la guerra, donde una vez vio correr unos pasos a un hombre descabezado. La débil Melita volvió a abalanzarse sobre él por detrás, dispuesta a sacudirle de nuevo con aquel pedazo de tabla, solo que esta vez Arnau esquivó el golpe. Fue como un latigazo, el requiebro, y vino acompañado de un manotazo del Payés; quiso apuntarle con la pistola, pero descubrió que con el primer tortazo la había perdido, ya no la tenía en la mano.

La pelea era torpe: a la chica apenas le quedaba aliento; tampoco estaba en su mejor momento el bruto, con una brecha en la cabeza por la que parecían escapársele las fuerzas. Se daban puñetes ciegos a la desesperada, y patadas, avanzando y retrocediendo en un puro baile de instintos.

*

«Si me descubren aquí diré que me estaba escondiendo de los disparos».

—Y qué dirás, estúpida —se respondió—, si te encuentran con los documentos en la mano.

Las literas estaban plegadas hacia arriba, Elsa agarró la más alta y tiró de ella para bajarla. No había documentos a la vista así que maldijo su suerte; volvió a subirla y se dedicó a la litera más baja. Un frío la recorrió por dentro; tampoco estaban allí.

Se echó las manos a la cabeza maldiciendo a Castrillo, preguntándose qué hacer ahora.

Enseguida pensó que procedería como si toda aquella pesadilla no hubiera ocurrido, acudiría al encuentro de Hitler y realizaría su labor como le habían ordenado; no era culpa suya que allí no estuvieran los documentos ingleses.

Pero ¿y su hermana?, se dijo espantada. ¿Cómo saber que no castigarían a su hermana?

El tren repitió el intento de antes: arrancó con un chirrido y un latigazo de vapor, ¡fssssssshhh!, avanzó un metro, dos, y volvió a detenerse, ahogado, ¡chffffff! Elsa dio un traspié y tuvo que agarrarse para no caer.

A través de la ventana del compartimento vio corriendo entre la hojarasca a dos hombres; uno de ellos, achaparrado y fuerte, iba escapando de los disparos. Sonó una ráfaga de tiros y, ante la mirada espantada de Elsa Braumann, el hombre cayó como un saco de patatas: un agujero humeante le entraba por la coronilla y le salía por la frente. Elsa se tapó la boca para no gritar, aunque hubiera dado lo mismo un chillido más entre el escándalo de la batalla: ya eran todo gritos ahí fuera, y tiros y bombazos.

Supo entonces que aquello estaba saliendo mal, que el plan de los rebeldes había sido un fracaso; alguien, quienquiera que hubiera sido, había orquestado aquella escaramuza sabiendo que estos desgraciados iban a morir como ratas, que lo importante era cubrirla a ella para conseguir los papeles. La traductora distinguió, tan claro como el cristal, que los secuestradores de Amelia no se contentarían con una excusa: si ella no encontraba los documentos su hermana iba a morir, Melita pagaría con su vida todo aquel desastre. Y acaso fue esto lo que espabiló a Elsa, lo que provocó que se le ocurriera la feliz idea.

Volvió a bajar la primera litera abatible, pero esta vez rebuscó debajo de las mantas y bajo la colchoneta. Las manos temblorosas de Elsa Braumann palparon la carpeta; al sacarla, sus ojos se abrieron como dos ventanales a la luz del día. *For your eyes only.*

Se preguntó cuánto tiempo les quedaría a los de fuera, cuánto serían capaces de aguantar los disparos del destacamento de Bernal.

Se le abrió la carpeta y cayeron los papeles, tuvo que arrodillarse para volver a meterlos dentro. Cabeza fría, cabeza fría, cabeza fría. A medida que iba asimilando de lo que allí se hablaba todavía aumentó el terror; localidades, carreteras, puntos estratégicos, flechas que iban de aquí para allá, de allá para acá, distancias en millas… Comprendía por fin la relevancia que estos papeles suponían para los ingleses; la importancia que tenía para ellos que no cayeran en manos de los nazis. Un bombazo cercano le hizo dar un respingo, pero ella estaba allí dentro, en los papeles, en las rocas de Dover, en los puertos y fábricas de acero de Gran Bretaña, en los aeródromos secretos.

—Ha encontrado su sitio, al fin —dijo a su espalda la voz.

*

El coronel Bernal estaba detenido en la puerta del habitáculo, despeinado y con la cara tiznada de pólvora, exhausto. Humeaba el cañón de la pistola que llevaba en la mano.

No había sorpresa en su mirada, sin embargo, y Elsa Braumann comprendió de sopetón.

—¿Desde cuándo lo sabe? —preguntó.

—Desde el principio. Desde el día que escapó de mi hombre en el metro de Sol.

Una voz rota en la cabeza de Elsa Braumann comprendió al fin por qué él le pedía perdón aquella noche.

—Pero… me aseguré de que no me seguían.

—Siempre hay alguien más —repuso Bernal con aire cansado—. Otra persona espiando cómo le entregaban a usted un periódico en el quiosco de Cuatro Caminos o viéndola entrar en el coche del abogado; una mujer que cose en la trastienda de una sastrería…

También ella se descubrió cansada de pronto.

—Lo sabía todo, coronel, y me dejó hacer.

—No sacábamos nada capturándola solo a usted, Elsa.

Elsa Braumann agachó la cara; aferraba todavía la carpeta.

Bernal no había terminado:

—También sé lo de su hermana. Que la tienen ellos.

—¿Dónde está? —preguntó Elsa con el corazón en vilo.

—No lo sé. El hombre que la retiene es un tipo peligroso, y listo. Ojalá hubiera podido ayudar a encontrarla, Elsa.

Y ella descubrió en sus ojos el eco de aquella piedad que viera un día, cuando el coronel hablaba de sus prisioneros ajusticiados.

—Entonces…, me comprende. —Temblaba la voz de Elsa Braumann—. Usted mismo lo dijo: *Hay cosas que uno debe hacer.* ¿No fue así? Yo tenía que salvar a mi hermana. ¿Me comprende?, diga.

Sonaron tiros muy cerca. El coronel, que no pestañeó, la miraba como desde lejos, igual que si estuviera recordándola.

—La comprendo —respondió.

—¿Qué piensan hacer conmigo?

Bernal suspiró; y, en un rapto poético, contestó:

—La mandarán al mismo sitio en donde queman los libros.

A Eduardo Beaufort le hizo detenerse en seco el chirrido de un automóvil que metió dos ruedas en el paseo marítimo, a su lado. El Relojero se quedó sin aire, dos caballeros salieron del coche y se acercaron; uno de ellos, el que tenía sombrero, lo agarró por el brazo.

—Vamos —le dijo.

—¿Qué?

Solo entonces advirtió Beaufort aquella pareja que le espiaba desde la balaustrada, a la izquierda, ¿cuánto tiempo llevaban allí?; el caballero con el *Marca*, al otro lado, que le observaba haciéndose el distraído, el mismo hombre, tan guapo, que había visto en el hotel.

—Venga con nosotros —insistió el del sombrero apretándole el brazo—, no se puede escapar.

Eduardo Beaufort le miró extrañado y, elevando la barbilla, replicó:

—¿Escapar yo? ¿Por quién me toma?

Le agarró también el otro y le obligaron a entrar en el coche, donde le esperaban dos más; hicieron espacio, embutiéndole allí dentro.

—Tira —le dijo el del sombrero al conductor.

Arrancó el coche con un acelerón y se perdió avenida adelante. La pareja de tortolitos se marchó, cada uno por su lado, sin decirse nada; y lo mismo hizo el otro caballero: tiró el diario y cruzó por entre los coches mientras, en la plaza de Cuatro Caminos de Madrid, dos policías de paisano se llevaban detenida a la dueña del quiosco de prensa. Ocurrió lo mismo no muy lejos, en la Sastrería Mendiola, y en perfecta sincronía: unos caballeros entraron en la tienda y detuvieron al dueño. Al otro lado de la ciudad, varios policías se presentaron en una pequeña sucursal del Banco Español de Crédito y se llevaron consigo al que parecía el más inofensivo de los empleados; quién lo hubiera dicho, del mosquita muerta, con esa cara triste de oficinista. Otros tantos hombres le hicieron una visita al ciego que trabajaba de *luthier* en la tienda de instrumentos de la calle Fuencarral. Al verse atrapado, el sargento Cairo sacó una pistola que tenía oculta en un exquisito Pleyel, a su lado, y fue abrasado por una lluvia de tiros.

Con el joven abogado Povedilla fue distinto. Lo atraparon dentro de un cine, sorprendido in fraganti mientras masturbaba a un caballero en la última fila. El escándalo fue mayúsculo, todo Madrid acabó enterándose.

La inglesa, en la azotea de la Tabacalera, se asomó al borde: abajo en la calle se detenían varios coches con un frenazo, y de ellos bajaban más gorilas, se repartían a lo largo de las otras salidas. Atraído por el barullo, se congregaba un cierto número de curiosos que miraban hacia arriba.

Así, era evidente, se acercaba el final de la partida. Qué mala suerte, se dijo; había gastado toda su buena fortuna en Venecia, tiempo atrás; en Canarias, no hacía tanto. ¿Cuántos movimientos le quedarían? ¿Dos?, ¿tres?

A través de la puerta que daba acceso a la azotea le llegaban los pasos y resoplidos, cada vez más cercanos, de dos bueyes que subían. La inglesa retrocedió hasta que topó con la espadaña que coronaba el edificio; allí tendría que enfrentar su destino.

Primero salió uno de sus perseguidores, jadeando, y la inglesa, viéndose atrapada, lo encaró pegando la espalda contra el murillo. Salió también el segundo, entre resoplidos. La mujer se dio cuenta de que había perdido uno de los zapatos, quizás en la escalera. Los policías la apuntaban con sus Astras del nueve largo.

—No tienes escapatoria, rubia.

Esto lo sabía ella de sobra. Ni escapatoria ni salvación, sí, pero la querían viva. De nada le servía al Gobierno español; si ahora la estaban capturando era para entregarla a los nazis: «Mire qué regalo, *mein führer*; en pro de la buena relación que hay entre nuestros dos países».

—*They'll send me to Auschwitz* —dijo la mujer temblando.

—Lo que tú digas, ricura —respondió acercándose el policía, sin comprenderla.

Estaba a punto de agarrarla. Lo siguiente que verían los ojos de la inglesa sería un vagón atestado de prisioneros, conocía los informes, había visto las fotos. Le aguardaba una muerte lenta en el campo de concentración. La inglesa sintió un frío intenso, mayor que nunca.

—*Please* —murmuró espantada.

—Dame la mano.

—*Please!*

—¡Agárrala, Juan! —gritó el segundo.

No fue un vagón, sino el límpido cielo azul, lo que vieron los ojos de la inglesa; el cielo dando vueltas a su alrededor, tras lanzarse al vacío, poco antes de estrellarse contra el suelo.

*

Intentando cada uno golpear al otro, Arnau y Amelia cayeron sobre la pila de sacos amontonados. Rodaron los dos, reventándolos, esparciendo en el aire su contenido, y voló a su alrededor una nube de billetes, conducidos por aquel viento que se filtraba por las grietas; bellas jóvenes adornadas de laurel, efigies ideales de dinero republicano.

Así de rápido cambiaron las tornas: el Payés se detuvo de golpe, con la chica sobre él, jadeando ambos, los ojos como huevos duros, al sentir el hierro apretándose contra su estómago.

Amelia Braumann había encontrado la pistola.

Fueron unos momentos apenas, que les parecieron una eternidad. Se respiraban el uno al otro, muy cerca, tan cerca que podrían haberse contado los poros de la cara.

—Si apuntas a un tipo como yo —dijo el Payés— es mejor que dispares.

Dirigiendo el cañón hacia él, Amelia se retiró con mucho esfuerzo. Retrocedió entre los sacos hasta que alcanzó a ponerse en pie. Arnau se incorporó también, apoyándose en la rodilla.

En silencio se miraban el hombre y la mujer, contemplados por el crujido de las viejas piedras de la iglesia, la madera de los viejos bancos. Cruzaba la iglesia, venido de la lejanía del bosque, el ulular del *kexu*. Amelia contempló las manos con que aferraba el arma. Qué estropeadas le parecieron, más que nunca. La piel agrietada, salpicada de tierra, las manchas, los cortes…; parecía mentira que aquellas fueran las manos con que acarició un día el cuerpo atlético de Valentino. Temblaba de debilidad. Temblaba entera, con la cara pálida, sin sangre; temblaba la pistola.

—Muchacha —dijo el Payés sonriendo—, tú no vas a dispararme.

¡Bom!, y el eco del disparo se tragó todos los demás sonidos.

Fue un tiro solo, pero qué certero: Arnau había sentido cómo la bala caliente le atravesaba el costado izquierdo.

La miró boquiabierto.

Una mujer valiente, pensó, y avanzó hacia ella desesperado, conducido por el dolor y el espanto. Sabía que una vez disparado ese tiro ya no le costaría nada volver a hacerlo. «Ese es el peor momento —se dijo—, el primer disparo, la primera muerte; desde ahí todo es más fácil». Le quedaba un solo segundo para perder la vida, para decidirlo todo.

¡Clac!, dijo la pistola. Y el sonido volvió a repetirse mientras ella apretaba el gatillo, una vez y otra vez, ¡clac!, ¡clac!, ¡clac!

—Está encasquillada —dijo Arnau ahogando la tos—; a veces pasa.

Le arrebató la pistola a Amelia y le echó mano a la garganta.

*

La vida habría sido diferente para Elsa Braumann si no se hubieran cruzado en su camino los planes del Relojero. Si Beaufort no hubiera secuestrado a Amelia, la traductora habría acudido con normalidad a la reunión con Hitler, saldada de igual forma ante los ojos de la historia: sin pena ni gloria; pero todo habría acabado sin más consecuencias. De vuelta en Madrid, Elsa y Bernal habrían mantenido una relación cada día más estrecha, y de seguro que habrían ido juntos al estreno de *Lo que el viento se llevó*. Habrían cenado después, en Lhardy, y él la habría acompañado hasta la puerta de casa, en donde se habrían despedido con un beso furtivo en los labios.

—¿Fingía usted? —preguntó Elsa—. Cuando hablábamos y yo le sentía tan cercano. ¿Fingía?

Bernal la miró fijo desde la puerta del habitáculo, mientras, atrás, resonaban los últimos disparos y se decidía la batalla.

—Por supuesto que no —respondió.

La vida habría sido diferente para ellos dos.

Se cruzaron en su camino los planes del Relojero, igual que, fuera del tren, ahora se cruzaban los pasos de una mujer desesperada, con el pelo corto y vestida de hombre, que, rendida a la evidencia de que habían matado a todos sus amigos, gritaba:

—¡Abajo el puto fascismo!

Le dispararon muy cerca de donde estaba Elsa, que reaccionó ocultándose de manera instintiva bajo la litera que había desplegado poco antes.

También en el camino de Bernal se cruzó aquella mujer, a la que se le había ocurrido que, antes de morir, haría estallar una bomba de mano. Al reventar el bombazo se llevó por delante la ventana del habitáculo. El estampido, como el envite de un toro, empujó al coronel hacia atrás a la vez que los mil cristalitos le llovían encima.

Rodeada de humo, Elsa apenas podía ver, le lloraban los ojos cuando se incorporó; tampoco podía oír con claridad, como si lo escuchara todo bajo el agua. Le sangraba un oído. Había gritos en el exterior, alguien daba órdenes; un disparo aquí, otro allá, más lejano.

Bernal yacía en el suelo del pasillo, inconsciente.

Se cruzaron en los planes de Elsa Braumann otros planes, que no tenían nada que ver con los suyos; nunca quiso meterse en cosas de política, nunca quiso implicarse en nada, solo llevar una existencia tranquila.

Agarró la carpeta temblando y la aferró contra su pecho mientras se quitaba los tacones; fue todo uno levantarse la falda y pasar una pierna por la ventana, luego agachó el cuerpo y cruzó al otro lado, buscando escapar, desesperada. Solo más tarde advertiría que se clavaba los cristalitos en las manos, hasta llenárselas de puntos sanguinolentos.

Se cruzaron en los planes de Elsa Braumann los del oficial nazi Gunter Schlösser, que la sujetó por el tobillo, reptando como una culebra por no asomarse donde llovían los tiros.

—*Dreckige Hure* —dijo furioso, entre dientes. Y tiró de ella para impedirle escapar.

*

Se aferró Elsa a la ventanilla del vagón, tratando de zafarse de aquella garra, y gritó de terror; le dio patadas en la mano con que la sujetaba, en la cara, desgañitándose de miedo.

Fuera sonaron muy cerca varios disparos y Elsa y Schlösser fueron a caer en el costado del tren, junto a las vías. El golpe contra la gravilla y las piedras fue terrible, quedaron los dos maltrechos, medio desvanecidos.

Por el hueco que había bajo el monstruo de hierro, la Braumann contempló cómo, al otro lado, corrían los soldados de Bernal, buscando algún enemigo rezagado entre cuerpos de milicianos abatidos, o retirando ya los troncos que interceptaban el camino.

Al descubrir al hombre que yacía a pocos metros, un terror se apoderó de ella: el capitán Castrillo se debatía con la muerte, tirado en el suelo, hecho un despojo; parecía más que nunca un hombre frágil, con sus cuatro pelos despeinados, sudoroso, el bigotito ridículo. La expresión de su rostro era de desconcierto, como si se preguntara por qué era incapaz de levantarse; mientras, se sujetaba con las manos el paquete intestinal, que se le desbordaba por el vientre.

—Me han disparado —decía, asombrado—. Mis propios hombres me han disparado.

También él había descubierto demasiado tarde que Bernal lo sabía todo; que a la llegada de los maquis los esperaba un pelotón, armado hasta los dientes.

La voz, las ráfagas furiosas que sonaron al otro lado del tren, llegaban a oídos de Elsa como desde detrás de una pared, medio sorda todavía por culpa del bombazo. Protegiéndose la cabeza, elevó la vista al cielo y se preguntó por el condenado oeste y por el condenado este, buscó el sol.

283

Entonces advirtió que algo se movía a su espalda: el coronel Schlösser, despeinado y loco de rabia, se arrastraba para atraparla.

Había perdido uno de los gemelos, regalo de papá en su primera comunión, de plata, hermosísimo. Eduardo Beaufort se adelantó para buscarlo en el suelo del coche, entre las piernas, pero uno de los hombres que le rodeaba en el asiento de atrás le dio un codazo.

—Estate quieto, coño.

El Relojero volvió a recostarse, dolorido por el golpe en las costillas.

—¿Puedo preguntar —dijo en un hilo de voz— adónde me conducen?

Se rieron todos y dijo el del sombrero:

—¿Habéis oído, carajo, lo bien que habla? Hemos atrapado a un mirlo.

En el exterior corrían los prados solitarios; la tarde amenazaba tormenta. Era talmente un cuadro de Tintoretto, y semejante belleza apaciguó un poco el espíritu del Relojero.

Iba desapareciendo toda aquella valentía del primer momento; el corazón se le había encabritado en el pecho, no era un hombre valiente. Toda la vida había asistido a los toros desde la barrera, jamás tuvo que ensuciarse las manos, pues él era de los que decidía para que otros actuaran. Esta sería la primera vez en su vida que se hallaba en el centro del conflicto, protagonizándolo.

Se preguntó si, al menos, habría salido bien la operación en el tren.

—¿Qué hora es? —preguntó en un hilo de voz.

Nada respondieron los cuatro hombres que le acompañaban en el coche, desdeñosos; y fue tan grande la indignación que sintió el Relojero que, levantando la barbilla, allá de donde no las había tenido nunca, sacó fuerzas para decir:

—Un día, España volverá a ser monárquica.

El que iba en el asiento del copiloto se dio la vuelta para mirarlo de reojo.

—Por encima de mi cadáver.

Se detuvo el coche a un lado del camino, en medio del campo.

—Baja.

Menos el conductor, salieron todos, él a empellones; tenía las piernas entumecidas y apenas le respondían.

—Por favor, no empuje —dijo temeroso, y los gorilas se rieron.

Ya fuera, uno de ellos lo agarró por la solapa y, tirando de él como si fuera un mulo, lo condujo hacia una tapia. Al girar la vista, Beaufort advirtió que el muro rodeaba un cementerio; más allá se divisaba la reja de entrada. Nada se escuchaba excepto sus pasos sobre el suelo polvoriento, solo el murmullo de una ligera brisa.

La esquina hacia la que le conducían, como ojos que le aguardaban, presentaba agujeros de bala.

—Dios todopoderoso —murmuró.

Cayó de rodillas, incapaz de avanzar más, de puro miedo.

—Camina, coño —dijo el bestia; y lo arrastró tirando de él por la levita. Beaufort notó la boca llena de polvo; habría dado el mejor de sus relojes a cambio de un poco de agua.

Lo empujaron contra la tapia, en donde quedó de rodillas, apoyado el costado.

Rehusó mirarlos; creía que lo matarían a golpes, a patadas, si, aunque fuera durante un momento, los miraba.

Dos de los tres hombres le rodearon, contemplándolo desde arriba; el tercero, más joven, se apartó un poco por no ver aquello y disimuló encendiéndose un cigarrito.

Con la cabeza agachada, el Relojero musitó unas palabras, y uno de los hombres le espetó:

—¿Qué dices, maricón?

Eduardo Beaufort cerró los ojos dedicando un pensamiento a la persona que más quería en el mundo, y repitió:

—*Moi aussi je t'aime.*

Despúes le pegaron dos tiros en la cabeza.

*

Aquellas de Schlösser eran dos garras. La aferraron primero por las piernas y luego, a medida que se arrastraba hacia ella en dirección a su cuello, fueron subiendo por su cuerpo.

—*Hilfe!* —gritaba el coronel nazi, llamando a sus hombres—. *Achtung! Jemand muss mir helfen, ich habe eine von ihnen!*

También Elsa se arrastraba, buscando escapar de aquellas zarpas. Sentía muy cerca el calor de la estructura metálica del tren, el vapor; sudaban los dos, el nazi y ella, enredándose como dos serpientes que luchan.

Las manos de Schlösser encontraron su garganta y se aferraron a ella. El monstruo jadeaba muy cerca de su boca, Elsa podía sentir el vaho sobre su nariz y sus ojos, y cómo se acrecentaba la furia que conducía al nazi. Las garras apretaban más y más y más, mientras ella trataba de alejarlas.

La iba a matar, este monstruo; la iba a estrangular con sus propias manos como quien se deshace de una alimaña. Retumbaban las sienes de Elsa Braumann, el corazón se le había desbocado, pero lo peor era el miedo. Un miedo atroz, paralizante, incomparable a cualquier miedo que hubiera sentido antes. Y ya no pensaba en salvar a su hermana Melita, sino en salvarse; ya no existía el mundo, sino ella sola; no había sueños ni metas ni nada de nada, solo salvarse, solo salvarse, solo salvarse.

Fue un movimiento el que lo decidió todo; el que ella hizo con su rodilla para golpearle en el costado. Se echó hacia atrás la bestia nazi, dolorida y furiosa, tropezó con las ruedas del tren y se revolvió. Elsa tiró de sí misma para alejarse a través de la gravilla y la tierra. Estaba a punto Schlösser de volver al ataque cuando dio un bufido el tren, de nuevo, ¡fsssssssshhh!, avanzó un metro, dos, buscando escaparse de los troncos que le impedían el paso y Schlösser dio un grito.

Cuando el tren volvió a detenerse, ahogado, ¡chfffff!, persistían los gritos del nazi; no parecía el sonido de una voz humana. Pero Elsa Braumann ya no miró atrás, echó a correr con la sola idea de alejarse de él, del tren, de los hombres de Bernal, los disparos y las bombas.

Atrás quedaron los alaridos de Schlösser, mientras ella corría en dirección al sol, y ojalá hubiera tenido alas como Ícaro, para volar hacia allí.

*

Elsa Braumann lamentó haber dejado atrás los zapatos; sentía la tierra bajo sus pisadas, las piedrecitas y ramas arañando las plantas de sus pies a través de las medias. Corría entre los arbustos, en pos del sol vespertino que se alzaba ante ella; jadeaba por la carrera y tuvo que tirar de todas sus fuerzas. «Sigue —se decía—. Por Dios, no te pares».

A su espalda, presurosos, y tras salvar el incidente, subían de nuevo los soldados al tren, prestos a reencaminarse al encuentro de Hitler, que no podía retrasarse más: el *führer* esperaba ya en el andén de la estación de Hendaya. El tren de Franco llegaría con ocho minutos de retraso respecto del horario previsto; las malas lenguas dirían siempre que el caudillo llegó tarde a propósito, para que se difundiera la imagen del hombre más poderoso del mundo esperando por él, impaciente.

Elsa cayó al suelo pero no se detuvo, raspándose manos y rodillas, bebiéndose aquellas lágrimas que le sabían a la misma tierra que ahora arañaba; y se incorporó para seguir corriendo.

Poco a poco retornaba el sonido a uno de sus oídos, que respiraba por fin, igual que si algo lo hubiera destaponado. Allá atrás, el tren se puso en marcha con un bufido, pero Elsa no se giró. Se aferraba al pecho la carpeta con los documentos. Se animaba a seguir corriendo; el coche, su salvación, ya no estaría lejos.

En esta carrera, con el aire ardiéndole en los pulmones, sudorosa, manchada de sangre y de tierra, llena de arañazos, Elsa Braumann sintió de imprevisto una súbita euforia, una alegría inusitada. Así, corriendo, corriendo, corriendo, se acordó de su hermana Melita, de aquella felicidad infantil que irradiaba siempre; se acordó de su frescura y de sus bailes, de cómo se bebía la vida a grandes sorbos, despreocupada, desbordando pasión, y le pareció estar experimentando una mínima parte de aquello que para Meli era el día a día. Apenas se escuchaba el traqueteo del tren de Franco, muy lejos ya en el horizonte. Corría Elsa Braumann con la brisa soplándole en la cara y, por primera vez en mucho mucho tiempo, se sintió feliz. Restallaba el suelo bajo sus pies con cada pisada; allí estaba la piel, los músculos, el roce de la melena contra sus hombros y su cuello; notaba cada detalle de su cuerpo como si esta fuera la primera vez que le perteneciera; como si hasta ahora hubiera sido el cuerpo de otra, ajena a ella, y nunca hubiera podido experimentar su carne latiendo y su sangre bombeando. Corría, corría, corría, y Elsa Braumann creyó volar, en efecto, liberada; pensó, cosa curiosa, en lo equivocado que antes había estado el coronel Bernal: era *este* su sitio en el mundo.

2

Con las plantas de los pies desolladas irrumpió en un pequeño claro y, rogando a Dios porque aquel fuera el punto convenido, Elsa fue deteniéndose; no le daba el pecho para tomar aire.

Allí, sin embargo, no había ningún coche esperándola.

Apoyadas las manos en las rodillas no dejaba de mirar atrás, por si algún peligro la seguía todavía.

Sonó un trueno, a lo lejos. Sobre su cabeza iban techando el cielo unos oscuros nubarrones.

Hacía rato que el sonido del tren había desaparecido; Elsa calculó que el convoy habría de estar ya muy cerca de Hendaya. ¿Informarían a Hitler de lo que había pasado?

No dudó de que, más pronto que tarde, Bernal enviaría a otros hombres a por ella; la cazarían como a un animal.

Recordarle de pronto le trajo un regusto amargo; pensó en el coronel, caído en el suelo después de reventar la bomba en el exterior. Elsa Braumann se preguntó si estaría muerto.

Dejó caer la carpeta a sus pies y, tapándose la cara, rompió a llorar como una cría. Lloraba y rugía, entre temblores. Ojalá hubiera podido escarbar en el suelo y esconderse bajo aquel barro.

Al fondo, al otro lado del claro, hizo aparición un automóvil.

Elsa se agachó para recoger del suelo la carpeta, que volvió a llevar contra su pecho, igual que cuando, días atrás, había protegido el reloj de su madre.

El coche se le aproximó, traqueteando despacito para no dañar los bajos; sorteaba pedruscos y matorrales. Aguardando allí, quieta, Elsa tuvo la impresión de que se trataba de un león que venía a por ella, rugiendo por lo bajo.

La máquina se detuvo a pocos metros. El conductor apagó el motor. No hacía ni dos horas que había robado el coche, un hermoso Ford 10 negro del 36, que a su dueño le había costado poco más de seis mil pesetas.

A Elsa le parecieron eternos estos segundos; temía que del coche bajarían los soldados de Franco, armados, y que la matarían allí mismo.

Se abrió la puerta del conductor, poco a poco.

No era un soldado quien bajó, sino un hombretón con la piel curtida por el sol, amagando una tos. Llevaba en los ojos una mirada extraña, como si no lo condujera ninguna conciencia, sino solo una firme voluntad.

Elsa creyó desfallecer de terror: el hombre llevaba consigo una pistola.

En estos breves segundos durante los que se miraron en silencio, reparó la Braumann en que, a la altura del costado del hombre, la sangre manchaba su camisa.

Estaba herido y venía a matarla; esto lo supo Elsa enseguida. Pensó en que Melita podía estar muerta en alguna cuneta. Pensó en su padre, en su madre, en las amigas que había perdido a lo largo de la guerra; pensó en tantos momentos de hambre, de lucha, en la batalla en que se había convertido su vida, y maldijo a quienes la habían conducido hasta allí.

No tenía miedo, sin embargo. Había desaparecido el miedo.

Elsa Braumann dio un paso hacia el hombre, bajó la carpeta para ofrecerle el pecho y levantó la barbilla.

—A qué espera —le dijo.

El hombretón se la quedó mirando, sorprendido, y luego, exhausto, lanzó una risa por lo bajo, que tuvo que contener enseguida, a causa del dolor en el costado.

—La madre que me parió —dijo—, eres igual que tu jodida hermana.

La puerta trasera del coche se abrió. A través de la pequeña distancia que los separaba, Elsa Braumann acertó a ver, sentada allí atrás, una figura que conocía bien.

Elsa gritó el nombre de su hermana y echó a correr hacia el automóvil; sus pies descalzos chapotearon sobre el barrizal. Rodeó la puerta abierta y asomó al interior. Melita la esperaba recostada en el asiento trasero, muy débil y sonriendo. Elsa se echó en sus brazos, aferró a su hermana y lloraron las dos, se llamaron, se miraron y después volvieron a abrazarse, sin dar crédito.

—¡Cómo estás, di! ¿Dónde has estado?

—¡Me secuestraron, Elsa!

—¡Lo sé, perdóname, ha sido culpa mía!, ¡ha sido culpa mía! Perdóname, Meli.

—Perdóname tú.

—No, tú.

—No, tú, Elsa. Perdóname, de verdad.

—¿Te han hecho daño?

Miquel Arnau respondió, sentado en la esquina de la máquina, junto al faro delantero:

—No le *han* hecho ningún daño, joder; está bien.

Se llevó la mano al costado ensangrentado y enseñó los dientes en una sonrisa amarga y perruna.

—A mí me ha matado, la condenada, pero ella está bien.

Le contemplaron las dos mujeres, agarradas muy fuerte, decididas a no separarse más la una de la otra, a no perderse de vista pasara lo que pasara. Y Amelia Braumann pensó en cómo habían terminado sus vidas en manos de aquel hombre de inesperada humanidad, el asesino que la había secuestrado.

Fue esta la primera ocasión en que se plantearon qué ocurriría ahora, adónde irían para escapar de los soldados de Franco. El futuro no podía ser más negro.

Miquel Arnau se incorporó e hinchó los pulmones. Creyó que iba a sobrevenirle una tos, pero el aire atravesó su garganta limpiamente.

Miró al cielo; parecía que andaba preguntando algo.

Suspiró después, tan cansado a ojos vista que ellas pensaron que se vendría abajo. Aguantó, sin embargo, el hombretón.

Cerró la portezuela de la parte de atrás del coche, allá donde Elsa se acomodaba junto a su hermana, aferrándola.

—No me miréis así, recontrajodidas —dijo el Payés—; no me pienso morir hasta haberos llevado a Oporto.

TERCERA PARTE

LA HUIDA

Con él al volante del Ford 10 atravesaron el norte peninsular, a través de carreteras de segunda y caminos vecinales. Si en algún momento los pararon, Arnau enseñó el salvoconducto del general monárquico y pudieron avanzar sin más contratiempos.

Elsa propuso que la dejaran seguir sola y continuaran ellos dos; al fin y al cabo era a ella a quien iban a perseguir, los estaba comprometiendo en su huida. Amelia no quiso ni oír hablar del asunto y Arnau hizo como que no había escuchado. Elsa protestó, pero permanecieron juntos.

A lo largo de aquellas primeras horas las dos hermanas apenas se miraron, como si les bastara con aferrarse de la mano; no se soltaron en ningún momento.

Solo poco a poco y con más tiempo fueron compartiendo sus experiencias, a mí me pasó esto, pues en ese momento yo estaba haciendo aquello… Desde el asiento del conductor, Arnau escuchaba cómo Amelia relataba su aventura y le pareció curioso asistir a la historia desde otro punto de vista.

Cuando miraba por el retrovisor encontraba los ojos de Elsa Braumann, llenos de reproche.

—Tenía una misión —dijo el Payés en su defensa—. Como todos.

—Como todos no, coño. Hay límites.

Podría ser que los hubiera, se decía él; pero si algo había aprendido era que al final las cosas no se hacían porque te lo ordenara la cabeza. Había sido cuestión de tripas por lo que Arnau había liberado a la chica. O de corazón, quizás. Puede que esa fuera la razón por la que luchaban todos los soldados del mundo: porque, más allá de ideales y de razones, se lo pedía el corazón.

—A mí no me eches la bronca, traductora. Aquí está tu hermana, ¿no? Sana y salva.

—Mira para la carretera, que todavía nos daremos un zambombazo.

Al principio, recelosas, las dos hermanas apenas hablaban con el Payés. Poco a poco, sin embargo, a medida que se fueron acostumbrando a la idea de que en efecto las estaba salvando, compartieron alguna palabra con él, una pequeña conversación bajando aquel cerro, un breve diálogo al salir de un bosque. Pero Arnau no parecía esperar de ellas ningún agradecimiento; solo pasados unos días las mujeres comprendieron que si las estaba salvando era únicamente para responder ante sí mismo.

Fueron cambiando de automóvil, los robaban siempre de noche, y acabaron en un destartalado Fiat 522 gris marengo que había conocido tiempos mejores.

A pesar de que siempre iban por caminos secundarios, de cuando en cuando se topaban con controles de carretera.

—La has organizado buena, chavala —decía Arnau, burlón.

Normalmente pasaban los controles sin más historias, sobre todo porque se buscaba a una mujer sola. En cierta ocasión, sin embargo, toparon con un cabo quisquilloso que encontró algo extraño en aquel salvoconducto. A lomos de su moto los había obligado a detener el vehículo; se hallaban en lo alto de un cerro. El cabo inspeccionaba el maletero.

—Este cabrón nos va a joder —musitó Arnau.

Ninguna de las dos hermanas quiso mirar cuando el Payés salió del Fiat con todo sigilo y acudió a la parte de atrás del coche. Tanto se apretaban las manos que Elsa y Amelia temieron hacerse sangre con las uñas; cerraban los párpados fuerte y ojalá así hubieran evitado escuchar los ruidos. Hubo un forcejeo y finalmente un grito seco, apenas un aliento de susto, y ya no se escuchó nada. Cuando Elsa se atrevió a abrir los ojos y mirar por el cristal de atrás, descubrió a Arnau contemplando el precipicio que se abría a sus pies. Ya no estaba el soldado.

Arnau volvió a entrar en el coche, sudoroso y temblando por el dolor que le ocasionaba la herida.

—Yo... —dijo entre dientes, como si fuera a explicarse.

Pero las dos hermanas no preguntaron.

Arnau arrancó el coche y siguieron camino.

*

La herida de la bala que se había alojado en el costado del Payés empeoró. Una noche, cerca ya de Portugal, las hermanas tuvieron que practicarle una operación en una casa cerrada, al margen de la carretera. Buscaron en todos los cajones hasta encontrar material de costura.

Amelia Braumann le sacó la bala a Arnau y le cosió el agujero; quién lo habría dicho de ella. Elsa ayudó en lo que pudo, atiborrando de coñac al catalán hasta que este perdió el conocimiento. La cirugía improvisada le regaló unas jornadas a Arnau: continuaron camino, pero Amelia Braumann se vio obligada a recordar los días en los que un canalla le había enseñado a conducir. Por dejar descansar a Arnau tuvo ella que coger el volante del Fiat, y de nuevo resultó embriagadora, la sensación del viento en la cara, en el antebrazo, atravesando caminos montañosos.

Melita, que según y por dónde era un poco meiga, le debió ver algo nuevo en los ojos a Elsa. «Esta ha conocido a alguien», se dijo; pero lo que le pareció más sorprendente es que la tranquilona de su hermana, tan casera, tan responsable, hubiera tenido tiempo para aventuras.

Le hizo a su hermana todas las preguntas habidas y por haber, pero Elsa se refugiaba de esta Santa Inquisición doméstica en los paisajes que volaban fuera del coche, escrutando como si fuesen interesantísimos aquellos cultivos que llevaban viendo kilómetros y kilómetros.

Salían ya de España. A Elsa le sorprendió una punzada de amor por aquellas tierras, por aquellos débiles brotes que luchaban contra el hambre. Había quedado agotada de la exaltación patriótica de la guerra, pero aquellos campos eran, de una manera íntima, un poco suyos. Y le dolió la sangre que habría debajo, los muertos. Una tristeza se le fue subiendo a los ojos, enganchándola en un largo silencio.

Cuando se volvió a mirar a Melita, vio la misma melancolía en los ojos de su hermana, que dijo en voz alta:

—No vamos a volver, ¿verdad?

Y ambas quedaron calladas, con una nostalgia que las agarraba por dentro, desde el pecho a la garganta, intuyendo que esta sería una emoción que las acompañaría en adelante.

El viaje proseguía jornada tras jornada, pesaroso y cansado. Amelia la sorprendía a veces con detalles poco usuales en ella:

—Ponte en esta ventanilla, Elsina, cámbiame el sitio, que ahí te da todo el calor.

Sobrevenían aquellos abrazos espontáneos de Melita que a Elsa tanto la confortaban. Nunca había sido demasiado cariñosa y ahora parecía que bebía los aires por ella. Muchas veces la sorprendía Elsa mirándola con devoción.

—Vales un potosí —le decía la hermana menor.

—Qué tonta.

—Lo digo de verdad.

Se sucedían carreteras y caminos, casi siempre en solitario; solo en alguna ocasión se cruzaban con un coche o con un vecino de los pueblos cercanos. Una vez, de madrugada, pasaron junto a una anciana que tiraba de un mulo cargado de patatas y tuvieron la impresión de que se trataba de un espectro.

A veces charlaban con Arnau de cosas insustanciales; él les contaba las trastadas que había hecho en su pueblo, de pequeño, y se le empañaban los ojos como a un viejo chocho recordando su infancia, y a su padre. También hablaba del rey Alfonso, y en lo mucho que había confiado en que esta operación ayudaría en su regreso a España.

—¿Pero qué te ha dado a ti la monarquía, alma de cántaro? —le decía Amelia—, si los reyes son todos una sarta de mangantes.

Respondía él con un gruñido. E iba a argumentar en contra por el mero hecho de polemizar cuando las veía por el espejo retrovisor, contentas de tenerse por fin la una a la otra y se reían, se abrazaban. Y entonces Arnau las dejaba en paz, para que disfrutaran del momento.

*

Llevaba semanas acostado allí, en aquella habitación silenciosa de un pueblecito francés donde no se escuchaba otra cosa que el gorjeo de los pájaros; el rumor de una carreta pasando bajo la ventana; alguna voz lejana, llamando en la distancia a un vecino. El coronel Gunter Schlösser estaba hasta las mismísimas narices de aquel silencio pastoso, de gorjeos y pajaritos.

Desde la cama contemplaba el exterior, a través de aquella ventana con el marco pintado de verde; la copa de un árbol, las casas lejanas del pueblecito y, al fondo, el cielo francés.

No había recibido visitas desde lo del tren.

Por él pasaban los días eternos, inacabables, sin otra cosa que hacer que dormir o mirar hacia la ventana, sin poder levantarse de aquella cama y sin nadie con quien hablar, pues el médico que le atendía solo sabía francés, y además acudía en contadas ocasiones.

A Gunter Schlösser le dio un brinco el corazón cuando una mañana, por fin, llamaron a la puerta. Esta se entreabrió y asomó el rostro ratonil, las gafitas redondas.

—¿Se puede? —preguntó sonriendo Heinrich Himmler.

Quiso levantarse Schlösser y ponerse firme, pero se lo impidió su condición, y el *reichsführer* le insistió en que no se anduviera con ceremonias. Se trataba solamente, dijo, de la visita que un amigo le hace a otro.

Hablaron de la guerra y de los avances nazis, de la Francia invadida. Evitaron los dos mencionar el asunto del tren.

Himmler se apoyó en el pie de la cama y, como un mago que alza la seda que cubre un truco, retiró la manta.

—Déjeme ver cómo ha quedado. Bastante bien, ¿no? Pero dígame, Schlösser, ¿cómo se encuentra? ¿Le duele?

—¿Que si me duele? —respondió el coronel, sudoroso y pálido.

Los primeros días habían transcurrido igual que en una pesadilla. Los dolores espantosos no le dejaban vivir y entre gritos pedía alguna droga que le apaciguara. Alguien le administraba entonces un bebedizo amargo que le dormía por completo. Cuando despertaba tenía la cabeza embotada durante horas. Luego regresaban los dolores y vuelta a empezar.

—Han remitido un poco los dolores, aunque sigo teniéndolos. Los peor son los picores, mi *reichsführer*.

—¿Los picores, dice usted?

—Me pican terriblemente los pies —respondió Schlösser adelantándose como si fuera a rascárselos—. Le aseguro que es un verdadero martirio.

—Me lo imagino —respondió Himmler sujetándose las gafas, muy intrigado.

Contemplaba los muñones cortados por la rodilla.

—Le pican los pies, dice. Fantástico.

Adujo enseguida que se alegraba de verle tan repuesto y que debía volverse a sus quehaceres.

—Mi *reichsführer*, aprovecho para preguntarle. Dígame, por favor, ¿cuándo podré volver? No veo la hora de salir de esta casucha y reincorporarme.

Himmler se le quedó mirando desde la puerta.

—¿Reincorporarse?

—Volver a Alemania y pedir destino. Quizás un trabajo de oficina, por supuesto; una supervisión. También yo estoy deseando trabajar de nuevo por el Rei...

Himmler soltó una risita, enseñaba los dientecillos.

—Qué valor tiene, Schlösser; así como está y todavía con ánimos para bromas.

Schlösser estaba muy serio, sentado en la cama.

—No-no estoy bromeando —dijo en un hilo de voz.

Se le acercó Himmler, dicharachero; parecía estar disfrutando de una victoria largamente esperada.

—Amigo Schlösser..., celebro su buen humor si es que bromea; y su optimismo si es que habla en serio, se lo digo de verdad. Pero, dígame, ¿conoce usted a algún coronel al que le falten las piernas?

Schlösser apenas fue capaz de articular un balbuceo.

—El Reich... —dijo.

Pero fue Heinrich Himmler quien terminó la frase:

—En el Reich, querido amigo, no tienen cabida los tullidos.

Nada respondió Schlösser, con los ojillos muy abiertos clavados sobre las piernas que ya no tenía. Tampoco Himmler, que añadió:

—La guerra ha terminado para usted, Schlösser. Será conducido a una... *residencia*, donde podrá descansar y ver pasar y pasaar y pasaaar los días.

A modo de despedida dio un discreto taconazo y saludó llevándose a la sien los dos guantes que sujetaba en la mano.

—Como dicen aquí: *Au revoir, mon ami.*

Abandonó la habitación y dejó solo a Gunter Schlösser. Todavía escuchó el coronel cómo el *reichsführer* en el pasillo cruzaba unas palabras con alguien y se reía.

A través de la ventana advirtió cómo acariciaba el viento las hojas del árbol. Fue esa brisa la que se introdujo en aquella habitación pequeña de una pequeña casa francesa requisada por los nazis y estremeció a Gunter Schlösser, antiguo coronel de la SS, de rancio abolengo y ojos color *himmelblau*, cuya sangre aria nunca se había mezclado con gitanos, judíos o negros.

*

Noviembre las encontró congeladas de frío en el asiento de atrás de aquel 522 gris, y al Payés ardiendo en fiebre, pero ya al volante, empeñado en conducir porque decía que el asiento de atrás le amodorraba.

La de Arnau con ellas se había convertido ya en una relación; a base de pasar días y días en la soledad del coche, las dos mujeres terminaron encontrando una cierta comodidad en su presencia; también él con las Braumann, aunque seguía mostrándose taciturno: hablaba poco y casi siempre refunfuñaba. A veces, en alguna tienda o algún restaurante de carretera, los confundían con hermanos. «Ah, sí, sí, tienen cierto parecido los tres», les decían. Y Melita solía bromear con que Arnau era el hermano adoptado de la familia. «Se lo compramos por cinco pesetas a un vendedor de corbatas». El bruto aceptaba las bromas callado, pero sonriendo por dentro. Apenas le escucharon quejarse de los terribles dolores y si advertían que tenía fiebre era porque le delataban las tiritonas.

—¿Seguro que estás bien, Payés?

—Seguro —respondía él aferrado al volante y apretando los dientes para no castañetear.

Día tras día empeoraba su estado a ojos vista, las dos hermanas se miraban de reojo preocupadas; era evidente que aquel hombre se estaba muriendo.

*

Después de atravesar Oporto, Miquel Arnau detuvo el coche en un callejón cercano al consulado inglés, con los ojos bizcos ya, medio perdido entre este mundo y el otro. A lo largo de intensos e interminables días había conducido sin descanso el coche, las protegió y ocultó en el maletero. Nunca se quejó; avanzaba y avanzaba, movido por aquella determinación férrea.

En el asiento de atrás, llegada la despedida y rendidas ya a la entrega desmedida de aquel bruto, lloraban las dos mujeres.

—Preguntad por el cónsul inglés —les dijo Arnau con la respiración agitada—. No sacaréis nada de él, no puede comprometerse abiertamente; pero cuando le des los documentos que cogiste en el tren, Elsa, os remitirá a alguien que pueda ayudaros de tapadillo.

Se agarró una de ellas al brazo del hombretón; la otra al hombro. Buscaban las hermanas esas palabras con las que despedirse de este aliado imposible que les había regalado la vida, pero no consiguieron articular ninguna.

Un momento antes de perder la consciencia al volante del destartalado Fiat, Miquel Arnau se quitó la cadena del cuello, despacito.

Tomó la mano de Amelia y depositó en ella la cadena; luego se la cerró para que no la perdiera.

—Al fin me voy a librar de ella, la madre que me parió.

Se le vino a la mente el caballo de Iñaki, enfermo y sudoroso, con aquellos ojos que parecían pedir la muerte, y el Payés rio por lo bajo, susurrando:

—Un día naces, un día mueres. Largaos ya, no quiero que me veáis cascándola.

Las dos mujeres abandonaron el coche ocultando las caras empapadas de lágrimas, y caminaron hasta el consulado inglés.

Dentro del vehículo, a solas y con la mente pensando en su padre, Miquel Arnau expiró un aliento largo y allí se quedó. Fue siempre más bruto que un carro cargado de escombros, pero tal y como había prometido, no se murió hasta llevarlas a Oporto.

*

Ocurrió tal y como Arnau les había dicho. El cónsul nada pudo hacer por ellas, pero en agradecimiento a la información obtenida en el tren que Elsa le trasladó, las hizo contactar con un tal *Mr.* Green, inglés afincado en Oporto, rollizo y con aspecto bonachón, cuya misión era limpiar los trapos sucios que aparecieran en la costa lusitana.

Mr. Green le consiguió un médico a Amelia, un portugués procedente de Cabo Verde, con la tez acafetada y una melancolía que no se le despegaba nunca; lo que se dice sonreír no le vieron sonreír jamás, pero terminó de curar la maltrecha salud de Melita. *Mr.* Green las proveyó también de algo de ropa y dinero. Nunca les faltó sustento.

El inglés alquiló para las dos hermanas un apartamento en la calle Santa Catarina, a la espera de decidir cómo resolver su situación. Allí pudieron recuperarse, a pesar de que, tanto una como la otra, a menudo se despertaban por la noche en medio de terribles pesadillas.

—Mandarán a alguien a por mí —decía Elsa—, estoy segura. Esto no va a terminar bien.

—No seas agorera, hija. Primero tienen que mandarlo y luego encontrarte, que el mundo es muy grande y no les va a ser tan fácil.

—Les será difícil, pero tú no sabes cómo son cuando se proponen algo.

*

En Madrid, el coronel Bernal llevaba semanas sin tener noticias de sus mandos, y comprendió que después de lo del tren le habían retirado la confianza. Se apartó discretamente de todo como un animal herido, a instalarse en las sombras, y dedicó sus días a leer, a hacer deporte, aguardando la notificación en donde se le apartaba del servicio.

No había pasado un solo día en que no recordara a la traductora. Se había dado orden de búsqueda y captura; Elsa Braumann caería más pronto que tarde. Cada vez que le embargaba el sentimiento tenía que hacer fuerzas para reprimirlo. Algo en su interior, acaso un orgullo de macho herido, se sentía además ultrajado. Las labores de espionaje de Elsa, pero sobre todo su huida, habían colocado a Bernal en una situación humillante ante la tropa, ante sus mandos.

Para resistir estos embates de su orgullo no tenía más que mirarse al espejo. Esto le obligaba a recordar por qué había hecho ciertas

cosas; o por qué no las había hecho. Con esto se le calmaban enseguida los tormentos y recuperaba un poco de la paz de espíritu.

Una mañana, por fin, Bernal fue llamado a la Capitanía General.

Cuando entró al despacho del general Moscardó lo encontró
rojo de furia. No se trataba solo de que unos maquis asquerosos
hubieran emboscado al tren, sino que la reunión con Hitler en Hendaya había salido rana.

—De lo más infructuosa, coño. Hitler no solo es un lunático,
que esto ya lo sabíamos, sino un papanatas que nos desprecia. No se
aviene a ninguna de las peticiones que le ha hecho Franco. Total, el
pifostio que montamos para nada.

Bernal no despegó los ojos del techo, firme como una estatua. Esta
vez, Moscardó no le dijo que podía descansar.

—Y lo de esa chica, carajo, la traductora —añadió el viejo—.
Ese es un cabo suelto que no podemos dejar pasar, Bernal.

—Mi general, yo…

—Cállate. Un agente infiltrado nos ha dicho que a esa pelan-
dusca y a su hermana las están ayudando los ingleses en Oporto. Te
vas a coger un avión y te vas a ir para allá cagando leches. Me la
traes, Bernal, para que no pueda hablar en su puta vida de todo este
incidente lamentable. ¿Has entendido bien?

—Sí, mi general.

—Ve, quítate de mi vista. Y no vuelvas sin ella.

Bernal saludó más marcial que nunca, más firme que nunca.
Cuando estaba en la puerta del despacho a punto de salir, todavía
añadió el viejo:

—Bernal.

—Diga, mi general.

—Eres un buen tipo, un hombre de honor, y eso es una cosa que yo
valoro mucho. Esta misión es una oportunidad que te doy porque he
apostado personalmente por ti, ¿lo comprendes o no? Di, ¿lo comprendes?

—Sí, mi general —respondió el coronel por lo bajo.

—Pues no me falles.

Durante un par de segundos, el viejo clavó sobre él aquel rostro firme y temible.

—Tráemela, Bernal, o yo mismo firmaré una corte marcial contra ti y te enterraré tan profundo que no darán contigo ni los gusanos.

*

Cogió una revista y la apoyó sobre la tela extendida, a fin de usarla como base rígida para doblar la camisa; así le habían enseñado a hacerlo en el ejército, y a poner las camisas encima de todo en la maleta, envolviendo cada una en papel de seda.

Del botón superior asomaba un hilillo; tiró de él con un gruñido.

Aquella era la camisa que llevaba cuando entró en la habitación de la traductora, la noche de Aiete; habían sido los dedos de Elsa los que, al desabrochárselo, habían dejado suelto aquel botón. El coronel Bernal creyó sentir un roce a la altura del pecho, allá donde había estado ella, y se apresuró a colocar un pantalón encima de la camisa, apretando como quien tapa la caja de Pandora.

Tomó asiento en el suelo a fumarse un pitillo, junto a la cama. Todavía tenía en los ojos la imagen de Elsa Braumann y cerró los párpados.

No volvió a levantarse hasta terminar el cigarrillo; se había calmado la respiración, no había más imágenes.

Bernal miró la maleta: al poner el pantalón encima se habían arrugado las camisas. Podía dejarlo estar y encontrarse el equipaje hecho un gurruño al llegar a Oporto; o podía reaccionar y rehacer entera la maleta. Ocurre así con todos los errores.

Esta vez lo haría con cuidado.

Entre el lote de pantalones y el de camisas guardó, bien envuelta en un pañito, la pistola.

*

Melita hacía todos los días aquella parte del camino de vuelta, un pequeño tramo que discurría paralelo al río. Las aguas brillaban en miríadas de reflejos, recorridas por un baile de luces al sol de mediodía; el Duero moría allí, en Oporto, mezclando sus aguas dulces con las del mar.

Melita sonreía, pensando en recetas para cocinar aquellos *rodovalhos* que tanto le gustaban a Elsa, anticipando cómo iba a disfrutarlos junto a su hermana con un poco de *vinho verde*.

Pasadas unas semanas, tenía localizados los mejores sitios y se manejaba con cierto salero en su escaso portugués. Regateaba sin pudor, y dentro de eso sabía ser simpática, con lo que volvía de la compra con flamantes trofeos en forma de *lulas* fresquísimas o un par de *natas* de regalo.

Los miedos de Elsa persistían. Cuando iba al mercado recelaba del hombretón que la miraba desde la preciosa balaustrada de la Livraria Lello; de la mujer de inestable comportamiento en la cola de los panecillos, o del viejo que pasaba horas y horas sentado en el café. Le daba miedo que la esperara alguien en medio de un callejón, como había visto en alguna película americana, y que le salieran al paso para dispararle un tiro.

Si bien es cierto que la agotaba esta sensación de peligro constante, también le producía mariposas en el estómago. El miedo la hacía sentir viva y precisamente a causa de esto, qué cosas, se sentía dichosa, como aquel que conduce un carro por caminos pedregosos, pero le llena de orgullo saberse manejando aquellas riendas.

Enfrentaba el miedo con estoicismo, pero flaqueaba algunos días.

—Si me llega a pasar algo, Melita…

—Ay, que no seas pesada.

—Escucha. Si me pasa tú ponte en manos de *Mr.* Green, ¿de acuerdo? No confíes en nadie. Y márchate de la península en cuanto puedas, no te quedes. ¿Me oyes, Melita? Hazme caso, no vuelvas a Madrid.

Y de la manera más inopinada, como quien no quiere la cosa y poco a poco, Melita fue sustituyendo a su hermana en esas bajadas a la *confeitaria* o al mercado.

—Quédate en casa, que ya me ocupo yo —le dijo un día Melita; y Elsa no dio crédito.

Igual iba al zapatero, a recoger unos zapatos con la suela nueva, como al colmado. Tanto se encargaba de desatascar el bajante como de picar *cenouras*.

Amelia sentía una gran satisfacción cuando iba tachando tareas pendientes y, no sin cierta sorpresa, advirtió, quién lo habría dicho, que la casa funcionaba.

—Quién te ha visto y quién te ve, hija —le decía Elsa por las noches, cuando, a la luz de un quinqué, Amelia andaba todavía cumpliendo las tareas.

Una de las cosas que Elsa lamentaba era haber perdido el manuscrito de los Grimm. Allí se había quedado, encima de la mesa de trabajo, en Madrid. Le confortaba pensar que otra persona retomaría su traducción para acabar lo empezado; quizás lo viera publicado un día, en algún recopilatorio. Le daba pena, eso sí, que ya no serían sus palabras las que quedaran reflejadas allí.

Qué lástima le daba también de todos aquellos libros que había abandonado en la casa. Elsa Braumann se preguntó cuál sería su destino, si cumplirían su parte las dos mujeres de la librería y se los habrían llevado, o después de haber sido salvados en tantas ocasiones acabarían finalmente ardiendo en una hoguera.

Cuando Elsa pensaba en los libros no podía por menos que recordar al coronel Bernal y la sobrecogía un sentimiento contradictorio, entre el miedo y el deseo.

Por las noches, durmiendo, cuando su mente despierta no hacía de centinela y se dejaba llevar, soñaba con las manos de Bernal, y con su boca; fantaseaba con que se repetía aquel encuentro que había ocurrido en el hotel, pero en otro sitio. A veces ocurría en la trastienda de una librería; u ocultos por la sombra de un puentecillo, en pleno campo; siempre en sitios evocadores que despertaban la imaginación de Elsa y donde daba rienda suelta a aquellas ganas de tenerle.

Por la mañana, con la luz del día, regresaba la imagen de Bernal, detenido en la puerta del compartimento de las literas, en el vagón, mirándola con aquellos ojos dolidos y sosteniendo la pistola. Seguramente Bernal hubiera pasado muchas noches en blanco, se decía la traductora, preguntándose si ella sería capaz de llevar a cabo aquella misión, doliéndose porque no le hubiera contado la verdad.

A menudo se preguntaba si sería a él a quien enviaran por ella o si vendrían los nazis; pero lo cierto era que daba igual. Estaba convencida de que estaban ya persiguiéndola y que acabarían por encontrarla.

—Me van a quitar de en medio, Melita.

—No digas eso, Elsa, que parece que estás llamando a las cosas para que sucedan.

*

A mediados de diciembre, Elsa y Amelia Braumann recibieron de *Mr.* Green una nota donde les comunicaba su intención de abandonar Portugal. Para que ellas pudieran aprovecharse de esta oportunidad, las emplazaba a reunirse con él de madrugada, en cierta dársena del puerto. Con la carta adjuntaba dos pasajes para un barco con destino a Argentina.

Elsa y Amelia prepararon su exiguo equipaje y acudieron a la cita. Reían nerviosas pero exultantes, atravesando las húmedas calles de Oporto. La noche amenazaba lluvia.

A mitad de camino Elsa dio un respingo.

—Se me ha quedado en la casa el reloj de mamá —dijo maldiciendo.

Amelia le respondió que debían continuar, no podían arriesgarse a perder el barco.

—Ve yendo tú —le contestó Elsa—, mientras yo me vuelvo a por el reloj; llévate la maleta. No queda mucho para que zarpen, di que esperen por mí.

—Por Dios, no tardes.

—No. ¡Ve!

Así lo hicieron: Amelia continuó camino hacia el puerto mientras Elsa retrocedía para volver a la casa.

Subió las escaleras a toda prisa. Encontró el reloj de su madre olvidado sobre la mesilla de noche. La traductora se lo puso y salió de nuevo, a buen paso. El eco de sus tacones resonó a través de las callejuelas de Oporto. Iba bien de tiempo, quedaban todavía diez minutos para que zarpara el barco.

El Quanza, buque a vapor de buenas dimensiones, aguardaba al final de una de las dársenas del puerto. Como tantas otras naves, aquella partiría de madrugada, por no darle facilidades a los submarinos nazis que navegaban el Atlántico. Jugaba a favor del Quanza que se había adueñado de la noche una niebla espesa, a través de cuyo velo se filtraban, matizadas, las luces de las farolas del puerto.

Elsa se encaminó hacia el pie de la pasarela.

Asomada a la barandilla del barco, arriba, la esperaba su hermana Amelia, junto a *Mr.* Green. La saludaron con la mano, llenos de alegría. Elsa les devolvió el saludo.

Pero un escalofrío quebró de pronto sus sonrisas.

De la niebla salió un coche para interponerse en su camino. Del coche bajaron unos hombres de aspecto amenazador; eran apenas unas siluetas en medio de la espesura blanca, pero Elsa no tuvo duda acerca de quién se trataba.

Algo dentro de ella, sin embargo, encontró por fin descanso, pues, aunque temía este momento más que nada, en la misma medida lo ansiaba desde el pasado 23 de octubre.

Elsa Braumann creyó que se le escapaba la vida por la boca cuando la miró el coronel Bernal a cierta distancia, tan grave, tan serio, que infundía miedo.

En la barandilla del barco reaccionó Amelia, dispuesta a bajar hacia su hermana, pero una mirada de Elsa hizo que *Mr.* Green la retuviera.

Los hombres de Bernal se quedaron atrás mientras él avanzaba hacia Elsa.

Caminaba a su modo característico, despacio y lleno de aplomo. Aquí en Portugal no iba de uniforme, llevaba una gabardina gris y un sombrero de fieltro. A Elsa le temblaban las piernas. «Hoy —pensó—, se acaba el camino».

No fue hasta que llegó frente a la traductora que Elsa advirtió las cicatrices en el rostro de Bernal: los cristales de la explosión del tren le habían cruzado media cara. Aquellos ojos verdes, sin embargo, hicieron que ella olvidara las marcas.

Nada se dijeron durante unos instantes. Fue Elsa la que rompió el silencio.

—Siento habérselo ocultado —le dijo.

—También yo a usted —respondió él en un hilo de voz.

El capitán del barco se presentó en cubierta y avisó a *Mr.* Green y Amelia: había llegado la hora de zarpar.

*

Sonó la campana del barco en una llamada corta y Elsa Braumann se giró. Arriba en la barandilla se agitaba su hermana retenida por el inglés, que observaba la escena desolado.

Dos marineros se apostaron en lo alto de la pasarela, prestos a retirarla. A la traductora le resbaló una lágrima por la cara, pero enseguida se la apartó, resuelta a que Bernal no la viera llorar.

—Mi hermana no ha hecho nada. Le ruego que a ella la deje ir.

Empezó a llover; unas pocas gotas primero, y enseguida una lluvia densa, que fue haciendo jirones la niebla.

—Haga usted lo que tenga que hacer, coronel —dijo Elsa Braumann.

Como si este fuera el último detalle a resolver entre ellos, preguntó Bernal:

—¿Cómo termina el cuento de los Grimm? El pastorcillo al que el lobo le había comido sus ovejas.

La voz de Elsa era un lamento.

—Cuando llegó hasta el lobo y lo encontró a punto de reventar, el pastor le dijo: «Hermano Lobo, ¡me lo prometiste! ¿Cómo es posible que te hayas comido todas mis ovejas?». El lobo se encogió de hombros. «Muchacho —le dijo—, ¡soy un lobo!». Entonces se abalanzó sobre él y se lo comió.

El coronel Bernal se retiró el sombrero; en nada, su rostro quedó enseguida empapado por la lluvia.

—Es un final terrible —replicó. Aquellos seguían siendo los ojos más limpios que ella hubiera enfrentado jamás, más verdes que nunca, más hermosos que nunca.

—¿Le extraña? En la vida real casi nunca hay finales felices.

Bernal se giró hacia sus hombres y llamó a uno de ellos, que enseguida se acercó. Elsa rezó por que no la esposaran delante de su hermana, que Amelia no tuviera que vivir con el recuerdo de verla conducida y humillada. El soldado le trajo algo a Bernal. Bernal tomó la mano de Elsa y se lo entregó a ella.

Elsa acertó a mirar lo que había en la carpeta: acompañando al número uno de la revista *Primer Plano*, encontró el manuscrito de los hermanos Grimm.

—Hay cosas —dijo el coronel— que uno debe hacer.

A ella le temblaban las manos, aferró la carpeta contra su pecho, incapaz de levantar la mirada.

Bernal avanzó.

—La reunión con Hitler… —le susurró él al oído—. Le alegrará saber que España no va a entrar en la guerra, finalmente. Se comenta que el *führer* ha dicho que antes de volver a entrevistarse con Franco prefiere que le saquen las muelas.

Amagó Elsa una sonrisa. Lo que hubiera dado porque aquel reencuentro hubiera ocurrido en otras circunstancias; tuvo que reprimir las ganas de abrazarle.

Luego, el coronel retrocedió como si quisiera contemplarla.

—Prometí que todo iba a salir bien, que no le pasaría nada.

Pensó la Braumann que había sido todo un delirio y, con el corazón encogido, volvió a contemplar el interior de la carpeta.

Creyó que era una caricia de él la lágrima que recorría su mejilla. Pero la caricia vino después, cuando Bernal rozó su rostro e hizo que le mirara por fin. Y, sin palabras, se dijeron todo aquello que les faltaba por decirse. La traductora tradujo cada mirada, cada silencio, cada suspiro, y escribió en su mente este diálogo, el más hermoso de sus trabajos.

Y en la memoria de Elsa Braumann se grabó para siempre aquella imagen: Bernal bajo la lluvia, mirándola con una sonrisa triste de galán de Hollywood. Y para recordar la felicidad y la plenitud, ya nunca más recurriría ella al vino con azúcar al que las invitaba su padre de pequeñas. A partir de esta noche sería siempre esta la imagen; la representación misma de lo inalcanzable.

Muchas veces había reflexionado sobre esta pregunta que ahora por fin podía hacerle.

—Usted lo sabía todo, lo del encargo que me habían hecho, los que estaban implicados y que andaban tras los papeles ingleses… Lo sabía todo y, pese a eso, dejó en el tren los documentos originales. Podía haber puesto unos falsos, pero dejó los verdaderos. ¿Por qué?

Como única respuesta el coronel Bernal sonrió en silencio, iluminando la dársena con una sonrisa más amplia que nunca. Besó un instante sus labios y más que nunca le recordó a Errol Flynn.

Retrocedió después, volviendo junto a sus hombres, y Elsa tuvo miedo por él.

—¿Qué le pasará si no me lleva? ¿No significará eso el fin para usted?

—¿El fin? No el fin —respondió él—. El principio.

Olía a mar. La brisa llevaba hasta sus rostros las gotitas de lluvia. A ella le tembló la voz.

—Por favor, no vuelva a España. Venga conmigo.

—No puedo hacer eso, señorita —respondió él muy seguro, sonriente—: Me he convertido en un traidor. ¿Qué clase de militar sería si no aceptara con valentía mi castigo? Le deseo buen viaje, Elsa Braumann.

Sonó por última vez la campana del barco; partían ya.

Las lágrimas de ella, detenida al pie de la pasarela, se fundieron con la lluvia. Ojalá, ojalá hubieran sido otras las circunstancias de este reencuentro.

Y pese a todo, a medida que ella iba subiendo por la pasarela para reunirse con su hermana, y la figura de él se alejaba hacia los soldados, Elsa tuvo el firme convencimiento de que el coronel Bernal saldría de esta. De algún modo lo conseguiría, estaba segura: pasaría el tiempo, acaso los años, pero sin duda volverían a encontrarse. Y entonces verían aquella película y descubrirían por fin qué demonios fue eso que se llevó el viento.

—¡Coronel! —dijo en alto a mitad de la pasarela al recordar, y su voz reverberó a lo largo de la dársena—. ¡Los libros! ¿Los libros de la casa?

Bernal sonrió.

—Están a salvo, Elsa —dijo sin volverse.

Asomada a la barandilla y como si estuviera admirando un fotograma, la traductora contempló los elementos de la escena: ella a salvo en el barco, abrazada por su hermana, y la nave partiendo en medio de la madrugada; la lluvia sobre Oporto y el coronel Bernal abajo en la dársena, caminando hacia el coche, sin mirar atrás, perdiéndose en la niebla, perdiéndose en la niebla.

—Qué estupendo —se dijo Elsa Braumann—; qué magnífico este principio.

AGRADECIMIENTOS

Los autores querrían agradecer su colaboración a Noelia Berlanga, por sus innumerables lecturas, sus correcciones, su apoyo y compañía; a Daniel Juste, por la estupenda labor de documentación con que nos ayudó a darle cuerpo a la novela. A Alicia González Sterling, por seguir confiando en nosotros cuando arreciaba la tormenta; a Luis Pugni, María Eugenia Rivera, Elena García-Aranda, Ana Rosa Cortés y Fernando Contreras por sus inestimables consejos, su aliento y cariño cuando nos ponderaban tanto; a Ana Irisarri, a Pablo Zapata; a Gabriela Irisarri, Usue Zapata, Edurne Olazabal, Erin Ploss-Campoamor y Jan Scheithauer por su don de lenguas.